Née à Cannes en 1956, Brigitte Aubert n'est pas une novice dans l'art subtil de faire peur. Auteur de nombreux scénarios, elle est aussi productrice de courts métrages, dont l'adaptation de *Nuits noires*, nouvelle primée au concours « Série noire TF1/ Gallimard » de 1984. Elle a publié de nombreux romans, et notamment, aux éditions du Seuil, *Les Quatre Fils du Dr March* (1992), *La Mort des bois* (1996) qui a obtenu le Grand Prix de littérature policière, *Requiem Caraïbe* (1997), *Transfixions* (1998), *La Mort des neiges* (2000), *Le Chant des sables* (2005), *Une âme de trop* (2006) et *Reflet de sang* (2008).

Brigitte Aubert

REFLETS DE SANG

ROMAN

Éditions du Seuil

TEXTE INTÉGRAL

ISBN 978-2-7578-1127-6
(ISBN 978-2-02-096642-9, 1re publication)

« La curiosité malgré tous ses attraits,
Coûte souvent bien des regrets… »

Charles Perrault, *La Barbe-Bleue*

Chapitre 1

Émilie avait faim. Elle avait toujours faim après l'amour. Arnaud était déjà parti, mais elle sentait encore son odeur dans les draps, dans son oreiller tout chiffonné. Arnaud… Elle aimait sa force, elle aimait se sentir comme une poupée entre ses bras. Anne détestait qu'elle dise ça, mais c'était vrai et elle n'allait pas mentir pour lui faire plaisir.

Ce qu'Anne pouvait être tellement « politiquement correcte » ! Parfois, Émilie avait du mal à croire que c'était vraiment sa sœur. Elles se ressemblaient si peu : Anne, comme leur frère Michaël, avait les cheveux châtains de Maman, ses traits carrés, son nez retroussé, ses yeux noisette, tandis qu'Émilie, comme Pierre, avait hérité des yeux noirs de leur père, de ses cheveux blonds et bouclés, de son visage étroit aux traits délicats.

« Le portrait craché de ton père », lui disait Maman quand elle était petite. Elle se tournait alors immanquablement vers le portrait qui ornait le dessus de la cheminée du salon, un portrait à l'ancienne, tiré chez un photographe, un portrait où, grave, droit et fier, Père portait son uniforme d'enseigne de vaisseau. Elle se demandait toujours ce que signifiait ce « portrait craché » étant donné qu'on ne crachait bien sûr jamais dessus. Enfin, si, une fois… elle avait essayé, elle devait avoir huit ans, mais ça n'avait rien donné. Elle avait essuyé la photo avec le bas de sa robe, terrorisée à l'idée que le portrait la dénonce, avec une voix d'outre-tombe et des yeux phosphorescents.

Les enfants avaient très peu connu Père. Émilie avait six mois à sa mort, Anne cinq ans, Pierre sept et Michaël huit.

Arnaud, lui, ne ressemblait à personne. À personne qu'elle connaisse, s'entend. Déjà qu'avec ses deux mètres cinq il était hors normes. Est-ce ça qui m'a séduite chez lui ? se demanda-t-elle pour la énième fois. Cette sensation de danger physique qui se dégageait de son corps trop puissant ? Savoir qu'il pouvait la tuer d'une seule main. Quand elle l'énervait et que ses yeux de glacier s'embrasaient, parfois elle en frissonnait.

Cela aussi, elle ne pouvait pas le dire à Anne. Anne ne supportait pas qu'elle se comporte en femme passive. Mais je suis une femme passive, moi. J'aime être dominée. J'aime avoir peur de l'homme que j'aime, ça me donne confiance en lui, se dit-elle encore une fois en s'étirant voluptueusement. Avant de se redresser d'un bond. C'était idiot de penser ça. Oh, et puis… elle se fichait bien d'Anne. Elle avait faim. Une envie d'œufs brouillés, de jambon, et de café bien noir. Mais ce serait yaourt, kiwi et galette de riz, régime oblige.

Aujourd'hui, elle avait la cuisine pour elle toute seule, Térésa n'était pas là – son rendez-vous chez le rhumatologue. Térésa n'était sans doute pas méchante, mais le fait est qu'elle était un rien envahissante. Comme toutes les gouvernantes d'homme seul, sans doute. Térésa travaillait pour la famille d'Arnaud depuis la naissance de celui-ci. Il l'appelait « ma petite Mère » en riant. Mère Térésa bis connaissait par cœur l'emplacement de toute chose dans le manoir, bibelots ou autres, dans chacune des douze pièces de la partie habitée. Émilie était constamment obligée de lui demander où se trouvait ceci ou cela. De passer par elle pour circuler dans ce nouvel univers.

Elle mordit dans une pomme bien rouge en se demandant ce qu'elle allait faire de sa journée. Un tennis ? Appeler Sylvia. Ah, non, Sylvia était à New York, sa conférence sur l'adénopathie. Ou Diego. Arnaud appréciait beaucoup Diego. « Parce qu'il est homosexuel et qu'il n'est pas un rival potentiel, lui serinait Anne à tout bout de champ. Tu ne vois pas qu'Arnaud est un macho de la plus belle eau ? »

La plus belle eau, c'était celle de ses yeux, limpides et gris comme la mer de Norvège. Diego disait d'Arnaud qu'il avait des yeux de chien esquimau, que ça flanquait la trouille. Émilie songea en riant qu'il aurait sans doute bien aimé que ces yeux-là se posent un peu plus longuement sur lui.

Anne Desmarais, Diego Montez et Arnaud de Béard. Ils se connaissaient depuis le collège. Les trois inséparables, la « Bande des Trois », comme les avait baptisés un prof de français. À l'époque, à sa grande colère, Émilie, trop jeune, n'était pas admise dans leur groupe. Et Anne prenait soin de ne pas ramener ses amis à la maison.

Émilie avait un vague souvenir d'un petit brun malicieux et d'un grand échalas taciturne, escortant sa grande sœur comme sa garde prétorienne, tandis qu'elle-même pleurnichait sans succès pour que sa mère lui permette de les accompagner.

Les « grands », comme elle les appelait avec jalousie, les grands s'étaient perdus de vue après le lycée. Mais un jour Arnaud avait refait surface comme client du cabinet d'expertise comptable d'Anne. La coïncidence avait réveillé leurs vieux souvenirs et, tout naturellement, les liens s'étaient renoués. La Bande des Trois revivait.

Anne lui avait souvent parlé d'Arnaud, insistant sur ses exceptionnelles qualités d'homme et d'informaticien, mais Émilie, empêtrée dans sa liaison avec Théo, ne l'avait pas vraiment écoutée.

Ce qu'Anne s'était bien gardée de lui dire, c'est qu'elle avait eu une brève aventure avec lui ! C'était Arnaud qui le lui avait avoué, dès le début de leur relation. Émilie n'en voulait pas à Anne : l'un et l'autre étaient libres à l'époque. Et quand Anne lui avait proposé de l'accompagner au cocktail de Xpaq l'automne dernier, il n'y avait plus rien entre eux.

C'était un lugubre soir de novembre, il pleuvait à verse, elle n'arrivait pas à se remettre de sa rupture avec Théo qui l'avait plaquée trois mois plus tôt. Comment avait-elle pu pleurer une seule seconde à cause de cet abruti ?! Galeriste réputé, une vraie tête chercheuse côté talents branchés, mais un zéro pointé côté cœur !

Émilie ne voulait pas y aller à ce cocktail, elle n'avait rien à se mettre, etc., etc. Anne avait insisté. Oh, merci, merci grande sœur chérie !

Dès qu'elle était entrée dans la vaste salle bleu marine et beige, elle n'avait vu que lui, son Arnaud. Immense, hiératique, il avait tourné la tête et leurs regards s'étaient croisés, comme ça, aussitôt, et aussitôt elle avait su : c'était Lui.

À ce moment-là, Anne l'avait prise par le bras et l'avait conduite vers le géant blond en lui disant : « Tu te souviens d'Arnaud ? »

Puis elle avait ajouté à l'adresse dudit géant blond :

– Émilie, ma petite sœur, tu sais, la petite peste…

Plus tard, quand elle avait demandé à Anne pourquoi ils n'étaient pas restés ensemble, celle-ci avait éclaté de rire :

– Oh, mon bébé ! Ça fait vingt ans qu'on se connaît, Arnaud et moi, on a passé notre bac ensemble ! C'était juste une affaire de quelques nuits, un réconfort entre vieux copains en escale d'amour.

Son Arnaud une passade ? Une « escale » ! Arnaud, son port d'attache, son porte-avions, sa chaîne, son ancre, sa digue !

Mais décidément non : elle ne pouvait pas les imaginer en train de faire l'amour.

Mince, le café avait débordé ! Où est-ce que Térésa avait bien pu fourrer l'éponge ? Ah, voilà. Et le sucre ? Il n'était donc pas dans le placard du bas ?

Non, il était là, sur l'étagère de gauche. Térésa était-elle bourrée quand elle avait rangé hier soir ? Bah, la vieille bique ne devait pas boire une goutte ! Chut, Émilie, pas de méchancetés gratuites envers une femme sérieuse et travailleuse, une femme dont le seul défaut à tes yeux est d'exister.

Il fallait bien reconnaître qu'Émilie était jalouse de toutes les femmes qui avaient connu Arnaud avant elle. Ça faisait du boulot, car Dieu sait s'il y en avait eu. Des dizaines.

Maman avait toujours recommandé à ses filles de ne pas se mettre en ménage avec un coureur de jupons. Maman était toujours restée fidèle à Père. Trente-cinq ans de veuvage fidèle. Émilie, elle, aurait craqué au bout d'un an. Et elle était sûre que, si Maman avait rencontré un Arnaud, elle aurait changé d'avis. Arnaud n'était pas instable, mais il vivait des relations intenses et il préférait tout arrêter dès que la passion s'étiolait. À elle donc de faire en sorte que leur amour reste vivace, fougueux, passionnant.

Arnaud, son *bronco* qui ne savait pas encore qu'elle l'avait capturé, son pirate au menton bleu de barbe, son Hercule à elle.

Il fallait qu'elle dise à Térésa d'acheter des biscottes light. Arnaud n'avait pas besoin de surveiller sa ligne, mais elle, si. Pas question de céder un pouce de terrain à l'agressif capiton graisseux.

De toute façon, il ne savait pas se nourrir ! Ou bien c'était Térésa qui était trop ringarde. Du cassoulet en boîte, non mais ! Inimaginable ! Même pas de beurre bio ! Et ce thon ? « Thon à l'huile ». Pas « thon blanc à l'huile d'olive », non, « thon à l'huile ». Lui qui ne supportait que les restaurants les plus raffinés, il laissait cette mégère le nourrir comme un supporter du Tour de France ! Décidément, il fallait qu'elle reprenne les choses en main. Arnaud ne l'avait pas épousée pour faire décoration. C'était elle la maîtresse de maison, la maîtresse du château. Elle et elle seule.

Bon, d'accord, « château » était peut-être un peu exagéré. « Gentilhommière » aurait été plus approprié. Arnaud, lui, disait simplement « la maison ».

Mmm.

Mais tout de même…

Un petit manoir du XVIIIe, avec un corps de bâtiment principal habité et une petite aile latérale condamnée. Soit la bagatelle de douze pièces, quatre salles de bains, un office, une buanderie, et une immense cuisine, sans parler des dépendances… Ça la changeait de son studio, certes très agréable, de la rue Bichat et, en remontant plus loin, du petit trois-pièces familial du boulevard Voltaire…

Dire que Maman avait dormi pendant vingt ans dans le salon pour que les deux garçons et les deux filles aient leurs chambres…

Et cette manie qu'elle avait de tirer les rideaux ! Émilie avait l'impression d'avoir vécu vingt ans dans l'obscurité. Maman avait fait de son mieux, certes, mais son mieux n'était pas bon pour toi, comme aurait dit Diego.

Marrant comme elle avait sympathisé avec Diego. Ils s'étaient tout de suite entendus comme larrons en foire. Deux servants du même dieu ?

À propos de Diego… quel jour était-on ? Mercredi. C'était hier qu'il devait se rendre à sa soirée « *speed dating* ». Espérons qu'il avait enfin rencontré quelqu'un de bien. Mieux en tout cas que l'espèce de monstre qu'il avait amené au gymnase l'autre fois ! Une sorte de Hulk avec des yeux globuleux, aussi expressifs que deux préservatifs usagés. Paraît-il qu'il avait « un beau cul ». Arnaud lui aussi avait un beau cul… Oh ! là ! là ! s'il l'entendait…

Pauvre Diego, les gays avaient décidément bien du mal à trouver l'âme sœur… ou devait-elle dire « l'âme frère » ?

Tiens, elle allait l'appeler. Où était ce fichu portable ?

Émilie, ma fille, tu as intérêt à faire tes abdos, c'est mou, tout ça ! se dit-elle en se contorsionnant pour ramasser l'appareil sur la moquette safran près du canapé en cuir rouge carmin. Diego, Diego…

– « *Hi ! hombres y señoritas !* Don Diego de la Vega n'est pas chez lui, mais si vous pensez avoir quelque chose d'intéressant à lui dire, vous pouvez laisser un message… »

– Coucou, c'est Émilie, je voulais savoir comment s'est passée ta soirée ! Est-ce que tu vas à la gym cet après-midi ou est-ce que tu restes au lit à boire du champagne dans une Nike en satin rose ? Rappelle-moi, bises !

Elle jeta un coup d'œil par la baie vitrée. Les chênes, déjà roux, frémissaient sous un vent violent qui charriait des nuages violets. Elle aurait bien aimé savoir peindre, comme Diego. Jeter de la peinture sur de grandes toiles, l'y étaler, presser sur la surface blanche toutes sortes de couleurs, comme si elles devenaient des substances, des sons, des odeurs à voir et à toucher.

En parlant de substance… Diego n'y allait pas avec le dos de la petite cuillère, c'était le cas de le dire, surtout quand ladite cuillère était remplie à ras bord de coke. Il lui avait promis qu'Arnaud n'y touchait pas, et qu'il ne le pousserait jamais à essayer, mais elle se méfiait. Quand ils se rendaient à ces séminaires d'entreprise… tous ces yuppies avec des logiciels entre les oreilles, les mains en forme de clavier, qui ne rêvaient que d'accélérer leurs connexions synaptiques… Certes, il s'agissait de rendez-vous professionnels, mais…

Arnaud avait présenté Diego à des tas de gros pontes et maintenant ses tableaux décoraient les sièges de pas mal de banques et de compagnies d'assurances, y compris le hall d'accueil de Xpaq, la boîte d'Arnaud.

Une chance pour Diego qu'ils aient fait leurs études ensemble. Arnaud était plus fidèle en amitié qu'en amour. Non, Émilie, mauvaise pensée. Arnaud était fidèle à ceux qui savaient le garder. L'aimer. Et elle, elle saurait l'aimer.

Changer absolument ce frigo, on dirait un rescapé de l'Union soviétique. Est-ce qu'elle avait encore envie d'un jus d'orange, pressée ?

Mmm.

Non.

Elle avait envie d'Arnaud, encore et toujours, voilà ce dont elle avait envie, n'en déplaise à sa grande sœur. Dire que c'était elle qui le lui avait présenté… La vie était drôle parfois.

Où est-ce que cette idiote de Térésa avait rangé les moules à gâteaux ? Elle avait envie de faire une tarte, une tarte Tatin, oui oui. Non, elle ne les imaginait jamais au lit, pas sa sœur et son mari. Son mari, son mari à elle !

Elle n'avait plus envie de cuisiner, mais celle, impérieuse, d'aller prendre l'air. Sa jalousie était complètement déplacée et elle en avait honte. Sans Anne, elle ne serait pas là.

Ses clés.

Où étaient passées ses clés ? Elle inspira profondément. Il faut que tu prennes tes repères, Émilie, que tu trouves tes marques. Au début, c'est normal de se mélanger un peu les pinceaux, de paniquer, c'est si grand ici et Arnaud n'est jamais là, allons allons, cesse de geindre, ressaisis-toi, tu es une grande fille, ton mari travaille, il travaille dur pour payer l'entretien du château, et pour que tu te pavanes dedans, alors cesse de râler, et apprends à réfléchir.

Cependant, après mûre réflexion, elle ne voyait absolument pas où elle avait pu mettre ces fichues clés.

Dans le four ?

Dans la cuvette des WC ?

Sous le tapis persan du salon jaune ?

Ne me dites pas que l'infâme Térésa les a emportées avec elle hier soir ?!

Elle se précipita vers le meuble à courrier du salon de réception. À force d'ouvrir tous les tiroirs, elle allait bien les trouver.

Elle passa dans le hall d'entrée aux délicieux murs rose pâle, elle avait dû les laisser sur la console, à côté du bouquet d'orchidées… songer absolument à s'inscrire au cours d'ikebana… non, rien non plus…

Dans le petit secrétaire marqueté, alors ?

Mais pourquoi ce tiroir ne s'ouvrait-il pas ? C'était exaspérant à la fin ! Bon, laisse tomber ma grande…

Ah ! Là ! Dans le compotier Ming ! Elles se cachaient sous le press-book de Diego, qu'elle n'avait pas encore eu le temps de feuilleter…

Hmm, pas mal.

Elle adorait ses compositions vert et jaune à zébrures orange, mais n'appréciait pas du tout ses grandes toiles pleines de rouge, de rouge sang, et ses filles nues éclaboussées de carmin, les yeux grands ouverts sur rien, ce serait étonnant qu'une entreprise achète des trucs pareils pour décorer ses bureaux !

D'accord, elle n'y connaissait rien en peinture. N'empêche qu'on aurait dit du sous-Munch, et, venant d'un homo, ces visions de femmes mortes… parce qu'elles étaient mortes, sans aucun doute… lui semblaient indécentes.

De toute façon, elle préférait les portraits et les marines. Surtout les marines. Et Turner. Turner était son peintre préféré. C'était Théo l'Abruti qui le lui avait fait découvrir, à la Tate Gallery à Londres. Il se rendait souvent à Londres pour ses affaires, et il l'emmenait avec lui. La dernière fois qu'ils s'y étaient rendus, ils s'étaient engueulés tout le week-end. Affreux ! C'était en septembre. Il faisait froid, gris, Théo était exaspérant : il y avait ce top model qui avait disparu, une star des podiums, devenue l'égérie d'une grande marque de cosmétiques : Sonia-Lisa. Sa disparition faisait la une des journaux. Théo la connaissait, il l'avait rencontrée à Monaco. « Elle est si belle, si élégante, etc., etc. » Comme si cela pouvait faire plaisir à une femme d'entendre son mec lui vanter les mérites d'une autre !

Maintenant qu'elle y pensait… on ne l'avait jamais retrouvée, cette Sonia-Lisa. Elle devait être morte. Comme ces femmes sur les toiles de Diego.

Théo… Comment un type arborant une queue-de-cheval grise et affichant un look poète tourmenté avait-il pu la plaquer, elle, Émilie ?! Arnaud, lui, quand il se rendait à Londres, c'était pour voir son tailleur. Chemises, vestes, chaussures, il faisait tout faire sur mesure, à cause de sa taille hors normes, son grand loup des steppes.

Allez, c'était décidé, un peu de shopping.

Chapitre 2

Pour une fois qu'il ne pleuvait pas, Émilie avait pris son parapluie. Et ces achats qui pesaient une tonne ! On ne croirait pas : juste un peu de maquillage, deux ou trois petites robes… Le plaisir de pouvoir dépenser sans compter. Bien loin du temps, pas si lointain, où elle devait se montrer raisonnable et composer avec son salaire de secrétaire. Après le bac, elle s'était rendue à l'évidence : les études l'ennuyaient. Elle avait opté pour un BTS « Communication des entreprises » afin de pouvoir travailler au plus vite. Son diplôme en poche, elle avait été embauchée par une boîte de pub. Plus riche en slogans qu'en tarif horaire, mais c'était un job amusant. Le bon vieux temps… Elle regarda autour d'elle.

Elle n'était pas très loin de la Madeleine et du bureau d'Anne. Elle avait bien envie d'aller lui dire un petit coucou. Elle laisserait ses sacs à la réception et les reprendrait quand elle aurait fini ses emplettes.

Elle appréciait toujours de rentrer dans cet immeuble élégant, d'en fouler l'épaisse moquette beige, de s'approcher du comptoir verre et acier en sachant qu'elle y était presque comme chez elle. Tiens ! Diego avait réussi à caser un de ses grands orages – elle ne savait pas comment il les appelait, mais elle trouvait que ça ressemblait à des orages –, oui, c'est vrai que ça faisait assez bon effet sur le fond gris anthracite du mur, on sentait que c'était une boîte cossue, prospère et sérieuse.

Qui aurait dit que la petite Anne qui voulait devenir chanteuse finirait expert-comptable ? Et elle, qu'est-ce qu'elle voulait devenir quand elle était enfant ? Rien. Rien de particulier. Une femme. Une mère de famille. Avec une belle maison, une piscine et quatre enfants très beaux et très polis. Et un mari adorable qui l'adorerait.

Elle avait le mari, la maison et la piscine : restait les enfants. Faut que tu te dépêches, Émilie ma grande, ou alors faudra les faire deux par deux, une paire de garçons, une paire de filles. Non, l'idéal, c'était un garçon et une fille. Le choix du roi. Elle n'avait pas encore osé aborder le sujet avec Arnaud. Elle n'était pas sûre qu'il ait la fibre paternelle.

Assise derrière le comptoir, une femme plus que replète, d'âge mûr, impeccablement coiffée, et sanglée dans un discret tailleur bleu marine, leva aussitôt les yeux vers elle :

– Bonjour, Cathy ! lança Émilie joyeusement, Anne est là ? Je peux la voir cinq minutes sans la déranger ?

– Oh ! bonjour, Madame de Béard. Je vais voir. Juste une seconde…

Cathy était charmante. Beaucoup trop grosse, mais charmante. Depuis qu'Émilie la connaissait, elle faisait régime sur régime, sans succès. Elle aurait pu être belle, avec vingt kilos de moins. Son mari, un dentiste, était parti avec son assistante, il y avait bien six ans de ça. Anne essayait de lui trouver quelqu'un, mais ça ne marchait jamais. Elle devrait peut-être aller aux soirées rendez-vous express de Diego…

– Je suis désolée, mais elle a dû s'absenter. Son bureau ne répond pas.

– Ce n'est pas grave, je repasserai. Est-ce que je peux vous laisser deux ou trois petites choses ? J'ai encore pas mal de courses à faire…

– Mais bien sûr, donnez-moi ça, je vais les mettre dans le vestiaire.

Un amour, cette Cathy. Il faudrait penser à lui offrir quelque chose à Noël. Du parfum ou une écharpe en soie ? Et Arnaud ? Qu'est-ce qu'elle allait bien pouvoir offrir à son cher et tendre ? Un de ces pulls en coton tricoté qu'il affectionnait pour leurs sorties en voilier ? Son grand loup de mer sauvage… Debout à la barre de son catamaran, *notre* catamaran, Émilie. Tiens, ça serait bien de retourner à Deauville, le week-end prochain. S'il n'a pas un de ces fichus séminaires…

La dernière fois, c'était « motivation et implication personnelle », trois jours à crapahuter sur une via ferrata dans les Dolomites. Elle aurait bien aimé l'accompagner, mais pas question que les épouses soient présentes. Les épouses ou les époux, il y avait quand même quelques femmes chez Xpaq. Le genre grosses têtes chercheuses binoclardes. Quelques jolies filles aussi, c'est vrai, ne sois pas bêtement jalouse, Émilie, se rappela-t-elle en remontant l'avenue.

Oh ! Mais… cette voiture gris métallisé, là ? On aurait dit celle d'Arnaud… Mais oui, c'était bien une Mercedes ML 63 AMG gris métallisé. Elle jeta un coup d'œil à la plaque d'immatriculation, mais comme elle ne se rappelait plus le numéro… Elle se pencha pour regarder à travers la vitre passager teintée : rien ne traînait dans l'habitacle. Ça aussi, ça ressemblait à Arnaud. Un véhicule impeccable. Il devait avoir un repas d'affaires dans le coin, elle était peut-être passée devant le restaurant où il déjeunait sans le voir, oh, mon amour, où es-tu caché ?!

Chez Lucas Carton ?

Au Grand Véfour ?

Chez Tante Louise ?

Émilie les aurait bien tous faits les uns après les autres, mais Arnaud n'appréciait pas qu'elle le dérange quand il travaillait, il avait été très clair là-dessus dès le début, et elle respectait son attitude. Oui, son travail était important, non, il ne mélangeait pas le plaisir et les affaires, et même si elle était « une affaire », elle était « avant tout son plaisir », comme il le lui avait dit en plaisantant, cet été, un soir au bord de la piscine, ses yeux rivés aux siens par-dessus leurs coupes en baccarat pétillantes de Roederer Cristal millésimé.

Un conte de fées. C'était ce qu'elle vivait depuis qu'Arnaud était entré dans sa vie. Un conte de fées aux décors hollywoodiens dont elle savourait chaque seconde.

Perdue dans ses pensées, elle se cogna dans la personne qui la précédait et qui venait de s'immobiliser au bord du trottoir, rajustant un grand paquet sous son bras.

– Oh ! excusez-moi… lança-t-elle machinalement prête à contourner l'obstacle, un homme brun, les cheveux en bataille, mince et petit, dans un ensemble en jean griffé.

– Ce n'est rien, dit l'homme en se retournant, tout souriant.

– Diego ! Ça alors ! s'exclama-t-elle en le reconnaissant, mais qu'est-ce que tu fais là ? Tu déjeunes avec Arnaud ?

Surpris, Diego fronça ses épais sourcils.

– Non, pourquoi ? Tu sais bien qu'il est toujours pris ! J'étais venu livrer une toile à un client. Et toi, *mi corazón*, où est-ce que tu cours comme ça ? Tu as failli me balancer sous le bus.

– Excuse-moi, j'avais la tête ailleurs, je viens de voir la voiture d'Arnaud, et je me disais qu'il devait être dans le coin.

– Tu es sûre de ne pas te tromper ? Il me semble qu'il avait un rendez-vous à Roissy avec un client sud-africain.

– Non, non, c'est bien sa voiture, protesta Émilie. Tu as le temps de prendre un café ? Tu me montres le tableau ?

– Cinq minutes, pas plus ! L'acheteur est un vieux maniaque qui ne supporte pas qu'on soit en retard, un colonel à la retraite.

– C'est la peinture ou le peintre qu'il aime ? s'enquit-elle, mutine.

– Les deux, je pense. Mais pour le peintre, il peut toujours se brosser ! ricana-t-il en la précédant au Pink, un bar branché rose et blanc. J'aime bien l'uniforme, mais avec trente ans de moins.

Ils commandèrent deux cappuccinos, de l'eau et une plancha de charcuterie, puis Diego défit un coin de papier kraft pour lui montrer la toile. Encore une de ses sinistres femmes égorgées, se dit Émilie en poussant des « mmm » appréciateurs.

– Ne te sens pas obligée de dire que ça te plaît, chérie, la coupa-t-il en reposant le tableau. Je sais que tu préfères mes gentilles petites marines.

– Et alors ? C'est vrai, je les adore ! Et dis-moi… hier soir, c'était comment ?

– Trop nul. Pas un seul mec potable. Je vais finir sous les ordres.

– Bénédictin ? Chartreux ?

– Non, je pensais plutôt soubrette.

– Tu es bête ! s'esclaffa Émilie en dégustant son café.

Diego n'était pas vraiment ce qu'on appelle un beau garçon, mais son air vif et malicieux, son regard intense et ses jolies fossettes auraient dû trouver preneur depuis longtemps.

Il regarda sa montre, une Swatch extra-plate transparente.

– Il faut que je file, ma belle. Embrasse Arnaud pour moi.

C'était exactement ce qu'elle aurait aimé faire. Embrasser Arnaud. Diego n'avait même pas fini sa tasse, ni mangé les petits chocolats. Elle en picora deux distraitement. Comment un colonel en retraite pouvait-il avoir envie d'un tableau aussi morbide chez lui ? Une longue femme blonde exsangue et la tête pendante le long d'un lit souillé d'éclaboussures pourpres. Reflets ? Taches de sang ? Un visage préraphaélite à la Sonia-Lisa, qui aurait plu à Théo l'Abruti. Corps diaphane et comme brisé. Brrr, une horreur !

Elle se plongea dans la lecture d'un *Côté Sud* que quelqu'un avait oublié sur la table voisine. Il fallait absolument qu'elle se mette aux « loisirs créatifs », scrapbooking, pochoirs et autres. Une fois décapée et relookée, la petite commode de l'entrée serait du meilleur effet. Et la tête de Térésa en la voyant !

Bien. Elle avala la dernière goutte de cappuccino et enfila ses gants en pécari crème. Il ne faisait pas encore assez froid pour porter des gants, mais c'était Arnaud qui les lui avait offerts. Très élégants, se dit-elle pour la vingtième fois en contemplant ses mains. De jolies petites mains fines faites pour porter des bagues en diamant. Comme sa bague de fiançailles. Le choc quand elle avait ouvert le petit écrin en velours noir ! Arnaud lui avait souri. Avait pris sa main dans la sienne, immense, l'avait portée à ses lèvres. « Je t'aime, je veux t'épouser », avait-il murmuré dans l'exquis restaurant japonais où il l'avait invitée à dîner. Un rêve ! Un rêve vrai !

Elle soupira en se levant, vaguement mécontente. Diego était parti, Anne n'était pas là, elle avait raté Arnaud… il ne lui restait plus qu'à rentrer, prendre un bon bain et se faire belle en attendant son seigneur et maître.

La voiture n'était plus là, Arnaud était reparti. Elle resta un instant à contempler l'emplacement vide, bousculée par la foule dense du milieu d'après-midi. Des techniciens de la voirie installaient les décorations lumineuses de Noël, une ambulance faisait retentir sa sirène, tout près, assourdissante, et, levant les yeux, elle vit une voiture de police, gyrophare allumé, garée devant l'immeuble voisin. Deux motards se rangèrent devant elle, pneus crissant, et se mirent à canaliser les passants pour libérer l'entrée de l'immeuble, tandis que l'ambulance freinait à son tour, dans un crescendo sonore qui obligea Émilie à se couvrir les oreilles de ses mains gantées. Deux brancardiers en jaillirent et s'engouffrèrent dans la grande porte cochère.

Déjà, les badauds s'agglutinaient, l'empêchant de rebrousser chemin, la pressant contre un des motards qui ne cessait de hurler : « Reculez, reculez s'il vous plaît ! » Une deuxième voiture de police était arrivée et des flics en tenue essayaient d'aider leurs collègues. Comme les gens étaient voyeurs, se dit-elle. Toute cette agitation pour entr'apercevoir une vieille dame victime d'un infarctus ou un ouvrier tombé d'une échelle !

Mais quand les brancardiers ressortirent en courant, la frôlant presque, ils ne portaient ni une vieille dame ni un ouvrier, mais un corps dans une housse, d'où s'échappait une mèche de longs cheveux blonds souillés de matière sombre, épaisse et rougeâtre, comme si la femme s'était fait des mèches d'argile, eut-elle le temps de se dire avant que les portes de l'ambulance se referment et que le véhicule démarre. La foule refluait lentement, surexcitée, la laissant peu à peu seule sous un réverbère, l'élégant sac en papier contenant ses nouveaux trotteurs Hermès pendant au bout de son bras.

Un homme en civil qui portait un brassard « police » passa devant elle pour regagner la voiture, l'air fatigué, se frottant les joues et les yeux comme pour en effacer ce qu'il venait de voir. Une quarantaine d'années, pull à col roulé et jean gris. Épais cheveux noirs taillés en brosse, yeux en amande, traits marqués. Une beauté rustique, se dit-elle, de paysan ou de marin… non, plutôt de boxeur, avec ce nez cabossé et cette cicatrice à l'arcade sourcilière. Le policier se tourna vers l'homme qui le suivait, plus petit, plus gros, boudiné dans un blouson en daim beige.

– Quelle boucherie ! lâcha-t-il, faisant frissonner Émilie.

– Combien on parie que personne n'a rien vu ni entendu ? lui renvoya l'autre, dont la voix aiguë étonnait dans ce corps épais. C'est toujours comme ça dans ce genre d'immeuble. Tout le monde vit calfeutré chez soi derrière ses portes blindées.

Et alors ? eut-elle envie de lui dire. Vous trouvez que c'est mal de vouloir se protéger, d'aspirer au calme et à la tranquillité ? Vous trouvez que nous vivons une époque si formidable ?!

Ils la frôlèrent légèrement pour monter dans leur véhicule, le plus mince – le boxeur – s'excusant : « Pardon, madame… »

Leurs regards se croisèrent une seconde. Ses yeux très sombres dénotaient une influence orientale. Il avait une voix grave, pas aussi grave que la basse profonde d'Arnaud, mais agréable quand même. Émilie eut envie de lui demander ce qui s'était passé, mais se réfréna, et ils démarrèrent, le petit gros au volant.

Haussant les épaules – c'était la vie, on n'y pouvait rien –, Émilie regagna à petits pas pressés les luxueux locaux du cabinet d'expertise comptable d'Anne, qui venait justement de terminer un rendez-vous téléphonique, lui annonça Cathy avec exubérance.

– Coucou ! C'est moi ! lança-t-elle en pénétrant dans le vaste et impeccable bureau de sa sœur.

– J'arrive ! lança la voix étouffée de celle-ci du cabinet de toilette.

La porte s'ouvrit et Anne surgit, très élégante dans un tailleur Givenchy anthracite, ses longs cheveux châtain foncé tirés en chignon. Elle alluma une Dunhill dont elle aspira une longue bouffée.

– Comment vas-tu, petite sœur ? demanda-t-elle en s'appuyant contre le rebord de son bureau ministre. Tu en veux une ?

Émilie fit non de la tête et l'embrassa légèrement sur les deux joues, humant au passage la délicate fragrance d'Habanita, le parfum préféré de sa sœur. Puis elle se laissa tomber dans un des gros fauteuils en cuir noir.

– Je suis vannée ! Et il y a eu un meurtre dans la rue d'à côté !

Anne leva la tête, sourcils froncés :

– Pardon ? Un meurtre ?

– Oui, il y avait des flics partout, une ambulance, et ils ont sorti une femme sur un brancard, il y avait plein de sang sur la bâche qui la recouvrait…

– Quelle horreur ! s'exclama Anne, tu as dû être bouleversée ! Tu veux du cognac ?

Sans attendre la réponse de sa cadette, elle se tourna vers un petit bar dissimulé dans la bibliothèque et en sortit un flacon de cognac et deux verres à dégustation qu'elle remplit généreusement.

– Tiens, à notre santé !

– Et à celle d'Arnaud, ajouta Émilie en avalant une gorgée du liquide ambré.

– À celle d'Arnaud, acquiesça Anne en souriant. Et de tous les hommes beaux, virils et intelligents !

– Toi, tu as quelqu'un en vue ! s'écria Émilie.

– Hélas non. On dirait bien que j'ai fait mon temps.

– Ne dis pas de bêtises ! N'oublie pas qu'on n'a que cinq ans d'écart !

– Très sincèrement, je crois que je suis destinée à vivre seule, soupira Anne en vidant son verre. Un autre ?

– Non, merci, j'en ai encore. Tu as l'air tracassée…

Anne se versa une deuxième généreuse rasade de cognac.

– Non, rien, des problèmes de boulot, ça me prend la tête, mais il n'y a rien de grave.

– Tu es sûre ? insista Émilie, soucieuse.

– Si je te le dis ! Montre-moi plutôt ce que tu as acheté ! Je n'ai même plus le temps de faire des courses !

Elles étaient penchées sur les emplettes d'Émilie étalées sur le bureau quand le téléphone sonna. Émilie, relevant machinalement la tête, aperçut le numéro de portable qui s'affichait sur l'écran numérique.

– Arnaud ! s'exclama-t-elle joyeusement.

Mais Anne, qui avait pris la communication, fit « non » de la tête tout en lançant un « Oui ? » assez sec, puis : « Désolée, mais je n'ai pas le dossier sous les yeux. Pouvez-vous me rappeler d'ici une heure ? Merci, au revoir. »

– Un épouvantable raseur ! commenta-t-elle en raccrochant.

– Excuse-moi, j'avais cru reconnaître le numéro d'Arnaud, dit Émilie, confuse.

– Ils doivent se ressembler, mais je t'assure que ce pauvre Marcillac n'a rien à voir avec ton mari ! Elles sont superbes, ces chaussures !

– N'est-ce pas ? J'ai rencontré Diego, on a bu un café, il allait vendre un tableau, tu sais une de ces grandes toiles aux femmes couchées…

– Je préfère ses marines ! laissa tomber Anne en jetant discrètement un coup d'œil à sa montre, une Roadster de chez Cartier.

– Oh ! Tu as du travail ! Je te dérange avec mes idioties ! s'exclama Émilie en commençant à rassembler ses affaires.

– Non, j'ai encore cinq minutes. Diego était en forme ?

– Comme d'habitude. Tu sais, enchaîna-t-elle, je suis vraiment obsédée par Arnaud ! Tout à l'heure j'ai cru voir sa voiture garée à côté du CyberStore, mais Diego m'a dit qu'il était à Roissy ! Et là, le téléphone…

– Tu n'es pas obsédée, tu es amoureuse, petite sotte !

Un bip retentit et un voyant rouge se mit à clignoter sur le téléphone d'Anne, qui décrocha aussitôt en soufflant à sa sœur :

– C'est Cathy.

Anne écouta, puis haussa les sourcils avant de lâcher : « Très bien, je vais les recevoir », d'un air étonné.

– La police ! dit-elle à Émilie, visiblement surprise. Je croyais avoir payé tous mes PV !

On frappa à la porte avant qu'Émilie ait eu le temps de répondre et deux hommes entrèrent, qu'elle reconnut aussitôt. Elle ne put retenir une exclamation et le policier en col roulé se tourna vers elle.

– Excusez-moi, dit-elle en se sentant ridicule, mais je vous ai vus il y a un quart d'heure, devant l'immeuble d'à côté, et…

Il hocha brièvement la tête.

– C'est à ce propos que nous sommes ici, mesdames. Qui est Anne Desmarais ?

– C'est moi, dit Anne, mais je ne vois pas…

– Capitaine de police Léo Del Lucca et voici mon adjoint, François Daguerre, annonça-t-il.

Vu son patronyme, Del Lucca était d'origine italienne, se dit Émilie tandis qu'Anne la présentait :

– Ma sœur, Émilie de Béard.

– Enchantés… du moins, nous le serions dans d'autres circonstances, corrigea Del Lucca dans un soupir. En effet, comme a dû vous le dire votre sœur qui nous a entrevus, un assassinat a été commis dans l'immeuble voisin, au 45. Il se trouve que vous avez une cour intérieure en commun avec ledit immeuble, ajouta-t-il en désignant la fenêtre derrière Anne.

Tout le monde se tourna vers ladite fenêtre qui donnait effectivement sur une cour carrée, plantée d'arbustes soigneusement taillés.

– Nous interrogeons tous les occupants des lieux pour savoir s'ils n'ont pas vu quelque chose d'inhabituel, poursuivit le capitaine.

– Comme quoi ? demanda Anne, perplexe. Un homme couvert de sang ?

– Par exemple. Ou simplement un inconnu. Ou quelqu'un ayant l'air très perturbé. En traversant la cour, on peut passer d'un immeuble à l'autre – une porte donne dans votre couloir au rez-de-chaussée –, et donc ressortir sur l'avenue, de ce côté-ci.

– Mais ça s'est passé quand ? voulut savoir Anne.

– Disons, il y a une heure… C'est une des locataires qui nous a appelés. Elle était dans le hall d'entrée du n° 45, il lui a semblé entendre des cris à l'étage, une porte a claqué, mais elle n'a vu personne passer par le hall. Elle est montée voir, ce qui était courageux de sa part, et a trouvé une porte grande ouverte au troisième. Et un corps étendu par terre.

Émilie frissonna.

– Qui était-ce ? demanda Anne.

– Une jeune femme. Alexandra Martinez. Vous la connaissiez ?

Anne fronça les sourcils.

– Non, ça ne me dit rien.

– Grande, blonde, mince, la trentaine, Elle travaillait chez Air France.

– Non, je ne vois pas, répéta Anne.

– Les voisins disent qu'elle faisait du jogging, lança Daguerre.

– Ah ! Oui, je l'ai peut-être aperçue quelquefois en tenue, mais je ne la connaissais pas.

– Son agresseur l'a poignardée à de nombreuses

reprises et rien ne semble avoir été volé, précisa Del Lucca. Vous n'avez jamais aperçu un petit ami ?

Anne fit non de la tête.

– Franchement, je ne m'intéresse pas beaucoup au voisinage, expliqua-t-elle avec un léger geste de la main vers les classeurs ouverts sur son bureau.

– Et vous, madame ? s'enquit Del Lucca en se tournant vers Émilie.

– Oh, je suis juste venue rendre visite à ma sœur. Je ne connais personne dans le quartier.

Ils soupirèrent.

Plus de trente coups de couteau. L'assassin était passé par la cour, quasiment sous les yeux d'Anne, et avait dû certainement ressortir par cet immeuble-ci, peut-être même Émilie l'avait-elle croisé en entrant !

Elle fouilla dans sa mémoire, mais ne réussit à se souvenir de personne en particulier. Si, un vieux monsieur qui ouvrait sa boîte aux lettres… deux femmes qui discutaient devant l'ascenseur… et le vieux monsieur avait l'air bien décati ! assura-t-elle au capitaine Del Lucca tandis que Daguerre prenait des notes.

Anne, elle, déclara n'avoir pas levé le nez de ses dossiers depuis son retour, vers 13h30.

Les deux policiers les remercièrent avant de se retirer, Del Lucca leur laissant à chacune sa carte « au cas où… ».

– Tu te rends compte, c'est affreux ! commenta Émilie, tout à la fois secouée et excitée. Tu aurais pu voir l'assassin par ta fenêtre !

– Arrête un peu ! On dirait une gamine ! la gourmanda sa sœur.

– Mais quand même ! Il s'agit d'un meurtre, un vrai !

– Justement, un peu de décence ! Oh ! là ! là ! j'ai une réunion dans un quart d'heure !

– Je me sauve ! On s'appelle !

Émilie rassembla ses paquets à la hâte, vite rentrer, vite retrouver Arnaud, vite lui raconter ce qui s'était passé, vite se blottir dans ses bras, avant de dîner aux chandelles, yeux dans les yeux…

Jeudi matin, à huit heures.

Léo Del Lucca, les sourcils froncés, contemplait le corps couvert de plaies allongé sur la table d'autopsie de la morgue.

Servan, le légiste, un grand brun dégingandé aux longs cheveux noirs, préparait sa scie circulaire. Le lecteur CD diffusait le concerto en *la* mineur opus 3 de Vivaldi. Del Lucca, lui, avait un faible pour le calypso, la musique traditionnelle des Caraïbes. Roaring Lion, King Radio, Attila le Hun, le remplissaient de joie et de swing, ce qui pour lui était le plus proche d'un sentiment de paix. Mais il n'avait rien contre Vivaldi. Sauf sur fond de scie circulaire.

Il se força à fixer les pieds de la victime plutôt que sa longue chevelure blonde souillée de sang et surtout plutôt que les gestes tranchants de Servan. Son regard s'attarda sur la cheville droite à laquelle était passé un bracelet d'identification caoutchouté, puis sur le gros orteil gauche, celui qu'on montre avec une étiquette sur les couvertures de polars, passa sur le deuxième orteil plus long que les autres, comme chez la majorité de la population, dériva sur les ongles ras et impeccablement vernis bleu marine… des pieds de morte, blêmes et exsangues.

Le légiste sciait les côtes, en dictant brièvement ses observations. Léo ne disait rien. Servan n'était pas bavard. Il supportait la présence d'un enquêteur parce que c'était obligatoire, mais il préférait le silence habituel de ses patients.

Faisant abstraction du grincement du métal sur les os, Del Lucca en profita pour se repasser mentalement les éléments connus.

L'appartement inondé de sang.

Le corps de la jeune femme : les jambes sur le lit, le buste pendant vers l'épais tapis jaune d'or qui avait viré au marron, les mains griffant le plancher verni.

L'absence de l'arme du crime – un couteau, très certainement.

La double sortie de la cage d'escalier permettant de filer par l'un ou l'autre des deux immeubles formant un L.

Les voisins, sourds évidemment. Et même pas médisants.

La victime, Alexandra Martinez, menait une vie tranquille, ne recevait pas, ne faisait pas de bruit. Une jeune femme souriante et discrète, adepte du jogging et des produits bio.

Ramenait-elle parfois des connaissances, femmes, hommes ? On l'avait croisée avec des amies, les bras chargés de paquets, plus rarement avec des jeunes gens, toujours très polis.

Mais quelqu'un avait jugé bon de lui asséner plus de trente coups de couteau. Un des jeunes gens très polis ?

Bien qu'il soit beaucoup trop tôt à ce stade de l'enquête pour hasarder une hypothèse, Daguerre ne penchait pas pour le crime passionnel : « Ça sent le boucher », avait-il laissé tomber en se frottant le nez.

François Daguerre avait peut-être l'air d'un balourd, mais il avait de l'instinct, de l'instinct et de l'expérience. Ils formaient une bonne équipe. Dommage que François prenne sa retraite dans six mois. Del Lucca s'était habitué à lui. Difficile de devoir se faire à quelqu'un de nouveau. Lui non plus n'aimait pas trop faire la conversation, et l'idée d'un coéquipier bavard ou envahissant le hérissait. Ou d'une coéquipière. S'entendrait-il mieux avec une femme ? La dernière avec laquelle il avait bossé, à Marseille, venait des cités nord et l'avait surnommé « Chouchou » : elle le trouvait trop mou. Aux dernières nouvelles (une carte de Noël vieille de trois ans), elle était entrée au GIGN.

« Ça sent le boucher »… C'était le pire qui pouvait leur arriver. Le psychopathe-épouvantail-tarte à la crème des films d'horreur. Sinistrement et pathologiquement réel, type Heaulme ou Bundy. Le prédateur pour qui la chair humaine n'est que la pâte à modeler de ses macabres fantasmes.

– D'après son bol digestif et l'absence de lividité, je dirais que vous l'avez trouvée très peu de temps après sa mort, dit Servan.

Léo acquiesça. François et lui l'avaient deviné en touchant le corps encore tiède.

– Disons, heure approximative du décès entre midi et deux heures, ajouta Servan.

La mort à l'heure du déjeuner.

Les deux immeubles contigus. Extrêmement pratique. À coup sûr l'assassin était entré par l'un et avait filé par l'autre…

Sous les fenêtres du cabinet d'expertise comptable.

Il revit les deux jeunes femmes, surprises par leur irruption. François avait trouvé la plus âgée « canon ». Anne Desmarais. Le cabinet lui appartenait. L'autre, c'était sa sœur, Émilie de Béard. Plus à son goût. Tout aussi classique mais un peu moins stricte. Cheveux cendrés coupés au carré. Pommettes hautes. Un petit côté slave. Du haut de gamme toutes les deux, vu les fringues et les bijoux. Anne Desmarais était célibataire, sa sœur mariée à un jeune loup de l'informatique.

Del Lucca reporta son attention sur Servan. Celui-ci, concentré, les sourcils froncés, la mèche de cheveux qui lui retombait toujours dans l'œil incongrûment attachée avec une barrette de gamine, rose fluo – celle d'une de ses filles certainement –, pesait des organes spongieux et foncés. Léo détourna les yeux.

Il en avait marre de la mort, de ses œuvres, de ses pompes, de ses débordements, marre de contempler des dépouilles d'êtres humains détruits par leurs congénères. Marre de devoir traquer des tueurs sordides. Marre d'écouter des assassins se confesser sporadiquement, se justifier ou fondre en larmes, marre de taper sur son ordinateur leurs trop souvent minables motivations.

Au sein de la PJ, il avait demandé sa mutation à l'Office central de lutte contre le trafic des biens culturels. Pendant quatre ans, il avait suivi des cours du soir pour passer sa licence d'histoire de l'art et espérait présenter le master l'année suivante.

Daguerre se moquait de lui :

– Tu t'emmerderas comme un rat mort, lui prédisait-il. T'es un homme de terrain comme moi. Tu te vois galoper aux trousses d'un tableau de Paris à Moscou ? Tu trouves ça excitant ?

– Ramasser des cadavres, courir après des cinglés, ça ne m'excite plus tellement.

– Le petit Léonid n'aspire qu'à la détente ! ricanait François, appuyant là où ça faisait mal.

Léo était né le 26 mai 1972 et Del Lucca père, fervent admirateur de l'URSS, l'avait baptisé Léonid en l'honneur de Brejnev et des accords SALT. Sa mère, fan de Léo Ferré, avait fait contre mauvaise fortune bon cœur, sachant qu'on appellerait l'enfant par son diminutif. Le secrétaire de mairie s'était un peu fait tirer l'oreille, mais la détermination stalinienne des poings herculéens de Carlo Del Lucca avait rapidement eu raison de ses réticences.

– De toute façon, tu l'auras pas, ta mutation, s'acharnait François. Tu sais bien que le patron ne va pas te laisser partir.

Sur quoi, Daguerre haussait généralement les épaules. Retournait à ses grilles de sudoku. Ou envoyait des SMS à sa nouvelle petite amie. Il avait divorcé à cinquante-cinq ans, trois enfants, une maison en banlieue. Plus exactement, sa femme avait divorcé. Elle lui avait laissé le chien, un vieux labrador fauve nommé Patapouf, et leur deuxième voiture, une Ford Fiesta pourrie. Daguerre s'était consolé avec la serveuse du troquet où il allait noyer son chagrin. Une petite brune au regard dur qui trimait du matin au soir.

Ils allaient vivre ensemble dès que Daguerre serait à la retraite.

Et Léo allait continuer à arpenter des scènes de crimes puant la charogne.

Chapitre 3

Ils avaient passé une excellente soirée, aussi parfaite que dans un film, se dit Émilie avec satisfaction. Elle avait raconté à son époux le meurtre et la visite des policiers en civil au bureau d'Anne et il l'avait serrée tendrement contre lui en lui promettant de toujours la protéger. Elle en aurait presque ronronné. Elle lui avait aussi dit qu'elle avait cru voir sa voiture garée devant le CyberStore, et il l'avait gentiment grondée : il lui avait bien dit qu'il ne serait pas sur Paris ! Elle ne l'écoutait donc pas ? Elle s'était excusée : si, si, bien sûr, mais elle était tellement étourdie… Il n'était pas fâché d'avoir épousé une femme si sotte et si écervelée, au moins ?

– Tu es ma femme, lui avait-il répondu de sa voix de basse, et tu me plais comme tu es.

Que rêver de plus doux que ces mots-là ? se dit-elle en pirouettant dans sa chemise de nuit sur la terrasse au dallage ocre de Toscane.

– Vous allez prendre froid ! maugréa une voix revêche.

Mère Térésa, un chiffon à la main, se tenait dans l'embrasure de la porte-fenêtre.

Émilie haussa ses gracieuses épaules à demi dénudées.

– Il fait si beau, Térésa ! Regardez-moi ce ciel !

– Il va pleuvoir dans deux heures, grogna Térésa en

réponse. Moi ce que j'en dis c'est pour vous. Si vous voulez attraper la mort…

« Attraper la mort »… comme une balle lancée au vol, quelle drôle d'idée quand on y pense, se dit Émilie, bien déterminée à ne pas laisser ternir sa belle humeur par une vieille femme acariâtre.

Elle regagna le vaste salon en se demandant ce qu'elle allait faire dans l'immédiat. Le meurtre de la veille lui revint à l'esprit, mais elle l'en chassa. Ne pas se laisser envahir par la violence du monde extérieur.

Hmm, un peu de musique tout d'abord. Elle passa en revue l'imposante collection de CD et choisit la b.o. de *Mulholland Drive* de David Lynch, une composition d'Angelo Badalamenti, qu'elle affectionnait tout particulièrement, feuilleta un *Vogue* qui traînait sur le canapé, puis se rendit dans sa salle de bains étincelante de marbre rosé. Un petit quart d'heure de jacuzzi, un masque hydratant, et après elle s'attaquerait aux pièces inoccupées, dans l'aile condamnée.

La famille d'Arnaud y avait entassé tout un bric-à-brac hétéroclite qu'elle voulait trier en vue de la prochaine vente de charité du Rotary-Club en faveur de la recherche sur le sida. Et puis il y avait sûrement des lots à faire pour les vide-greniers qui se multipliaient au printemps. Elle adorerait jouer à la marchande sur la place du village.

Arnaud se moquait de toutes ces vieilleries, il le lui avait dit. Il avait réuni tout ce qui lui importait dans son antre, son sacro-saint bureau. Pour le reste, elle pouvait en faire ce que bon lui semblait…

Elle sortit du bain toute fraîche, enfila un jogging bleu roi et une paire de ballerines rose vif, et prit le petit couloir lambrissé qui débouchait dans l'ancien jardin d'hiver où dormaient de vieux meubles de jardin fossilisés. Elle avait demandé à Arnaud pourquoi il ne remettait pas en état cette partie de la maison. Trop cher, avait-il répondu, avant d'ajouter : Et trop de souvenirs. *No comment.*

Elle traversa le salon de musique où ne restaient que des cartons de partitions poussiéreuses et un piano demi-queue désaccordé sur lequel elle pianota *Au clair de la lune* avant de grimper sur la pointe des pieds – excellent pour les mollets – l'escalier en colimaçon desservant l'étage où se trouvaient les anciennes chambres de bonnes, sous les combles.

Arrivée sur le palier, éclairé seulement par un œil-de-bœuf, elle s'immobilisa un instant et considéra le long couloir, le parquet gondolé et la rangée de portes en bois vermoulu.

Cet endroit était triste. On y respirait l'abandon, le parfum fané d'une époque évanouie. Et il y faisait froid. Ce froid triste des endroits sombres et oubliés. Elle respira à fond, allons ma grande, au travail !

La première porte donnait sur une petite chambre monacale : un lit une place avec un sommier métallique, une commode en pin blanc, un petit lavabo émaillé. Le vieux matelas rayé était auréolé de taches sombres. Des chats avaient dû se soulager dessus. À jeter.

La pièce suivante était un débarras, encombré de deux énormes armoires débordantes, d'ustensiles ébréchés, de chaises dépareillées, de fauteuils défoncés. Elle s'attela au contenu des armoires en faisant trois piles : à donner, à réparer, poubelle. C'était fou le nombre de cochonneries qu'une famille pouvait accumuler. Elle récupéra quelques belles pièces, une bouilloire en cuivre, une petite bassine en émail, quelques assiettes d'un service en porcelaine fleurie…

Le temps passait vite et elle s'aperçut soudain qu'elle avait faim. Quelle heure était-il ? Déjà midi et demi ! Et elle avait à peine commencé ! Elle s'arracha à regret à son inventaire pour aller jeter un coup d'œil aux autres pièces, afin d'évaluer ce qui restait à faire.

Encore une chambre, entièrement vide, aux murs blancs et au parquet sombre. Suspendu à un crochet, un sabre à la poignée dorée dans son fourreau en cuir tout usé et éraflé. Mais quand elle en fit coulisser l'arme, la lame apparut, étincelante et affûtée. Un sabre de cavalerie, une pièce de valeur à mettre de côté, se dit-elle en le rengainant. Une arme redoutable. Sans doute celle d'un arrière-arrière-grand-père d'Arnaud. Elle imagina un géant blond vêtu en hussard chargeant à côté de Napoléon, tranchant bras et têtes ennemis. Chaque époque avait sa barbarie. Elle passa à la pièce voisine.

Une nursery. Un papier fané aux rayures rouges et blanches décoré de ballons bleus. Un berceau dont la dentelle mitée pendouillait. Un lit d'enfant avec ses barreaux de bois. Un coffre à jouets d'où débordaient un robot désarticulé et un Pollux mité. Avait-ce été la chambre d'Arnaud ?

Elle s'approcha du coffre, se pencha, curieuse. Une boîte en carton abritant de vrais soldats de plomb, des grenadiers de Napoléon, reconnut-elle, un sac de pièces de Meccano, une locomotive qui avait à l'évidence été victime d'un sévère déraillement, un colt en plastique, les flèches et l'arc d'un grand chef indien, tout un carton de Lego, un nounours pelé dans l'œil unique duquel on avait planté une épingle, une panoplie de Zorro, masque, cape, fouet et chapeau noir brillant…

Elle s'en coiffa, chercha des yeux un miroir, repéra la petite glace au-dessus du lavabo sur colonne. Constellée de taches et ébréchée. Le chapeau lui allait bien. Émilie, tu n'es pas là pour faire joujou ! Elle le reposa et sortit, le ventre bizarrement noué. La nursery ressemblait à un décor de théâtre, on avait du mal à croire qu'un véritable enfant y eût jamais joué et dormi.

La porte suivante refusa de s'ouvrir. Elle tourna en vain la poignée dans tous les sens. Ou c'était fermé à clé ou c'était coincé. Elle se décida à donner un bon coup de pied dans le battant, sans résultat. Fermé à clé. Il faudrait demander à Térésa.

Soudain lasse et affamée, elle passa rapidement en revue la vieille salle de bains à l'antique baignoire aux pieds griffus posée sur un carrelage noir et blanc. Là encore l'émail était irrémédiablement taché. Par contre, le miroir rococo était en bon état, nota-t-elle tout en accordant un coup d'œil à son reflet, celui d'une jeune femme blonde et mince, avec de grands yeux sombres et des cheveux relevés en un chignon lâche mettant en valeur de hautes pommettes et un petit nez droit : assez séduisante ma foi, se dit-elle en souriant à son image.

Les WC attenants étaient bien délabrés. Gris et entartrés, la peinture murale tout écaillée. Un vieux papier tue-mouches pendait du plafond – depuis quand n'utilisait-on plus de papier tue-mouches ? Une brosse aux poils raides et sombres traînait dans un vieux seau. Répugnant. Les narines pincées, elle gagna la grande soupente, bourrée de caisses, de malles, et de meubles usagés. Une brocante à elle toute seule ! Des heures, des jours entiers de boulot en perspective. Et elle n'avait pas vu toutes les pièces !

Elle redescendit, contente d'avoir quand même un peu avancé, alla se laver les mains avant de gagner la cuisine où Térésa surveillait un faitout dont s'échappait une bonne odeur de mitonné. Évidemment, Térésa cuisinait bien et à l'ancienne… une perle pour manoir gothique !

En écho à ses pensées, un éclair illumina soudain la pièce et elle se rendit compte qu'il pleuvait à verse et qu'il faisait sombre. Elle appuya sur l'interrupteur, faisant grimacer Térésa qui cilla sous la lumière crue.

– Je vous l'avais dit, qu'il allait pleuvoir ! lança la gouvernante.

Vieille peau, je suis sûre que ça te fait plaisir, ce temps pourri ! songea Émilie, tout en opinant poliment.

Le vent faisait cogner les feuilles des haies de lauriers contre la baie vitrée du salon et les éclairs se succédaient dans le vacarme du tonnerre. Un orage, un vrai ! Là-haut, absorbée par sa tâche, elle ne s'était rendu compte de rien.

Elle crevait d'envie de soulever le couvercle de la marmite pour voir ce qui sentait si bon, mais pas question de faire ce plaisir à Mère Térésa. Elle ouvrit le réfrigérateur et en sortit ostensiblement un yaourt 0 % à la pêche. Térésa leva tout aussi ostensiblement les yeux au ciel et entreprit de remuer le contenu du faitout avec une spatule en bois.

Ça y est, elle savait, ça embaumait le bœuf-carottes. Émilie sentait presque la douceur de la viande goûteuse sur sa langue.

– Ça va être prêt, grogna Térésa. Je vais vous mettre la table.

Elle faillit lui répondre que ce n'était pas la peine, qu'elle n'avait pas faim, puis elle céda. Instaurer un rapport de forces avec cette vieille bique était ridicule. Il valait mieux essayer de l'apprivoiser, parce que jamais Arnaud ne la renverrait et qu'il allait falloir se la farcir jusqu'à ce qu'elle devienne impotente, et encore qui sait s'il n'exigerait pas qu'elle reste au château et qu'on – c'est-à-dire Émilie – s'occupe d'elle !

Elle gagna la salle à manger, une grande pièce claire, fouettée par la pluie battante. Sur la table ovale au plateau de céramique vert et blanc, Térésa avait posé un set de table jaune d'or en paille tressée, une grande assiette d'un jaune assorti, un verre à pied et des couverts aux manches jaunes eux aussi.

De la vaisselle gaie, pimpante, qu'Émilie avait achetée au BHV et que Térésa n'utilisait que lorsque Émilie déjeunait seule. Lorsqu'elle dressait la table pour leur dîner du soir, à Arnaud et elle, la vieille dinde ressortait invariablement le service en porcelaine de Limoges bleu et blanc, les couverts en vermeil et les verres en baccarat qu'on ne pouvait, bien sûr, absolument pas mettre au lave-vaisselle.

Arrête de te prendre la tête avec Térésa, s'ordonna-t-elle une fois de plus tandis que la vieille servante posait une soupière fumante devant elle sans mot dire.

– Merci, Térésa. Dites-moi… c'est la nursery d'Arnaud là-haut ?

Térésa la regarda les sourcils froncés, perplexe.

– La vieille nursery… répéta Émilie.

– Ben évidemment, à ma connaissance y'en a pas eu d'autre, grogna la vieille femme.

Ne te laisse pas rebuter, instaure un contact cordial avec l'autochtone, Émilie.

– C'était vous qui vous occupiez de lui ? Vous aviez votre chambre là-haut ?

– Sûr que je m'en suis occupée ! C'est pas ses parents qui l'auraient fait, toujours en voyage ou à des réceptions… Le pauvre chéri était bien seul. Je dormais dans la pièce à côté de lui, le pauvre biquet.

– Alors, ce doit être votre ancienne chambre qui est fermée à clé, dit Émilie en se servant une bonne portion de ragoût, au diable les calories.

Térésa haussa les épaules.

– Ben sûrement, ça fait des années que j'ai pas mis les pieds là-haut, avec mon arthrose…

– J'aurais besoin de la clé, reprit Émilie avec l'infinie patience d'une dame patronnesse pleine de bonne volonté. J'ai commencé à trier tout ce bric-à-brac pour la prochaine vente de charité du Rotary.

Sourcils térésiens froncés à « bric-à-brac », détendus à « Rotary ».

– Ben j'en sais rien, moi, de cette clé. C'est pas moi qui l'ai fermée, cette pièce. Faut demander à Monsieur.

– Très bien.

– Ça remonte à loin, vous savez, bientôt quarante ans ! Après Monsieur a eu sa chambre de grand ici au premier, et moi et mon mari on a été installés dans la maison de gardiens, à l'entrée du parc, il était garde-chasse, Eugène. Je suis plus venue que la journée.

Intarissable, maintenant, se dit Émilie en essayant de savourer son plat, mais cette voix aigre lui portait sur les nerfs.

– Il a pas eu de chance, mon Eugène ! Crise cardiaque à cinquante-cinq ans ! Heureusement que j'ai pu continuer à tenir la maison pour Monsieur, ça m'a bien aidée.

Et une petite retraite bien méritée, hein ? Ça serait-y pas sympa ? Un petit voyage autour du monde qui durerait bien trois ans et puis une gentille maison médicalisée avec plein de gentilles infirmières ?

– Oh ! là ! là ! j'ai oublié mon four ! Faut que j'aille voir ma tarte !

Ouf. Émilie avala une gorgée de Coca light. Quand est-ce qu'Arnaud et elle auraient un bébé ? En tout cas, il ne dormirait pas dans cette sinistre nursery. Quelle idée d'exiler un bébé tout là-haut ! Les parents d'Arnaud ne devaient pas être des gens très tendres, se dit-elle en se rappelant le grand portrait suspendu dans le vestibule de l'entrée et les nombreuses photos sous verre dans la bibliothèque.

Lui, avec son visage à la Maupassant, son air carré et renfrogné, ses larges épaules. Elle, grande et longiligne, blonde, très classe. Sur le portrait, ils étaient en tenue de soirée : smoking pour lui, longue robe noire et cape en hermine pour elle. Dans la quarantaine tous les deux. Le tableau, bien que classique, datait des années 70 : ils avaient eu Arnaud sur le tard.

De vraies gravures de mode qui menaient la belle vie, rentiers grâce à Grand-Papa de Béard, le banquier, et à ses judicieux placements. Malheureusement décédès l'été 1984, en rentrant d'un concert de musique baroque à Neauphle-le-Vieux. Accident de voiture sur la route trempée de pluie, une fin romantique pour un couple hors du temps. Arnaud avait dix-sept ans à l'époque.

Était-elle méchante de ne regretter ni leur absence ni de ne pas les avoir connus ? Elle avait Arnaud tout à elle. Il fallait déjà partager le manoir avec Téréssa, alors avec des beaux-parents à l'ancienne…

Elle caressa lentement son ventre plat et musclé. Avec un bébé, Arnaud lui serait définitivement attaché. Une graine de vie qui les rassemblerait pour toujours. Tu parles, grande idiote, comme si le divorce n'existait pas ! Comme si, de nos jours, les gens restaient ensemble à cause des enfants !

Leur enfant, à Arnaud et à elle, serait si beau. Leur(s) enfant(s) ? Enfin… pas trop quand même. Deux, c'était bien. Et ce ne serait pas la vieille Térésa pleine d'aigreurs qui les élèverait. Elle s'en occuperait elle-même. Pas de nursery glaciale, pas de nounou revêche, pas de baisers hâtifs le soir à des gosses à peine entrevus dans la journée. Une vraie famille, chaleureuse, solide, conviviale.

Pas quatre enfants seuls avec une mère confinée dans son deuil et ses regrets.

– Vous voulez du café ?

Térésa se tenait sur le seuil, cafetière fumante à la main.

– Je vais prendre un expresso, merci, répondit Émilie avec un charmant sourire.

Térésa affectait de ne pas savoir se servir de la superbe – et onéreuse – machine à expressos. « Toutes ces nouveautés qui coûtent la peau des fesses… rien ne vaut un bon café à l'ancienne », grommelait-elle chaque fois qu'elle devait la nettoyer.

Elle disparut dans la cuisine et Émilie soupira d'aise en lançant :

– Un décaféiné *longo*, merci.

Térésa n'admettait pas la notion de décaféiné, vaguement assimilée à une sorte de préciosité. Mais Émilie, elle, tenait à son système cardio-vasculaire. D'ailleurs, elle ne désespérait pas de convertir Arnaud au déca. Il buvait beaucoup trop de café ! Des expressos très serrés à l'extérieur, des litres du jus de chaussette de Térésa à la maison. Le matin, Émilie préférait le thé. Du sencha japonais, un thé vert surprenant au goût très particulier d'herbe et de terre. Un goût qui lui venait de l'enfance. Son père en avait rapporté à sa mère lors de son dernier voyage et bien sûr celle-ci en avait racheté religieusement toutes les années suivantes. Elle l'avait fait connaître à Diego… Tiens, ce serait sympa de le retrouver au Tea-Time, histoire de médire des uns et des autres en grignotant de minuscules gâteaux au gingembre.

Elle repêcha le téléphone sous un coussin, composa le numéro en s'attendant à tomber sur le répondeur comme d'habitude, mais non :

– Mmmm ?

– Diego, c'est Émilie. Ça va ?

– Mmm… Quelle heure est-il ? Putain d'*after*, j'ai la tête en marmelade d'oranges amères.

– Il est un peu plus d'une heure, ça te dirait un goûter vers cinq heures ?

– Je vais essayer. Le temps de baigner la bête et de trouver une tête de rechange.

– C'était bien, ta soirée ?

– Trop *destroy* ! Le lancement du nouveau parfum Ferrari, je te raconterai. Et toi, ça va ?

– Super, j'ai fait plein de ménage !

– Arrghh ! Tu vas me faire gerber, chérie.

– Idiot ! Je suis en train de nettoyer les combles du château.

– Vous m'en direz tant ! Bon, moi je vais me nettoyer les neurones avec un peu de caféine en intraveineuse. À tout à l'heure, ma beauté.

– Cinq heures au Tea-Time ?

– Ça roule !

Une bonne chose de faite. Elle compulsa rapidement son agenda : Arnaud ne rentrerait pas avant vingt heures. Une réunion avec des Coréens.

Elle se retourna comme Térésa déposait une minuscule tasse en porcelaine chinoise sur la table. Lui faire remarquer que c'était une tasse à thé ? Non, être magnanime.

– Merci, Térésa. Il a l'air délicieux.

– Quand on aime ce genre…

Et toi aussi tu es délicieuse, ma douce Térésa. Si seulement tu pouvais t'auto-étrangler dans un accès de démence sénile !

Assez rêvassé. Elle avala le café, excellent au demeurant, et fila sous la douche.

Léo Del Lucca sortit du vestiaire du gymnase. Kamel était en train d'enfiler son sweat orange et vert. Ils se tapèrent dans la main, paume contre paume. Léo venait de lui servir de sparring-partner – Kamel avait un combat dans trois semaines. Catégorie mi-lourds, comme lui. Soixante-quinze kilos bien entretenus. Un cogneur. Léo était vidé, il avait les mains qui tremblaient incoerciblement. Les chocs. Ça allait se calmer, comme l'impression que ses jambes allaient céder sous lui.

Rien ne valait ça, cette sensation d'être totalement dans son corps, totalement vidé. Totalement libre.

Son portable se mit à sonner dans la poche de son survêt gris. C'était Daguerre. Retour à la case boulot.

Chapitre 4

Le Tea-Time était plein, comme toujours. Émilie repéra une vieille dame qui quittait sa table et se précipita, battant d'une longueur un couple d'Anglais compassés qui lui jetèrent un regard courroucé.

Eh, oui, vous êtes à Paris, les potes, on se bouge si on ne veut pas rester sur place. Elle commanda un *espresso macchiato* en attendant Diego et se plongea dans la lecture du dernier *Cosmo*. Il fallait absolument qu'ils aillent passer trois jours à New York pour faire un peu de shopping. Mmouais… sauf que traîner Arnaud dans un plan shopping ça craignait un peu tout de même. Profiter d'un rendez-vous d'affaires ? Ou se rabattre sur Londres, il adorait Londres.

L'arrivée de Diego la tira de ses réflexions. Il portait un trench-coat en cuir rouge, un jean délavé et un pull à col roulé en cachemire écru. Ses bracelets berbères argentés tintinnabulèrent pendant qu'il s'installait sous le regard maintenant curieux des Anglais qui patientaient au comptoir. Il passa la main dans ses cheveux noirs coupés ras.

– Alors ? dit-il.

– C'est pas mal, mais pourquoi est-ce que tu les as coupés ?

– Les choses changent, Esmeralda, les cheveux repoussent, j'avais envie de me rafraîchir l'âme à peu de frais. Tu devrais essayer.

Elle fit non de la tête. Pas question. Elle adorait sentir ses cheveux caresser ses joues.

Diego héla la serveuse, une jeune Danoise souriante que les vieux messieurs dévoraient des yeux. Ils commandèrent un cappuccino pour lui, un autre *macchiato* pour elle, et deux tartelettes au gingembre.

– Alors, les derniers cancans ? s'enquit-elle dès qu'ils furent servis.

– C'est à toi de me les dire, chérie ! Ta sœur a-t-elle enfin trouvé l'âme frère ?

– Non, rien de nouveau de ce côté-là. Tu connais Anne, elle est mariée à son bureau. Et toi ? Ta soirée ?

– Délicieusement dégénérée. Tout un ramassis de vieux débris du gotha, de vieilles folles emperlousées, de pseudo-héritières, une vallée des larmes en forme de seins siliconés. Je me suis amusé comme un fou.

– Et… ?

– *Nada !* Pas le moindre tendron à me mettre sous la dent. Anne et moi on finira célibataires à nourrir les pigeons dans ce qui restera des squares. Et la vieille sorcière, comment elle va ?

– Térésa ? Térésienne en diable. Elle n'a pas l'air contente que je fasse un peu de ménage dans les combles. Pour elle, le manoir est une sorte de mausolée où tout doit rester en l'état.

Diego avala une gorgée de cappuccino en gloussant.

– Tu lui as volé son bébé adoré ! Rebecca a failli périr brûlée vive pour ça ! lança-t-il faisant allusion au film d'Hitchcock. Surveille toujours ses mains et, si elle tripote une boîte d'allumettes barbecue en te fixant avec un sourire dément, fuis !

– Je l'assommerais plutôt, la vieille carne ! Je ne suis ni douce ni gentille, moi !

– Ça…

– Salaud !

Ils grignotèrent leurs tartes en ricanant. Les Anglais, maintenant installés à la table voisine, buvaient du thé anglais accompagné de *cannelli*, en faisant semblant de ne pas les écouter. Émilie se pencha vers Diego :

– Je crois que tu as une touche avec le Major Thompson.

– Ne parle pas de malheur, j'ai déjà mon vieux colonel !

– Ah oui, celui du tableau ? Il lui a plu ? Au fait, enchaîna-t-elle sans attendre la réponse, tu as croisé les flics, toi aussi ?

– Quels flics ?

– Les flics qui étaient là à cause du meurtre !

Les Anglais tressaillirent. Diego ouvrit de grands yeux de biche.

– Il y a eu une femme assassinée dans l'immeuble qui jouxte celui d'Anne ! reprit Émilie tout excitée. Les flics ont interrogé tout le monde !

– Ne me dis pas que c'était au 45 ? lança Diego en haussant les sourcils.

– Mais si !

– C'est là qu'habite mon colonel ! C'est dingue ! Je ne suis pas resté longtemps chez lui, il devait se rendre au ministère, j'ai dû ressortir juste avant que les flics arrivent. Qu'est-ce qui s'est passé ?

– Je sais pas trop. Ils ont parlé d'une femme poignardée, au moins trente coups de couteau, tu imagines ?!

Les Anglais avaient l'air d'imaginer parfaitement.

– Ça doit être dans la presse d'aujourd'hui, reprit-elle, je n'ai pas encore regardé.

– Attends, dit Diego en hélant la jeune Danoise. Mademoiselle, vous auriez un journal par hasard ?

Elle lui donna un quotidien gratuit posé en pile sur le comptoir.

Diego la remercia et déplia le journal. Les Anglais tendirent le cou.

– Voyons… oui c'est là !

Son index impeccablement manucuré pointait une brève info.

– « Meurtre dans le VIIIe arrondissement. Une jeune femme poignardée à son domicile. La victime, Alexandra M., semble avoir fait entrer son assassin. Le vol ne paraît pas être le mobile du crime. L'enquête suit son cours. »

Une petite photo illustrait l'article. Le portrait d'une jeune femme dans la trentaine, avec de longs cheveux blonds, un visage triangulaire, de grands yeux bleus et un petit nez retroussé. Elle portait un collier de perles, et un bracelet assorti, très classique. Une bague fantaisie à l'annulaire gauche.

Pas d'alliance, nota Émilie en scrutant la photo. Un chemisier en soie grège, orné d'une petite broche en argent dont elle ne distinguait pas le motif. Une jeune femme élégante et sérieuse. Le genre de beauté « classe » à la Claudia Schiffer. Ou à la Sonia-Lisa, l'amie de Théo. Oui, c'était ça, la pauvre Alexandra lui rappelait Sonia-Lisa, le jeune mannequin disparu. Elle le dit à Diego qui fronça les sourcils.

– Sonia-Lisa ? Oui, un peu, tu as raison. J'adorais ses yeux violets.

– Elle avait le même genre de visage ! affirma Émilie. Dire que ça fait plus de deux ans qu'elle a disparu… Évaporée dans la nature ! Tu te rappelles pas, tous les journaux en ont parlé ?!

– J'ai pas trop suivi, j'étais aux Seychelles quand ça s'est passé, tu sais bien, mon épisode retour à la nature cinq-étoiles luxe avec le hacker fou !

– Le diabolique Dr Stillman ! pouffa Émilie à qui Diego avait montré des photos.

– Helmut était très gentil ! protesta Diego en riant. Un peu cinglé, mais très prévenant. Il m'offrait des fleurs tous les matins. Des gerbes de camélias blancs. À chaque réveil, j'avais l'impression d'assister à mon propre enterrement.

– Qu'est-ce qu'il est devenu ?

– Il a pris sa retraite à trente-cinq ans comme consultant chez Bill Gates. On se téléphone encore de temps en temps. Oui, Sonia-Lisa, reprit-il. Je me souviens maintenant… Au début, les flics pensaient qu'elle avait fait une escapade amoureuse en douce, mais elle n'a jamais reparu.

– Exact. Théo disait que le plus inquiétant c'était qu'elle avait laissé toutes ses fringues chez elle… et sa collection de sacs à main, plus de trois cents, t'imagines ? Quelle femme abandonnerait sa collection de sacs ? La dernière fois qu'on l'a aperçue, c'était à Trouville où elle avait un pied-à-terre. Elle avait l'habitude de nager tous les jours, par tous les temps, elle s'est peut-être noyée, comme Natalie Wood, conclut Émilie. La police maritime a quadrillé la zone sans rien trouver.

– Parce que les requins ont dévoré son cadavre, renchérit Diego. Tu sais qu'il y a de plus en plus de requins en Méditerranée à cause du réchauffement des eaux ? Sans parler de toutes les bestioles qui transitent avec les cargos par le canal de Suez. Aspirées dans leur sillage. Quand même, reprit-il en pointant le doigt sur la photo de la jeune morte, ça fait drôle de penser que j'ai certainement croisé l'assassin !

– Tu avais rendez-vous à quel étage ?

– Troisième droite. Et elle ?

– Je ne sais pas. Les inspecteurs n'ont rien dit.

– Capitaines, pas inspecteurs, il n'y a plus d'inspecteurs, corrigea Diego. Polis au moins, tes flics ?

– Très. Aucune brutalité policière à déplorer. Le plus beau des deux était même assez sympa.

– Beau comment ?

– Visage buriné taillé à coups de serpe, lâcha Émilie d'une traite. Très médiéval.

– Hmm ! Dommage qu'il ne soit pas venu me cuisiner !

Les Anglais échangèrent un regard réprobateur.

– Mais j'ai sa carte, si tu veux témoigner spontanément ! lança Émilie en la sortant prestement de son sac.

– Capitaine Léo Del Lucca, lut Diego en faisant chanter le « Del Lucca ». Un Méditerranéen lui aussi. Tu crois que c'est un signe ?

– Un signe, je ne sais pas, mais toi t'es vraiment un vilain petit canard !

« Cygne… canard »… ajouta-t-elle devant son air perplexe.

– Oh ! là ! là ! Qui a dit que les blondes n'avaient pas d'humour ? soupira-t-il.

– Les faux bruns comme toi.

– Pardon, mais je suis un des rares authentiques salseros basanés à poil noir de la capitale. Un vrai expresso cubain ! Elle n'a pas eu peur, Anne, en apprenant qu'un crime avait été commis juste à côté de son bureau ? ajouta-t-il en sautant du coq à l'âne.

– Anne avoir peur ? persifla Émilie. Tu la connais : le calme et l'impassibilité d'un joueur professionnel. Tu reprends quelque chose ?

– Volontiers, *mi corazón*. Et toi ?

– Qu'est-ce que vous faites là, vous deux ? Dans mon café ?!

– Quand on parle du loup… ! lança Diego en se levant pour embrasser Anne qui les dévisageait en souriant.

– Toujours à comploter et à échanger les pires ragots ? dit-elle en s'asseyant à leur table. Je suis vannée, il me faut immédiatement un Perrier et un crème. Alors, qu'est-ce que vous faites dans mon QG annexe ?

Diego passa la commande tout en protestant qu'elle n'en avait pas l'exclusivité, que c'était lui qui l'avait découvert en premier, et Anne riposta que c'était à deux pas de son bureau à elle.

Tout en les écoutant plaisanter, Émilie se fit la réflexion qu'Anne avait l'air fatigué, fatigué et contrarié. Oui, elle connaissait assez bien sa sœur pour deviner les soucis sous son expression affable.

– Tout va bien ? lui demanda-t-elle à voix basse.

– Hmm hmm, c'est juste un dossier qui nous empoisonne, un vrai casse-tête fiscal, mais parlons d'autre chose, répondit Anne en s'emparant machinalement du quotidien.

« Oh ! c'est elle ! s'exclama-t-elle soudain en tombant sur la photo d'Alexandra Martinez. La jeune femme qui a été assassinée hier ! Les flics sont revenus ce matin, ils ont de nouveau interrogé tout le monde, ajouta-t-elle en baissant la voix, et ils nous ont montré sa photo.

– Et alors, c'était bien la fille à laquelle tu pensais hier ? demanda Émilie.

– Oui, tu sais ce que c'est… un visage familier qu'on ne connaît pas vraiment.

– Ils t'ont donné des détails ? voulut savoir Diego.

– Apparemment ils s'orientent vers la piste d'un familier. Il n'y a pas eu effraction, elle était en robe de chambre et ils ont trouvé deux verres et une bouteille de Coca light.

– Et bien évidemment pas d'empreintes sur les verres ? soupira Diego.

– Rien du tout. On dirait qu'elle a reçu un amoureux qui a méchamment pété les plombs, dit Anne. Trente-trois coups de couteau… Il paraît qu'elle est complètement défigurée.

– Il vaut mieux que ce soit son mec qu'un tueur fou, fit observer Émilie. Au moins, il ne s'attaquera à personne d'autre. Vous devriez quand même faire installer un code à la porte qui donne dans la cour commune.

– Pff, les codes ça ne sert à rien, rétorqua Anne en haussant les épaules. Tout le monde le donne à tout le monde : copains, livreurs, réparateurs… c'est presque plus dangereux puisque les gens rentrent sans s'annoncer. Et d'ailleurs au 45 il y a un code, conclut-elle.

– Exact, et mon colonel me l'a donné pour que je puisse entrer, fit Diego. Anne a raison. À Paris, les immeubles sont de vraies passoires. Les concierges à l'ancienne étaient cent fois plus efficaces.

Anne se levait déjà.

– Excusez-moi, les loulous, mais il faut que j'y retourne. On se fait un dîner un soir ?

– Arnaud a un boulot monstre en ce moment, objecta Émilie.

– Eh bien on ira dîner sans lui, en célibataires ! dit Diego.

Émilie fit la grimace. L'idée de sortir sans Arnaud ne l'emballait pas outre mesure.

– Quelle midinette tu fais ! se moqua Anne en plaquant de la monnaie sur la table. Bon, téléphone-moi, ciao, bisous !

Elle sortit en trombe, sous le regard impressionné des deux Anglais.

Diego s'étira, bâilla.

– Je ne vais pas tarder non plus, on a rendez-vous à 18h30.

– « On » ?

Diego la fixa, étonné :

– Ben oui… avec Arnaud… il a réussi à me traîner au cours.

– Au cours de quoi ? s'étonna à son tour Émilie à qui Arnaud n'avait parlé de rien.

– Mais de kendo ! lança Diego en riant. Tu

m'imagines, moi, en train de manier le sabre japonais ? Heureusement il paraît que c'est excellent pour la ligne.

– Arnaud pratique le kendo ?

– Il en a beaucoup fait dans sa jeunesse, et là il veut remettre ça. On doit se retrouver au dojo.

Désemparée, Émilie émit un vague « Mais… » que Diego, occupé à régler leurs consommations, ne remarqua pas.

Pourquoi Arnaud ne lui avait-il pas parlé de son désir de reprendre la pratique du kendo, et surtout pourquoi ne lui avait-il pas parlé de ce rendez-vous ?

– Mais il n'avait pas une réunion avec les Coréens ? finit-elle par demander platement à Diego qui sanglait son sac à dos en faux vison.

– Les Coréens ? Ah oui, c'est avant. Le sport, c'est sacré pour les vrais hommes, ma chérie ! Plus qu'un sport, « un engagement physique et mental total », récita-t-il en imitant la voix profonde d'Arnaud. Les Coréens vont d'ailleurs adorer que leur interlocuteur pratique le sabre. Allez, j'y vais, ma belle.

– Je ne pourrais pas assister au cours ? demanda Émilie en se sentant ridicule.

– Heu… je ne crois pas, répondit Diego désarçonné. Les spectateurs ne sont pas admis. C'est très strict comme ambiance, style *military police*. Et si Arnaud ne t'en a pas parlé, ajouta-t-il en souriant, c'est peut-être qu'il voulait te faire la surprise. Rentrer un soir dans sa tenue de *kendoka* et découper Térésa en tranches, imagine… !

Il fila vers la sortie, la laissant empourprée, furieuse et déçue, se raccrochant à l'idée qu'Arnaud avait sans doute voulu lui faire une surprise (mais pourquoi ?) et qu'il avait parfaitement le droit de faire du sport sans elle. (Oui, mais… en cachette ?)

Elle se retourna brusquement vers les Anglais, qui fixèrent leurs tasses de thé comme des chercheurs leurs éprouvettes, et sortit à son tour.

Elle regagna le domaine très contrariée. Elle n'avait même pas demandé à Diego où se trouvait ce fichu dojo. Et elle, elle n'avait pas le droit de faire du kendo ? C'était réservé aux hommes ? Arnaud aurait pu le lui proposer, il savait combien elle était sportive.

Térésa avait mis la table, l'inévitable service en porcelaine, la nappe damassée, le bouquet de roses blanches, et s'apprêtait à regagner sa maisonnette, engoncée dans son affreux imperméable en plastique bleu.

Elles se saluèrent sans chaleur et Émilie allait refermer la porte quand Térésa revint sur ses pas pour lui dire avec une moue sournoise que Monsieur Arnaud avait appelé, qu'il était retardé et ne rentrerait pas avant vingt et une heures, bon appétit !

Émilie entra en trombe dans la cuisine, cherchant du regard quelque chose à dégommer d'un revers rageur. Évidemment tout était impeccablement rangé. À la place, elle se servit un verre d'eau fraîche et s'intima l'ordre de se calmer : Arnaud était en train de faire du sport, pas de la tromper ! Elle aimait sa stature et sa musculature puissante, non ? Il fallait bien qu'il l'entretienne. Il lui reviendrait encore plus beau et plus sexy.

Qu'est-ce qu'ils portaient, les types qui faisaient du kendo ?

Une tenue noire de ninja, sauf erreur, avec un masque et des gantelets… mmm… elle s'imagina voluptueusement livrée à son mari en tenue de combat. Oui, après tout le kendo pouvait avoir son charme. Qu'est-ce qu'il y avait pour dîner ? Consommé d'asperges, loup en papillotes, pommes de terre rôties, soupe de fruits rouges. Et un musigny 1996. Et si elle allait se changer, passer une robe, se remaquiller au lieu de ruminer ? Hop, direction la salle de bains.

Arnaud fit son apparition à 21h15. Il avait l'air fatigué, les traits tirés. Émilie, resplendissante dans sa robe en soie vert d'eau, lui sauta au cou et il l'enlaça tendrement, mais, nota-t-elle, sans passion.

– Tu dois mourir de faim ? lança-t-elle gaiement en l'entraînant vers la table.

Il eut l'air gêné.

– À vrai dire, j'ai mangé des petits fours, et du coup je n'ai plus très faim…

– Il y avait une réception au club de kendo ? s'étonna Émilie en persistant à sourire.

– Au kendo ? Mais tu sais bien que j'étais en réunion avec les Coréens ! Du coup, cocktail de bienvenue obligatoire et impossible de ne rien avaler du tout. Je suis crevé.

– Mais Diego m'a dit… Vous n'aviez pas rendez-vous pour aller faire du sport ?

Arnaud soupira.

– Diego est vraiment infernal ! Premièrement je voulais te faire la surprise, deuxièmement c'est demain qu'on doit y aller. Cette andouille s'est encore emmêlé les pinceaux, si j'ose dire.

– Pourquoi est-ce que tu voulais me faire la surprise ? demanda-t-elle en se serrant contre lui.

– Parce que je voulais d'abord me remettre à niveau avant de te convier à un combat pour que tu puisses m'admirer dans ma superbe tenue : masque, plastron, gantelets.

C'était tout lui, ça, toujours prêt à lui concocter une surprise. Et elle qui le soupçonnait… de quoi au fait ? De lui mentir ? De vouloir la tenir à l'écart ? Elle avait toujours peur de lui peser, d'être trop lourde, trop envahissante. Mais ça, c'était ce qu'elle avait hérité de Maman, ses sempiternels sermons sur le besoin de liberté des hommes. Arnaud l'aimait comme elle était et il fallait qu'elle apprenne à canaliser ses émotions, ses angoisses.

– Viens quand même avaler un peu de potage ou Térésa sera fâchée, insista-t-elle.

Ils dînèrent paisiblement, et Émilie remarqua avec plaisir qu'Arnaud dévorait finalement tout son repas – elle aimait que son homme ait faim. La manière qu'il avait de se saisir des aliments comme d'une proie, l'éclat de ses fortes dents blanches, ses lèvres brillantes légèrement humides de vin, et ses yeux si pâles où dansait le reflet des chandelles !

Après le repas, il l'emporta dans ses bras le long de l'escalier jusque dans la chambre, la dévêtit et lui fit l'amour comme elle aimait, puissamment et sensuellement, tandis qu'elle faisait courir ses ongles laqués sur les muscles saillants de ses épaules.

Plus tard, tandis que la lune pleine baignait le lit dévasté d'une douceur opalescente et qu'Arnaud, épuisé, s'était abandonné au sommeil, Hercule nu et sans défense, Émilie exhala un long soupir de bonheur.

Que pouvait-elle demander de plus ?

Dans les bois une chouette hulula, et le vent se leva, faisant soudain frémir les branches des chênes séculaires.

Assis devant son ordinateur, Léo Del Lucca bâilla. Il avait mal au crâne et mal au dos. Il finissait son rapport sur une affaire de meurtre entre SDF, une rixe qui avait mal tourné, beaucoup d'alcool, un couteau, une jugulaire sectionnée. Rien de compliqué, mais de la paperasse. Des interrogatoires interminables, avec des témoins hébétés qui répétaient cent fois la même chose avant de brusquement changer d'avis. Il avait fallu quarante-huit heures pour arriver à démêler qui tenait le couteau au moment fatal. Quant au pourquoi… une nébuleuse histoire de parka prêtée ou volée.

Et l'affaire Alexandra Martinez qui n'avançait pas d'un pouce. Les conclusions de Servan n'avaient fait qu'étayer les premières constatations : on l'avait poignardée à mort. Et jusque dans le vagin et l'anus. *Ante mortem.*

Il frissonna rien que d'y penser. C'était le sale détail. Celui qui tendait à confirmer la thèse de Daguerre et du psychopathe. Mais pourquoi la choisir, elle ? Et pourquoi avait-elle ouvert à un inconnu ?

Il s'étira, fit craquer ses doigts et pivoter sa nuque.

Raisonnement incorrect. Ledit psychopathe, s'il y en avait un, n'était pas forcément un inconnu. Pourquoi pas un cinglé qu'elle connaissait, mais dont elle ne se méfiait pas ? Ça aurait expliqué qu'elle ait ouvert sa porte sans méfiance.

Il jeta un coup d'œil à sa montre, à l'effigie de Winnie l'Ourson. Un Winnie l'Ourson bleu et rigolard. Il l'avait achetée à Eurodisney, l'année où on les y avait emmenés en séminaire pour un week-end. Julia l'avait trouvée grotesque. Ils se disputaient sans arrêt à cette période.

Un enfant attardé. C'était ce qu'elle lui avait lancé avant de claquer la porte ce fameux soir. Ils avaient trop bu, elle était hors d'elle. « Tu n'es qu'un enfant attardé et capricieux. »

Elle avait claqué la porte, elle avait pris la voiture, et elle s'était plantée contre un arbre. Ivre, avaient révélé les analyses.

Ivre, furieuse et triste. À cause de lui, l'enfant attardé, le Peter Pan de trente-cinq ans qui n'avait pas le sens commun, comme elle le lui reprochait tout le temps. « Mais bon Dieu, Léo, réveille-toi ! Mais qu'est-ce que tu crois ? Que dans la vie on fait toujours ce qu'on veut ? On ne peut pas s'amuser tout le temps ! »

S'amuser ? Alexandra Martinez et les autres, c'étaient des parties de plaisir ? Alors, oui, quand il n'était pas au boulot, il n'avait qu'une envie, déconner, prendre son pied, du bon temps, aller au resto, partir en week-end quand il en avait un, s'entraîner au gymnase, picoler, regarder des films débiles à la télé…

Pas clouer des étagères, pas faire la queue au supermarché, ou visiter un magasin de déco : le choix était vaste de tout ce qu'il n'avait pas envie de faire, contrairement à elle.

Jusqu'à cette dernière dispute. Son pas dans l'escalier. Son soulagement furtif à lui, elle lui avait cassé les pieds toute la soirée, le soulagement honteux et furtif qu'il avait éprouvé en se réinstallant devant le DVD collector du *Secret des Poignards Volants*.

Pendant qu'elle prenait la route et fonçait vers la fin de sa vie. Une demi-heure entre le moment où elle était sortie et celui où elle avait percuté l'arbre. Une toute petite demi-heure.

Elle était morte sur le coup, lui avait dit le médecin des urgences. Fracture des cervicales. Elle n'avait pas souffert.

Comme si c'était une consolation.

À l'enterrement, les parents de Julia ne lui avaient pas adressé la parole. Il avait même cru lire sur les lèvres de son père un « Fils de pute ! » définitif.

Pas « fils de con » ou « fils de salope ». Non, c'était toujours « fils de pute », sous toutes les latitudes.

Fils de pute. Bâtard sans foi ni loi. Sans père. Hors la loi. Sans racines. Personne. Fils de pute = rien. *Nobody*. Pas de corps. Une personne qui n'est personne, une personne sans corps. En y réfléchissant, c'était étrange d'entrer quelque part en criant : « Y a quelqu'un ? », c'est-à-dire y a-t-il une personne, et de conclure : non, y a personne. Un glissement de sens à vous donner le vertige. Surtout quand on se souvenait que « personne » venait du latin *persona* : masque de théâtre, personnage. Nos personnes n'étaient que des masques et quand on ne jouait plus il n'y avait plus personne, même pas de corps.

Léo se pinça l'arête du nez. Assez de conneries, il fallait finir ce rapport.

Il se leva pour aller se chercher une canette de Coca zéro, décochant au passage un crochet du gauche au sac de frappe en cuir qui se balançait au milieu du couloir.

À l'époque de Julia, le sac était relégué dans la penderie. Impossible de boxer dans une penderie.

« Je m'en fiche. Tu ne vas pas accrocher un putain de sac de boxe en plein milieu de l'entrée ! »

Était-elle encore en colère contre lui, allongée dans la terre froide ? Son âme pleurait-elle, toute seule dans le noir ?

Il serra les mâchoires. *Bullshit*.

Il décapsula la canette et en vida la moitié d'un coup. Soif. Penser à Julia lui donnait toujours soif. Retour au salon, deuxième crochet. Il souffla sur ses jointures et se pencha sur ce fichu rapport. « Le décès a été signalé par… »

Chapitre 5

Quand Émilie ouvrit les yeux, le grand lit était vide. Elle repoussa les draps couleur parme, guettant le bruit de la douche dans la salle de bains adjacente, mais non, rien. Elle se leva précipitamment, elle n'aimait pas qu'Arnaud parte travailler sans qu'elle ait pu l'embrasser. Vite un peignoir, se brosser les cheveux, descendre l'escalier en courant. Avec un peu de chance, il serait en train de boire son café debout, en lisant le journal que Térésa lui apportait chaque matin.

– Arnaud ?

– Monsieur Arnaud est parti il y a cinq minutes, annonça Térésa d'une voix revêche et avec une évidente pointe de satisfaction.

Sans répondre, Émilie ouvrit la lourde porte d'entrée en palissandre.

Plus de Mercedes, rien que le parc vide sous le crachin, noyé dans la brume humide qui flottait entre les arbres. Il faisait sombre, un de ces matins gris où l'on se raccroche à l'odeur du café comme à une main rassurante. Émilie frissonna sous son fin vêtement de soie et referma la porte.

– Je vous l'avais dit qu'il était parti, claironna Térésa, un torchon à la main.

Émilie haussa les épaules. Aucune envie de faire des efforts de politesse avec la vieille sorcière. Elle se fit un thé, prit un yaourt light, une barre de céréales allégée et alla s'installer dans le salon, non sans avoir mis Daft Punk à fond. Térésa détestait la musique électronique. Mais Émilie, elle, l'appréciait. Le côté répétitif, robotique, pulsé, la vidait généralement de toute anxiété.

Elle prit le dernier numéro de *National Geographic* qui traînait sur un fauteuil, Arnaud y était abonné, et le parcourut machinalement sans parvenir à fixer son attention. Elle ferait mieux d'aller finir de trier les combles, se dit-elle en se sentant d'une humeur exécrable sans savoir pourquoi. La revue atterrit brutalement sur le guéridon ovale marqueté, frôlant un vase chinois. Il n'aurait plus manqué que ça, qu'elle casse un de ces fichus vases de collection. Leur VDD, le « Vieux Dragon Domestique » qui hantait le manoir avec sa langue de vipère, en aurait fait des gorges chaudes pendant cent sept ans.

C'était le temps, peut-être. Ce brouillard épais et dense qui enveloppait la maison d'un voile opaque et oppressant. Un brouillard d'où pouvait surgir n'importe quoi, n'importe quoi de menaçant, d'hostile. Une main qui vous attrape à la gorge. Une lame tranchante qui vous transperce la poitrine.

Arrête, secoue-toi, remue-toi, la brume n'y est pour rien, c'est toi qui accordes trop d'importance à tes états d'âme. Regarde-toi moins le nombril et ça ira mieux ! se reprocha-t-elle en se levant brusquement. Elle arrêta le CD, fit quelques flexions pour se mettre en jambes puis se dirigea d'un pas ferme vers l'aile abandonnée. « Si on s'écoute trop, on n'entend plus rien », comme disait Maman.

À l'étage, le long couloir étroit était encore plus sombre et elle manœuvra l'interrupteur en laiton poli, allumant une ampoule jaunâtre qui pendait au bout de son antique fil en tissu. Elle se serait cru dans un tunnel de mine, exploratrice d'un monde disparu aux vestiges à la fois incongrus et familiers.

Elle décida de s'attaquer à la soupente remplie d'objets au rebut. Chaises éventrées, fauteuils affaissés, étagères bancales, pièces éparses de services en porcelaine ébréchées, montres d'homme en piteux état, plusieurs paires de lunettes en écaille aux verres épais, un vieux Monopoly moisi, des calendriers à moitié effeuillés et gribouillés, ornés de naïades en maillot une pièce ou de chiens de traîneau : à jeter, à jeter, à jeter ! Il semblait bien que ces gens aient eu la manie de tout conserver.

Au bout d'une heure, elle n'avait toujours rien trouvé de récupérable, à part un joli broc peint à la main, un petit guéridon en marbre, une bassinoire en cuivre et quelques cendriers publicitaires des années 40 dont elle aimait les logos colorés et glamour, tous objets qu'elle ajouta au tas de « récupérables » précédemment triés. Restait encore la grande malle de voyage en bois tendue de tissu bayadère.

Fermée à clé. Revenir avec un tournevis pour forcer le mécanisme. En attendant, continuer l'exploration des lieux.

Un vieux cabinet de toilette plein de toiles d'araignées. Une pièce minuscule vide de tout meuble qui avait dû être une chambre de bonne : un nécessaire à couture en piteux état traînait par terre. Un débarras rempli de livres de poche jaunis et rongés par les souris et les parasites. Elle regarda quelques titres, des polars des années 60, de vieux magazines, les sempiternels essais sur la Seconde Guerre mondiale, des romans à l'eau de rose, un manuel de jardinage : rien pour exciter un bibliophile.

Et rien de bien stimulant jusqu'à présent, se dit-elle en se relevant pour la énième fois de la matinée. Elle repassa dans le couloir sombre et étroit, cherchant à s'orienter. Une porte claqua derrière elle, la faisant sursauter. Fichu courant d'air. Au même instant l'unique ampoule jaunâtre s'éteignit, la plongeant dans le noir.

Elle jura entre ses dents, furieuse. Aucune envie de se casser la figure en trébuchant sur une des vieilleries jetées çà et là. Ni de dévaler l'escalier la tête la première.

Elle laissa ses doigts courir sur le mur gauche, la main droite en avant pour tâter l'espace, avançant à tout petits pas. Une lueur sur sa droite. Le vasistas de l'immonde salle de bains. Bien, elle savait où elle était. Elle pénétra dans la pièce, à peine éclairée par la grisaille du jour, avec le sentiment d'entrer dans une photo noir et blanc. Le carrelage en damier, la baignoire, l'absence de couleurs. Les taches sombres sur l'émail.

Pour regagner l'escalier, il fallait donc faire demi-tour. Elle repartit, avec précaution, oui, la cage d'escalier était là, droit devant. Elle allait l'atteindre quand elle sentit quelque chose frôler sa cheville, quelque chose de chaud, un rat ? Elle poussa un cri et fit un bond de côté, heurtant de l'épaule une porte en bois qui s'ouvrit sous le choc. Surprise, elle perdit l'équilibre et bascula dans le noir, atterrissant rudement sur du plancher tandis que sa tête heurtait un mur.

Le cœur battant, elle se retrouva à genoux, bras tendus, la tête bourdonnante, les genoux brûlants. Elle avait dû dégringoler dans une espèce de placard. Il n'y avait pas plus d'un mètre vingt de profondeur entre la porte et le mur. Elle se remit debout tant bien que mal, elle s'était certainement fait une bosse et ce liquide chaud sur son genou gauche devait être du sang, saleté de vieux plancher plein d'échardes, avait-elle fait le rappel du tétanos ? Certainement pas, elle ne savait même pas où était son vieux carnet de vaccinations.

Elle allait ressortir du placard quand elle heurta de nouveau quelque chose et manqua encore s'étaler. Ses doigts reconnurent l'objet avant elle. Une chaise. Elle s'était cognée dans une foutue chaise. Elle voulut la pousser, mais la chaise ne bougea pas. Curieux.

Elle regagna le couloir et commençait à descendre précautionneusement les marches, accrochée à la rampe, quand l'ampoule se ralluma.

Il devait y avoir de l'orage pas loin, se dit-elle en reprenant pied sur le palier, curieuse de voir le fameux placard où elle avait failli se rompre le cou.

Un réduit de trois mètres carrés, où trônait effectivement une chaise en bois foncé. Toute simple. Avec des pieds droits, un dos plat sans fioritures. Émilie l'empoigna par le dossier et la chaise résista. Elle se baissa et les vit. Les longs clous qui rivaient la chaise au sol, plantés de biais dans les lames du parquet.

Quelle drôle d'idée de fixer une chaise dans un placard, se dit-elle. Hmm, son genou était bien écorché, elle allait le désinfecter et voir si la bosse de son front ne la défigurait pas.

Elle referma la porte du placard et regagna le bâtiment principal avec une bizarre sensation de l'avoir échappé belle.

Étendue dans un bain moussant qui fleurait bon la lavande, Émilie se relaxait, la nuque posée sur un coussin caoutchouté, les yeux couverts par un masque opaque, une crème désincrustante sur le visage. Elle visualisait avec plaisir la saleté et la poussière en train de se dissoudre dans les sels de bain, laissant sa peau nette et douce.

Le grondement du tonnerre dans le lointain la tira de son agréable torpeur. L'orage arrivait. L'occasion de prendre quelques beaux clichés avec l'appareil photo numérique que lui avait offert Anne au dernier Noël, un Sony CyberShot DSC-F828. Émilie ne se prenait pas pour un reporter, mais elle aimait photographier les paysages, les atmosphères. Aucune prétention artistique là-dedans, juste le plaisir de capturer des couleurs, des jeux de lumière. Arnaud lui avait dit qu'il appréciait beaucoup son travail. Elle avait ri, gênée, ce n'était pas un travail, juste un hobby, comme le fitness, ou la brocante.

Elle se sécha rapidement avant d'enfiler un survêtement gris et rose et un K-Way imperméable noir à capuche, doté de nombreuses poches. Appareil en bandoulière, elle lança un bref « Je sors ! » à Térésa qui surgit aussitôt sur le seuil de sa sacro-sainte cuisine, son éternel torchon à la main.

– Avec l'orage ?!

– Je vais prendre quelques photos, répliqua Émilie, en vérifiant que la batterie était chargée.

– Vous allez vous faire saucer ! fit observer le VDD, avec une moue réprobatrice.

– Je ne suis pas en sucre, je ne vais pas fondre, lui renvoya Émilie avec son plus charmant sourire.

Et sans attendre la réponse, elle ouvrit la porte et sortit sous le ciel de plomb. La pluie s'était calmée, l'eau ruisselait des feuilles, en cascades argentées à l'odeur pénétrante d'herbe mouillée. Elle prit quelques clichés, au gré de son regard, se laissant guider par l'instinct. Une toile d'araignée scintillante, les gouttes glissant le long du fil tendu comme un bracelet de perles, la touffe rousse et bondissante d'un écureuil grimpant à la cime d'un hêtre, une bataille de nuages noirs enchevêtrés…

Remplie d'un profond sentiment de liberté, elle s'avança avec plaisir dans le parc détrempé, les pieds bien protégés par une de ses paires de bottes en caoutchouc, celles à l'effigie de Che Guevara, un cadeau clin d'œil de Diego.

Absorbée par la lumière et les couleurs si particulières d'après l'orage, elle s'enfonça entre les futaies, poussant ses pérégrinations dans le parc plus loin qu'elle ne l'avait jamais fait. Le domaine était immense et une grande partie des bois était quasi laissée à l'abandon.

En levant la tête pour suivre le vol d'une mésange, elle se rendit soudain compte qu'elle ne voyait plus la maison. Des peupliers centenaires frémissaient doucement, et plus loin sur sa droite, un très vieux saule pleureur laissait glisser à terre ses ramures dénudées. Elle s'en approcha, c'était un de ses arbres préférés, un arbre de conte de fées, le Sage des hôtes de ce bois.

Le saule pleureur jouxtait un massif de ronces. On entendait le glougloutement d'un petit ruisseau. Curieuse, Émilie se hissa sur la pointe des pieds pour essayer de l'apercevoir. Derrière les ronces s'étendait une petite clairière, à l'herbe verte et drue, parsemée de pierres blanches.

Des pierres qui semblaient porter des inscriptions, se dit-elle en plissant les yeux.

Elle chercha à contourner l'épais taillis, le suivit jusqu'au ruisseau, un adorable petit ruisseau qui sautait sur des galets et longeait un étroit passage menant à la clairière.

Personne ne peut me voir ici, se dit-elle avec une joie enfantine. Les ronces forment un rempart naturel, c'est comme une grotte végétale, mon Père le Saule règne sur ces lieux et j'y attends les fées !

Elle se rapprocha des pierres. Il y en avait une douzaine, disposées sans ordre apparent, certaines couvertes de mousse. Et… oui, elles portaient bien des inscriptions. Car ce n'étaient pas simplement des pierres. Mais de petites pierres tombales. Un cimetière lilliputien !

Excitée par sa découverte, elle se pencha pour déchiffrer les inscriptions : « Zouzou Ier/1895-1906 » ;

« Calinou/1922-1927 » ; « Hugo Le Bien-Aimé/1962-1968 » ; « Lola La Douce/1912-1926 ».

Des enfants ? Pouvaient-ils s'agir d'enfants ? se demanda-t-elle avec une soudaine répulsion, mais le camée d'un berger allemand ornant la tombe de « Rodolphe/1943-1955 » lui arracha un petit rire de soulagement.

Des animaux. Un cimetière d'animaux. Oh, pourquoi Arnaud ne lui en avait-il jamais parlé ? Il se montrait tellement réservé et secret sur tout ce qui touchait au domaine… comme s'il ne voulait rien avoir à faire avec son passé. Et il n'avait pas de chiens, il n'en voulait pas. « Je n'aime pas les chiens », lui avait-il simplement dit un soir. Elle qui rêvait d'une meute ! Elle arriverait bien à lui faire accepter au moins un chat. Un adorable chaton qui mordillerait ses chaussures en ronronnant.

Elle se pencha sur les petites tombes avec une attention accrue et découvrit que chaque animal avait généralement sa tête gravée en relief dans un angle de la pierre. Des chats, des chiens, des compagnons fidèles et affectueux à qui leurs maîtres avaient voulu rendre hommage. Mais pourquoi si loin du manoir ?

En tout cas, personne n'en prenait plus soin, les ronces envahissaient tout et dans quelques années on ne pourrait même plus y accéder. C'était injuste pour ces pauvres petites bêtes. Elle allait dire à Hugo, le jardinier, de venir désherber et entretenir les lieux. S'il était capable de se traîner jusqu'ici malgré ses rhumatismes. Il était un peu plus vieux que Térésa et mal en point. Embauché lui aussi par les sacro-saints parents d'Arnaud. Térésa et Hugo : un musée vivant des années 60 à eux tout seuls. Mais pas du côté *peace and love* ! Difficile de croire qu'ils avaient été les contemporains des Beatles et de Kerouac.

De toute façon, il faudrait bien qu'Arnaud se rende à l'évidence : Hugo ne pourrait plus assumer longtemps ses fonctions. À son âge, sa place était dans une confortable maison de retraite. Si possible très loin du domaine, et pourquoi pas dans une chambre contiguë à celle de la délicieuse Térésa ? Résolution du jour : examiner les possibilités de placement en maison médicalisée en Australie.

« Le personnel de maison a droit à toute notre considération », avait laissé tomber Arnaud un soir qu'elle grinçait des dents contre Mère Térésa. « Personnel de maison » ! Ça lui évoquait les répugnants « elfes de maison » d'Harry Potter. Serviles et malintentionnés.

Arrête d'exagérer, Hugo est un brave homme atteint d'arthrose, tout à fait aimable et plein de bonne volonté. OK, ce n'est pas le garde-chasse de Lady Chatterley, mais qu'en ferais-tu, hein ? Tu es la chasse gardée d'Arnaud.

Elle reporta son attention sur les petites tombes, qui heureusement lui évoquaient plus les animaux joueurs et fidèles auxquels les stèles rendaient hommage que leurs frêles dépouilles se corrompant dans l'humus glacé. Elle écarta une poignée de feuilles mortes et humides pour admirer le portrait en relief d'Hector, Roi des Chats/1964-1970, une solide tête mafflue de chat de gouttière à l'oreille cassée. Arnaud avait dû connaître Hector, prématurément disparu à six ans, calcula-t-elle.

Maman n'avait jamais voulu d'animaux domestiques. « Ça fait trop de saletés, on n'a pas la place. » Pierre et Michaël avaient bien tenté le coup du chaton perdu ou du hamster abandonné, mais en pure perte : elle s'était montrée inflexible et ils avaient dû les caser chez des camarades aux parents plus accueillants.

Oui, elle saurait convaincre Arnaud de prendre au moins un chat, elle rêvait tant de serrer contre elle un petit corps poilu et ronronnant, un petit chat qui lui lécherait le nez de sa langue râpeuse. « Ben, pour ça aussi t'as déjà Arnaud », susurra dans sa tête la voix gouailleuse de Diego.

Une goutte glacée lui tomba dans le cou, la faisant frissonner. Elle recula de quelques pas et commença à mitrailler le petit cimetière. L'hiver était en avance. Bien qu'on fût encore en automne, la lumière était parfaite, rasante et plombée, une lumière de temps de neige. Elle faisait ressortir le blanc des stèles rongées de mousse. Vert, rouille, noir, blanc, gris. Les froides couleurs du spectre hivernal. La tache rouge dans le coin droit n'en était que plus incongrue.

Une tache rouge au cœur du fouillis acéré du taillis. Rouge et brillante.

Impossible de s'approcher sans s'accrocher aux ronces.

Elle braqua son objectif et actionna le zoom, voilà : elle la tenait. Une surface brillante. Du plastique. Vermillon. Un morceau de plastique sans intérêt. Poussé là par le vent, sans doute. Un morceau de plastique avec une semelle crantée. Une semelle ?

Elle colla de nouveau son œil contre le viseur. Une botte. Une botte en caoutchouc rouge.

D'assez petite taille, un 36 ou un 37, d'un rouge vif. Elle imagina une petite fille en train de gambader dans l'herbe sous la pluie, courir entre les tombes de ses animaux favoris.

Mais il n'y avait pas eu de petite fille au domaine. Donc plutôt une jeune adolescente venue du dehors et batifolant dans les bois.

Anne ? Non, Anne n'aurait pas manqué de lui parler du pittoresque cimetière si elle l'avait connu et surtout Anne chaussait du 38 1/2 depuis ses douze ans.

Une jeune inconnue, donc.

Qui avait perdu sa botte en marchant ?

Et était rentrée à cloche-pied jusque chez elle ?

Cette botte est peut-être tombée dans le ruisseau et a suivi le courant. Puis elle a sautillé jusqu'ici. Hmm. La Botte Hantée et le Chaperon Vert. Ou alors la fille était accompagnée. Ils ont sauvagement copulé sur la tombe d'Hector roi des chats et, toute à ses amours sylvestres, elle en a oublié sa botte qu'un écureuil a enfouie dans la haie pour l'offrir à son épouse, si, si.

À moins que l'amoureux, pressant mais repoussé, ne l'ait étranglée avant de déshabiller le corps, de l'enterrer sommairement et de s'enfuir hagard, un ballot de vêtements à la main, oubliant la botte accusatrice.

Tu devrais écrire des scénarii pour la télé. Et puis, pourquoi veux-tu que ce soit une jeune fille ?

À cause du rouge. Une couleur enfantine.

Mais qui a été à la mode dans les *70's*, rappelle-toi. Et il y avait ce film avec… avec qui déjà ? Hmm, elle l'avait sur le bout de la langue !

Bon, le plus probable, c'était que cette vieille botte ait été jetée à la poubelle et extirpée d'un sac d'ordures par un chien errant.

Elle appuya sur le déclencheur et enregistra l'objet de ses hypothèses farfelues. La pluie avait repris, pas une simple averse, mais le genre de pluie lourde et insistante qui s'installe pour la journée, crépitant sur les feuilles comme une inlassable dactylo. Il était temps de rentrer avant d'attraper la crève que lui souhaitait certainement Térésa.

Elle reprit la route de la maison en essayant de s'abriter sous les arbres, sautillant pour éviter les plus grosses flaques.

Del Lucca, lui, contemplait une robe de chambre. Une robe de chambre suspendue dans une housse en plastique transparente. Une robe de chambre déchirée et couverte de sang. La robe de chambre d'Alexandra

Martinez. Ou Dieu sait comment on appelait ça dans les magazines de mode : un déshabillé ? Une tenue d'intérieur ?

En fait, c'était plutôt une sorte de peignoir en satin saumoné, avec de longues manches. Et deux poches qui avaient contenu un Kleenex usagé roulé en boule et une lime à ongles. Verte, en céramique.

Il s'en détourna pour regarder des mules, elles aussi ensachées dans une housse. Des mules en vichy saumon, assorties au peignoir. Taille 37. Éclaboussées de grosses taches.

Les gars de l'Identité judiciaire avaient soigneusement fait leur boulot. Pas un centimètre carré de la scène de crime n'avait échappé à leurs investigations. Et pour rien ! se dit-il en feuilletant nerveusement l'album photo qu'ils avaient constitué. Le sang, la sueur, les poils et l'urine trouvés sur les lieux appartenaient tous à Alexandra Martinez. Pas de débris de peau sous ses ongles, pas de sperme sur ou dans le corps, pas de cheveux opportunément tombés au cours de l'agression. À force de regarder des polars à la télé, les meurtriers apprenaient à effacer leurs traces.

Ceux qui n'agissaient pas sous le coup d'une violente impulsion, en tout cas : car se protéger pour éviter de laisser des traces suggère la préméditation.

On en revenait au « boucher » de Daguerre.

Chapitre 6

Émilie regarda sa montre. Encore une heure à tuer avant de retrouver les hommes. Ils étaient convenus d'aller dîner tous les trois après le cours de kendo, le prof leur ayant chaudement recommandé un nouveau restaurant japonais qui venait d'ouvrir à quelques rues du club.

Elle avait déjà parcouru deux fois le quartier, se forçant à faire consciencieusement du lèche-vitrines, mais dans ce coin du XVIe les magasins étaient rares. Le siège de Xpaq n'était qu'à un pâté de maisons, Arnaud avait choisi le dojo le plus proche de son boulot. Retourner s'installer tranquillement dans le bureau d'Arnaud et feuilleter quelques magazines ? Bof, pas envie. La Maison de la Radio n'était pas si loin, elle pourrait aller faire un petit coucou à Gwenaëlle, la compagne de son frère Pierre, qui était réalisatrice à France Inter.

Gwenaëlle était là, cheveux courts en pétard, large chemisier en soie bariolé, foulards multicolores, hyper à la bourre comme toujours, une émission qui allait démarrer, quel dommage ma chérie que tu n'aies pas prévenu, juste le temps pour un petit café vite fait.

Elles se retrouvèrent devant le distributeur à café du deuxième étage, coincées debout contre la baie vitrée, tandis que des gens pressés passaient en tous sens, dossiers coincés sous le bras, écouteurs en bandoulière, l'air affairé.

La grande nouvelle, c'était que Gwenaëlle était enceinte. De quatre mois. Comme elle avait déjà fait une fausse couche, ils avaient attendu avant d'en parler. Pierre et elle voulaient l'annoncer aux deux familles en même temps, mais puisqu'elle était là… Émilie la félicita chaudement tout en ressentant une très nette pointe de jalousie. Et le boulot, ça allait ?

Gwenaëlle se mit en devoir de lui exposer en détail le concept de l'émission : une demi-heure avec un acteur social de notre temps, que ce soit un juge, une infirmière, un religieux, un éducateur… tiens, ce soir on reçoit…

Elle se tut pour sourire à quelqu'un qui venait de surgir derrière Émilie et celle-ci se retourna.

– On reçoit un flic, conclut Gwenaëlle en serrant la main tendue. Le capitaine…

– On se connaît, la coupa Émilie, ravie de voir son expression étonnée.

Léo Del Lucca, visage buriné taillé à coups de serpe, arborait son éternel pull à col roulé noir.

– Nous nous sommes rencontrés dans le cadre d'une affaire peu agréable, expliqua-t-il à Gwenaëlle en dardant son regard sombre et intense sur les deux jeunes femmes.

– Vraiment ? fit Gwenaëlle à Émilie. Ne me dis pas que tu t'es fait pincer en train de piquer dans un grand magasin !

– Le capitaine enquête sur le meurtre d'Alexandra Martinez, répliqua Émilie. Tu sais, l'hôtesse de l'air. Elle a été assassinée dans l'immeuble voisin de celui d'Anne.

– Ah oui, c'est affreux ! Vous avez du nouveau ?

– Pas grand-chose, malheureusement, à part qu'elle avait été pigiste ici, à Radio France, avant d'entamer une brève carrière de mannequin et puis de se ranger comme hôtesse de l'air, expliqua Del Lucca.

– Ah ? Je l'ignorais. Mais ça ne fait que quatre ans que je suis là, dit Gwenaëlle en jetant son gobelet dans la poubelle débordante, un œil sur sa montre.

« Excuse-moi, ma chérie, ajouta-t-elle à l'adresse d'Émilie, mais il faut qu'on y aille. Capitaine, je vous réquisitionne.

– Ça me changera, dit courtoisement Del Lucca tout en tendant la main à Émilie.

Il avait une poignée de main ferme, mais pas brutale. Elle les regarda s'éloigner d'un pas vif et regagna lentement la sortie, songeuse.

Del Lucca pensait-il trouver dans le passé d'Alexandra Martinez les raisons de son assassinat ? et était-ce pour cela qu'il était venu participer à l'émission ?

Alexandra Martinez avait été mannequin. Comme Sonia-Lisa. Sans doute ce genre de belles jeunes femmes attiraient-elles plus facilement l'attention des maniaques.

Pierre allait être papa. Ce serait le premier de la famille à avoir un enfant.

Pierre et Michaël. Ses frères. Elle les voyait beaucoup moins qu'elle ne voyait Anne. Sans doute parce qu'ils étaient plus âgés. Et qu'ils avaient toujours fait bande à part, les garçons contre les filles. Auparavant, ils se retrouvaient plusieurs fois par an, pour l'anniversaire de l'un ou l'autre. Mais depuis son mariage Émilie avait tendance à zapper tout ce qui n'était pas son quotidien avec Arnaud.

Depuis combien de temps ne les avait-elle pas vus ? Six mois ? Arnaud et elle avaient passé le week-end de Pâques en tête à tête dans son chalet familial, à Gaastd, et, au moment de l'anniversaire de Michaël, ils se trouvaient à Los Angeles, voyage d'études pour Xpaq.

Michaël. Quel âge avait-il ? 43 ans déjà ! Elle le revoyait en culottes courtes, les chaussettes bien tirées sur ses mollets maigres et poilus. Il avait toujours été maniaque de l'ordre et de la propreté. Un officier-né, comme Père. Il avait choisi la Marine, comme lui. Maman en avait été ravie. Aujourd'hui, il était capitaine de corvette, on l'appelait « Commandant ». Maman en aurait été si fière.

Pierre, lui, c'était le poète, le dissident. Le « hippie », comme disait Maman en levant les yeux au ciel pendant que des échos des Doors s'infiltraient dans le salon. Pierre avait traîné de lycée en lycée avant de trouver du boulot dans une radio libre. Aujourd'hui, à 42 ans, il dirigeait sa propre boîte de production de sitcoms, en cheville avec les chaînes câblées.

Maman aurait été très contrariée de savoir qu'ils s'étaient perdus de vue. Elle était tellement « famille ». Rongée par son cancer, elle n'avait accepté de rendre son dernier souffle que lorsqu'ils avaient été réunis là, tous les quatre, autour de son lit d'hôpital, leurs mains posées sur ses mains décharnées. « Elle vous a attendus, leur avait dit l'infirmière. Elle a attendu que vous soyez tous là pour pouvoir partir en paix. »

Il fallait absolument qu'Arnaud et elle invitent tout le monde à dîner un soir prochain. Oui, Pierre et Gwenaëlle, Michaël et son amie s'il en avait une en ce moment, et Anne. Et Diego, bien sûr. Pas de bonne soirée sans bouffon ! Elle en parlerait à Arnaud dès ce soir.

Ses pensées revinrent au capitaine Del Lucca. « Le Petit Cerdan », comme elle l'appelait en son for intérieur. Avec son nez cabossé, ses pommettes aplaties, sa cicatrice à l'arcade sourcilière. Il avait l'air opiniâtre. Tant mieux. Plus vite on mettrait la main sur l'assassin de cette pauvre Alexandra, plus vite elle serait rassurée pour Anne. La pensée que l'immeuble adjacent à celui où vivait et travaillait sa sœur hébergeait peut-être un fou meurtrier la tracassait.

Et si c'était le colonel de Diego ? Un vieux colonel à la retraite tombé fou amoureux de la belle Alexandra qui lui oppose un sec refus, exacerbant ainsi son désir maladif ? Mais non, il était certainement gay.

Oh ! là ! là ! à force d'être en avance, elle allait finir par être en retard. Elle traversa en courant, se fit furieusement klaxonner et arriva devant le dojo essoufflée et tout humide de bruine.

La porte peinte en noir s'ornait d'une simple petite plaque gravée « Hori - Arts martiaux ».

Hori était le nom du professeur, un type d'une soixantaine d'années, sec et musclé, dont le torse et les bras étaient couverts de tatouages compliqués.

Pour l'instant, il était occupé à lancer des ordres gutturaux à une demi-douzaine de *kendoka* portant la tenue traditionnelle, *keikogi* et *hakama*, veste et large pantalon, et l'armure de protection, *bogu*, très impressionnante avec le masque, les gants rembourrés, le plastron et le *tare* qui protègent le ventre et les hanches.

Leurs pieds nus frappaient le parquet en cadence, tandis que vibraient les *shinai*, les sabres à quatre lames de bambou, répliques des fameux *katana*, les sabres en acier des non moins fameux samouraïs.

Discrètement debout sur le seuil, Émilie avait tout de suite repéré Arnaud, malgré le masque. Il les dominait tous d'une tête, se dit-elle avec fierté. Le plus grand et le plus fort. Le sien.

Hori lança un dernier ordre, et les *kendoka* s'immobilisèrent et se saluèrent cérémonieusement, avant de commencer à ôter leurs armures et à ranger soigneusement leur matériel, ruisselants de sueur.

Puis, tandis qu'ils filaient tous dans les vestiaires comme des petits garçons bien sages, Hori s'approcha d'une bouilloire électrique et se versa une tasse de thé vert sans jamais regarder Émilie. Comme si elle n'était pas là. Une simple potiche posée dans le couloir.

Elle décida de l'ignorer elle aussi et entreprit de s'absorber dans la messagerie de son portable.

Les élèves revinrent les uns après les autres, en costume trois-pièces ou en jogging, les cheveux humides, les joues rouges. Ils passaient près d'elle en la saluant poliment, ils sentaient le savon.

Diego et Arnaud sortirent les derniers. Arnaud portait son costume bleu nuit, celui de Londres, avec sa chemise en popeline lavande. Diego arborait un pantalon blanc à pont, une chemise blanche à fines rayures vertes et un blazer blanc orné d'un tigre vert dans le dos.

– On dirait un tueur bolivien, lui dit Émilie en riant.

– C'est pour être assorti avec Hori, lui chuchota Diego en sortant. Il paraît que c'est un ancien yakuza. Tu as vu ces tatouages ? Il en a sur tout le corps, c'est terriblement sexy.

Arnaud consultait son PDA, un HP iPAQ Mobile Messenger, les sourcils froncés.

– Des soucis, mon chéri ? lui demanda Émilie en s'accrochant à son bras.

Il l'embrassa sur le front tout en se dégageant doucement.

– Non, non, juste des rendez-vous à noter, excuse-moi.

Le restaurant, un sushi-bar, était décoré à la japonaise, sobrement, et les plats défilaient sur une fausse rivière qui tournait en rond au milieu de la pièce. Émilie s'en amusait comme une gamine, perchée sur son tabouret noir, prête à saisir ses proies au passage.

Ils mangèrent de bon appétit, en plaisantant, sans engager de conversation sérieuse, jusqu'à ce que Diego évoque le meurtre d'Alexandra Martinez.

Arnaud parut vaguement intéressé.

– C'est tout de même inquiétant, dit-il entre deux bouchées de sushi au thon rouge, que le meurtrier ait pu se promener tranquillement entre les deux immeubles. Et les flics, qu'est-ce qu'ils font ? Ils avancent ?

– Pas tellement, répondit Diego. Je crois qu'ils n'ont aucune piste, en fait. Je suis retourné voir mon colonel cet après-midi, pour le dernier versement…

– Le dernier versement ? répéta Arnaud.

– Oui, il était convenu qu'il me réglerait le tableau en trois fois, il m'a remis le dernier chèque tout à l'heure. Vous savez ce que c'est… le genre de vieux qui s'ennuie tout seul. Mes visites sont l'occasion de bavarder devant un whisky en l'écoutant évoquer le bon vieux temps des colonies. Bref, Il m'a dit que les flics avaient interrogé tous les occupants de l'immeuble, et qu'ils inclinaient pour un meurtre commis par un proche.

– Un amant éconduit ou jaloux ? demanda Arnaud.

– Le dernier petit ami d'Alexandra est à la Réunion depuis deux mois, répondit Diego en haussant les épaules. Ils se sont séparés cet été.

– Elle a pu rencontrer quelqu'un sur Internet ou un truc comme ça, dit Émilie. Il y a plein de cinglés qui se baladent sur la Toile à l'affût de femmes seules.

– Le problème, c'est que personne n'a rien vu, rien entendu.

– Alexandra Martinez avait travaillé à Radio France et elle a aussi été mannequin ! lança soudain Émilie, ravie d'avoir des informations inédites.

– Comment le sais-tu ? demanda Arnaud, surpris.

– Je suis passée voir Gwenaëlle en attendant la fin de votre cours. C'est la femme de mon frère Pierre, rappela-t-elle à l'intention de Diego. Elle est enceinte de quatre mois !

Arnaud sourit en posant son immense main sur la sienne.

– On va vite les rattraper, ne t'en fais pas ! lâcha-t-il, et Émilie se sentit rougir de plaisir.

Il l'avait dit ! Arnaud l'avait dit ! Il voulait un enfant ! Rayonnante, elle se tourna vers Diego et fut surprise de le voir sombre.

– C'est quoi, cette histoire de mannequin ? lança-t-il sans aménité.

Bon sang, il était jaloux ou quoi ?!

– C'est Gwenaëlle qui me l'a appris.

Négligeant l'information, Arnaud lui demanda des nouvelles de Pierre tandis que Diego poinçonnait son sashimi de saumon avec sa baguette en glapissant « mannequin » !

– Quoi « mannequin » ? fit Arnaud excédé.

– Je me disais bien que sa tête me rappelait quelque chose. Elle a fait un ou deux défilés pour Nina Ricci, ça me revient maintenant, mais elle n'avait pas le rythme, elle marchait faux.

– Tu te souviens de tous les mannequins qui ont défilé à Paris depuis vingt ans ?! ironisa Émilie.

– Je crois, oui, je ne rate jamais une présentation ou un défilé, lui rétorqua tranquillement Diego. Je suis invité partout, moi. Et n'oublie pas que j'ai chroniqué pour *Paris-Pipole*.

Un magazine gay, chic et branché.

– Des articles qui te vaudront d'être encore lu au XXIVe siècle par les archéologues du futur, soucieux de savoir quels étaient nos oripeaux, plaisanta Arnaud en agitant une de ses brochettes de poulet.

Sans tenir compte de sa remarque, Diego se tourna vers Émilie :

– Et tiens-toi bien, sauf erreur, elle est sortie avec Théo.

– Théo ?

– Pas Van Gogh, mon chou, non, ton Théo à toi, souligna-t-il.

– Mais…

– Avant qu'il ne devienne ton Théo, rassure-toi.

– Mais alors… c'est pour ça qu'il connaissait aussi bien Sonia-Lisa et tout ce milieu de modèles !

– Sans doute.

– Sonia-Lisa ? fit Arnaud qui semblait s'ennuyer un peu. Je la connaissais aussi. Une fille superbe. On l'a vue à une soirée à Cannes, pendant le Festival du Film, il y a trois ou quatre ans. La soirée Cinéma numérique. Tu t'en souviens, Diego ?

– Tout à fait, camarade, je m'en souviens même doublement, vu que j'étais complètement parti. Vodka-lemon et champagne, assez décoiffant.

– Je ne connais pas Cannes, dit Émilie, la tête remplie de délicieuses visions de robes du soir, de tapis rouges, et de fêtes débridées, en espérant qu'Arnaud lui proposerait de l'accompagner la prochaine fois.

– Tu ne perds rien, lui assura-t-il. Trop de monde, trop de bruit, on mange mal, aucune envie d'y retourner ; je préfère l'île de Ré.

– T'en as de la chance, ma chérie, ricana Diego. Au lieu d'aller t'exhiber au festival, t'iras compter les moutons dans les prés salés.

Elle lui tira la langue.

Ils discutèrent encore un petit moment de tout et de rien, puis Arnaud, qui était fatigué, demanda l'addition. Comme d'habitude, il paya pour Diego, et Émilie se fit la remarque que Diego ne protestait même pas. Apparemment c'était une habitude de longue date. Pourtant il gagnait bien sa vie. Moins qu'Arnaud, c'est vrai, mais il pouvait s'offrir le restaurant !

Et dire qu'Arnaud pouvait se rendre au Festival de Cannes si ça lui chantait et qu'il n'y tenait pas. Même pas pour l'emmener, elle, qui en mourait d'envie. Il allait falloir le travailler au corps. Exactement : au corps, à l'ancienne. Lui extorquer une promesse sur l'oreiller, lui faire miroiter à quel point elle saurait se montrer délicieuse s'il consentait à l'y inviter.

Le Carlton ou le Majestic feraient l'affaire pour l'hébergement, Diego pourrait lui faire prêter une tenue de soirée… et Anne qui fréquentait la Cinémathèque lui ferait un résumé des choses intelligentes à dire si elle rencontrait les équipes de films.

– À quoi penses-tu ? demanda Arnaud tandis qu'ils montaient dans la Mercedes.

– À des bêtises. Tu sais que ça te va bien, la jupe ? ajouta-t-elle en posant sa tête sur son épaule.

Il sourit et la serra contre lui. Elle se laissa aller contre son torse puissant comme une petite chatte ronronnante, se dit-elle. Elle adorait rouler dans la nuit comme ça, blottie contre lui, pendant que les phares balayaient la ville, puis le périphérique, brèves visions de murs, de ponts, d'arbres, de rails, tout l'enchevêtrement végétal et minéral des abords de la capitale, et puis la campagne, la vraie, la leur. La forêt. L'odeur de la forêt. Son silence. Sa nuit profonde.

Elle laissa vagabonder ses pensées.

Arnaud en tenue de kendo, sabre tendu.

Diego volubile agitant ses longues mains fines au-dessus des plats.

Anne, seule dans son bureau pendant qu'un homme aux mains rouges de sang se faufilait dans un corridor sombre.

Gwenaëlle et son ventre rebondi. Gwenaëlle et Pierre tout sourires, penchés au-dessus d'un bébé dodu qui agitait ses doigts de pied en éventail.

Le fils d'Arnaud serait magnifique. Et leur fille ravissante.

Le fin visage d'Alexandra Martinez se superposa à celui de sa fillette imaginaire.

Alexandra Martinez et Théo l'Abruti. La police était-elle allée l'interroger ? Elle l'imaginait, contrarié de perdre un peu de son précieux temps pour répondre aux questions du Petit Cerdan, les sourcils froncés, rectifiant la position de son écharpe comme chaque fois qu'il était nerveux. Arnaud n'avait pas cette manie bien masculine. Il gardait la plupart du temps ses larges mains à plat sur son bureau, ou bien simplement le long du corps.

– Tu t'endors ? lui dit-il en rétrogradant pour s'engager sur la départementale qui menait chez eux.

– Non, je me repose.

– Ça t'a fait quelque chose d'apprendre qu'Ambrosio avait eu une relation avec cette Alexandra ?

Arnaud n'avait jamais appelé Théo autrement que par son nom de famille.

– Que veux-tu que ça me fasse ? C'est si loin ! Théo collectionne les filles comme d'autres les papillons.

– Tant qu'il ne les épingle pas contre un mur, laissa tomber Arnaud avec un humour noir qui ne lui était pas familier.

Émilie ne put s'empêcher de voir Théo, la mèche en bataille, poignarder sauvagement Alexandra Martinez. Mais l'image manquait de consistance. Trop invraisemblable. Théo était un mou. Et puis… pourquoi tuer cette malheureuse des années après leur rupture ? Même pas la peine de gaspiller dix secondes sur cette hypothèse. Elle se tourna vers son mari.

– Mais dis-moi, tu serais jaloux ?

– Jaloux de quoi ?

– Pourquoi veux-tu savoir ce que je ressens quand on parle de Théo ?

– Parce que je t'aime et que rien de ce que tu ressens ne m'est indifférent.

Il la regardait gravement et elle lui sourit. Aime-moi et protège-moi, se dit-elle, aime-moi et protège-moi toujours.

Le choc la prit par surprise et seule sa ceinture de sécurité l'empêcha de donner de la tête dans le pare-brise. Arnaud venait de piler net.

– Qu'est-ce que… ?

– Là ! Devant !

Elle plissa les paupières, distingua une forme indistincte et pâle qui s'enfonçait dans les fourrés bordant la route.

– Ce devait être une biche, dit Arnaud. On a failli se la prendre de plein fouet. Tu ne t'es pas fait mal ?

– Non, ça va. J'ai juste eu peur.

– Excuse-moi, j'ai réagi instinctivement.

Il repassa en première et redémarra tout en scrutant le talus.

– Un jour, Hugo est rentré dans un sanglier, dit-il, il a perdu le contrôle de la voiture et a atterri dans la mare avec les deux jambes brisées. Personne n'a jamais retrouvé le sanglier.

– Ça fait longtemps qu'Hugo travaille pour ta famille ?

– Des années et des années, j'étais tout petit quand il est entré à notre service. L'ancien jardinier, monsieur Auguste, venait de mourir, il était tombé d'une échelle.

– Tu l'aimais bien, ce monsieur Auguste ?

– Pas trop. C'était pas un marrant. Il m'allongeait des coups de râteau quand je marchais sur ses plates-bandes, sans jeu de mots. Pour lui, le jardinage, c'était une religion dont il était le fidèle servant. Pas très compatible avec un mioche turbulent.

Il freina devant chez eux. Comme toujours, le porche était allumé. « Faut pas donner l'impression que la maison est vide, disait Térésa. Si seulement on avait des chiens… », ajoutait-elle entre ses dents, et Arnaud faisait mine de ne pas l'entendre.

À l'intérieur, tout était paisible et silencieux. Comme toujours.

Ils montèrent se coucher, enlacés. Arnaud bâilla et Émilie s'avoua qu'elle aussi se sentait crevée. Elle allait juste lire quelques pages du dernier Stephen King avant de dormir, lui dit-elle. Il acquiesça distraitement tout en programmant son radio-réveil pour 6 h 30. Cinq minutes plus tard il dormait, son torse puissant se soulevant régulièrement. Émilie lui caressa doucement l'épaule et se plongea dans sa lecture avec la douce espérance de frissonner de peur, bien au chaud sous les draps.

Del Lucca, lui, ne dormait pas. Allongé dans son lit dans le noir, la couette en boule autour de lui, il regardait la pleine lune au-dessus des toits. Mais ce n'était pas la lumière blanche de la lune nimbant le lit qui l'empêchait de dormir.

Il se repassait en boucle le dossier Martinez.

Marrant d'être tombé sur la petite bourgeoise, à la radio, se dit-il. La fille qui l'avait interviewé était sympa et connaissait bien son boulot. Et il avait profité d'être à la Maison de la Radio pour rencontrer un technicien qui bossait là en même temps que Martinez.

Le type ne lui avait rien appris d'utile. Alexandra était une très jolie femme sans rien de spécial et menait une vie on ne peut plus « normale ».

Côté sentimental, ce n'était pas une collectionneuse. À trente-cinq ans, trois types avaient compté dans sa vie. À l'époque où elle commençait à poser : un photographe professionnel, un certain Kamel Ayache, aujourd'hui marié, trois enfants, reporter pour *Libé*. Suivi par un galeriste d'art contemporain, Théodore Ambrosio.

C'était Ambrosio qui l'avait quittée. Il avait une réputation de cavaleur. Et puis le dernier, Lionel Delvaux, cadre supérieur chez Air France, nommé outre-mer récemment.

Aucun des trois n'avait franchement le profil du mec capable de péter les plombs au point de poignarder trente fois son ex. Et surtout chacun des trois avait un alibi : Ayache était en reportage au Liban, Ambrosio affirmait n'avoir pas quitté sa galerie de la journée et Delvaux se trouvait devant son ordinateur à Nouméa.

Léo vira la couette et donna un coup de poing rageur à son oreiller. L'insomnie le guettait. Un seul remède : une bonne série d'abdos suivie d'une cinquantaine de pompes. Inspirer, expirer lentement, sans penser à rien, sauf aux muscles qui se contractent en rythme. Compter, souffler. Apaisant.

Chapitre 7

Penchée sur l'écran de son ordinateur, Émilie faisait défiler les images, maniant Adobe Photoshop avec dextérité, sans réellement écouter la radio branchée en fond sonore sur Fun Radio. Sitôt le petit déjeuner expédié, elle s'était installée devant la machine. Bien qu'on fût samedi, Arnaud avait dû se rendre au bureau. Un truc urgent à terminer.

Les photos du sous-bois lui plaisaient beaucoup. Avec quelques retouches, elles seraient superbes.

Elle s'attarda un instant sur le cimetière des animaux, essayant de restituer, en recadrant certains clichés et en accentuant certains gris, l'atmosphère désuète, paisible et cependant inquiétante du lieu.

Ah oui, la botte rouge !

L'agrandir au maximum. Une botte en plastique rouge vif. Plastique ou caoutchouc ? Pas moyen de faire la différence. La semelle était striée, le talon éraflé. Une botte droite apparemment. Un modèle qui arrivait à mi-mollet, un peu évasé, avec un petit truc en cuir à l'arrière. Pointure 36, 37. Une tache rouge incongrue dans le gris-vert du cimetière. Comme un détail recolorisé.

Elle se demanda de nouveau avec une pointe d'agacement pourquoi l'idée d'une fille avec des bottes rouges lui semblait familière.

Elle fila sur Internet, et tapa « bottes rouges » sur son moteur de recherche.

Un livre, des bottes à vendre, un tableau et, ah, voilà, c'était ça !

La Femme aux bottes rouges, un film de 1974, de Juan Luis Buñuel, avec Catherine Deneuve. Un truc fantastique et compliqué qu'elle avait vu bien après sa sortie, dans une salle spécialisée dans les reprises, l'année de son baccalauréat.

Anne était en fac à l'époque, Michaël à Navale et Pierre sévissait sur les ondes libres. Elle se souvenait bien de la salle, une salle du Quartier Latin, étroite, mal chauffée, qui sentait les pieds et le tabac froid. Elle s'y était rendue avec Patrick, son chevalier servant de l'époque, une véritable tête à claques, à y repenser, la caricature du jeune intello acnéique avec écharpe, pipe et cartable fatigué.

Patrick. Il devait être marié et père de famille, en train de faire ses courses à l'hypermarché de la banlieue où il avait acheté un petit pavillon, se dit-elle en parcourant distraitement le reste de la page avant de cliquer sur « images ».

Une série de photos s'aligna sur l'écran. Des bottes rouges en veux-tu en voilà.

Tiens, ce modèle vendu sur eBay ressemblait beaucoup à la botte de la clairière. Elle cliqua pour agrandir la photo et accéder au texte d'accompagnement.

Des bottes Aigle, modèle Bison.

La botte abandonnée près du cimetière était vraisemblablement une Bison. Et après ?

Elle revint à la page précédente en examinant rapidement les différents modèles représentés. Décidément les bottes rouges étaient indémodables. Bon, assez perdu de temps avec ça.

Elle s'apprêtait à cliquer sur « quitter », mais resta l'index en suspens.

Là ! Cette photo de mode, la fille sur fond flou à la Hamilton, longue cape noire et bottes rouges, c'était Sonia-Lisa ! Elle zooma. Pas d'erreur, c'était bien elle, son visage diaphane, ses longs cheveux d'un blond presque blanc. Elle regardait l'objectif avec son célèbre sourire de madone. Théo l'Abruti disait qu'elle lui rappelait la Pietà, la Pietà se levant de son socle de pierre pour défiler sur les podiums.

À l'époque, elle ne savait pas que Théo se l'était faite, la Pietà. La Pietà en bottes rouges. La Pietà qui avait de petits pieds, pour sa taille. Du 37 maxi alors qu'elle mesurait près d'un mètre soixante-quinze. Et le modèle de bottes qu'elle arborait semblait bien être la Bison fabriquée par Aigle. Un must sans doute.

La sonnerie de son téléphone portable, *Unidos para la musica*, la tira de ses réflexions. Elle répondit rapidement tout en quittant son moteur de recherche.

– *Buenos días, señorita.*

– Diego ! Ça va ?

– *Claro que sí.* Je te dérange ? Tu étais en train de tricoter ?

– J'aimerais bien. Et toi, en train de nous peindre la chapelle Sixtine ?

– Avec Michelangelo, j'aurais bien voulu… Dessous ou dessus. Alors comme ça, vous vous la jouez *Chasses du comte Zaroff* ?

– De quoi est-ce que tu parles ?

– Ben, de la fille retrouvée morte au bord de la route.

– Excuse-moi, je ne suis pas au courant.

– Ils ont trouvé un cadavre sur la nationale qui passe de l'autre côté de chez vous. C'est un paysan qui l'a aperçu. Dans le fossé, sur le bas-côté. Une jeune femme nue, roulée en boule. Il est descendu de son tracteur, a constaté qu'elle était morte et a foncé à vingt à l'heure jusqu'au village. T'écoutes pas France Info ?

Émilie jeta un coup d'œil à la chaîne allumée en sourdine d'où s'élevait le dernier Justin Timberlake.

– Ça s'est passé où, tu dis ?

– À l'orée de la forêt, juste avant Saint-Julien-en-Laye.

– Mais de quoi est-elle morte ?

– On sait pas. Il paraît qu'elle est couverte de bleus. Le type disait qu'elle a peut-être été heurtée par une voiture.

– Nue ?! s'étonna Émilie.

– Elle courait peut-être pour échapper à un agresseur, hasarda Diego. On dirait un truc d'horreur gothique, la jeune femme nue poursuivie par des moines maléfiques…

Émilie se ferma. Elle n'aimait pas entendre plaisanter à propos d'une mort réelle.

– Et à part ça ?

– Rien de spécial. T'es pressée ?

– Un peu, oui.

– Excusez-moi d'avoir abusé de votre précieux temps, Votre Seigneurie ! À plus !

Émilie reposa le téléphone, les sourcils froncés.

Une jeune femme nue sortant des bois, à huit cents mètres d'ici.

Elle repensa à la forme blême qu'Arnaud avait évitée de justesse. Et si c'était elle ? Elle qui courait pour sauver sa vie ?

Mais où était son agresseur ?

À moins que ce ne soit une camée en état de délire. Ou une druidesse célébrant des offices lunaires nocturnes dans la plus simple nudité.

Mais elle ne s'était pas infligé des blessures toute seule. Encore que… L'image d'une jeune femme ayant absorbé des substances hallucinogènes au point d'attenter à sa propre vie lui sembla soudain très réaliste. Arte avait programmé un film sur un sujet semblable le mois précédent.

Une jeune femme nue sortant de la forêt pour venir mourir sur le bord de la route.

Pouvait-il y avoir le moindre rapport avec le cimetière ?

Stop, Émilie, nous ne sommes pas dans un bouquin de Stephen King, personne ne pratique de mystérieux sacrifices humains dans le cercle sacré d'un ancien cimetière d'animaux.

Mais cette fille venait bien de quelque part.

Abandonnant provisoirement l'ordinateur, elle fit une incursion dans la cuisine. Odeur de blanquette de veau. Mère Térésa, un foulard sur les cheveux, en train de dépoussiérer les placards dont le contenu était soigneusement aligné sur le plan de travail.

Elle leva à peine les yeux vers Émilie qui se mit à farfouiller dans le frigo pour en ressortir avec une mince galette de riz soufflé, 28 calories, tout en demandant nonchalamment :

– Vous avez écouté les infos ?

– Comme si j'avais le temps, riposta Mère Térésa, le foulard de guingois. De toute façon, c'est toujours pareil : des guerres, des tremblements de terre et des assassinats, quand c'est pas des voitures qui flambent. Le monde va mal, je vous le dis.

– Il paraît qu'une jeune femme a été retrouvée morte à Saint-Julien-en-Laye, lança Émilie en mordant dans sa galette.

– Ah, celle-là ! C'est Peronney qui l'a trouvée.

– Peronney ?

– Mathieu Peronney. Vous le connaissez pas, c'est un vieux de la vieille, un des derniers à s'occuper de sa ferme. (Sous-entendu : « Vous ne risquez pas de connaître un authentique travailleur rural, pauvre feignasse. ») Les gendarmes lui ont pris la tête pendant plus d'une heure, reprit Térésa les sourcils froncés. Comme si ce pauvre Mathieu pouvait savoir d'où venait cette folle.

– Elle était folle ? fit Émilie d'un ton neutre.

– Ben, faut être folle pour courir toute nue la nuit le long des bois, non ? À ce que je sais, votre jogging on le fait pas encore à poil.

– Elle a peut-être été agressée, fit observer Émilie en mâchouillant consciencieusement le riz soufflé un tantinet compact.

– Y a tous ces jeunes qui viennent traîner dans les bois pour boire et se droguer et faire je sais pas quoi, et comme y a plus de gardes champêtres, tout le monde s'en fout, ça devait arriver.

– On sait qui c'est ?

– Elle avait pas sa carte d'identité cachée dans le fondement, grogna Térésa, décidément en verve. Les gendarmes, ils cherchent. M'étonnerais pas qu'ils viennent nous emmerder jusqu'ici.

– Pour une fois que les forces de l'ordre font quelque chose, ça devrait vous faire plaisir, non ? dit Émilie, soulagée d'avaler sa dernière bouchée.

– Ce qui me ferait plaisir, c'est qu'ils fassent régner l'ordre sans faire du désordre chez les braves gens, conclut Térésa d'un ton sans réplique en assénant un coup de plumeau bien senti à l'étagère d'angle.

Émilie battit en retraite jusqu'à son bureau, une petite pièce qui avait dû être un boudoir, et se rassit devant son ordinateur.

Où en était-elle avant que Diego ne l'interrompe… ? Ah oui, Sonia-Lisa photographiée avec des bottes Bison, le même modèle que la botte du cimetière et… elle n'arrivait pas à se concentrer.

Une jeune femme battue à mort. Tout près de chez eux.

Arrête avec ça. Si les gendarmes viennent, tu leur poseras toutes les questions que tu veux. Tu es quand même un peu trop morbide, tu sais ?

Aigle.

Modèle Bison.

Lancé vers 68. Un grand succès indémodable. Tous nos modèles… caoutchouc naturel… hévéa bla bla… doublure… « Toutes les pièces de la botte sont découpées et posées sur des plaques. Chaque morceau a son numéro de contrôle, précisant le mois, l'année et l'atelier. »

Ça alors ! Qui aurait cru que ses vieilles Malouines portaient en filigrane la date et le lieu de leur conception ? Ça devait drôlement faciliter la tâche des flics quand des victimes portaient des Aigle !

Tu es vraiment idiote, ce que porte la victime n'a pas d'importance, c'est le suspect qui compte.

Bon, assez, avec ces histoires de bottes, de cimetière et de jeune femme morte.

… *Et si c'était la botte de la jeune femme ?!*

Comment avait-elle pu ne pas y penser ?

Elle revint sur la photo de la botte rouge, à moitié ensevelie dans les fourrés.

Cette botte était là depuis longtemps. Elle faisait sale et usée. Elle ne pouvait pas avoir été perdue la veille.

Mais qui disait que la jeune morte avait été – ou s'était – déshabillée la veille ? Elle avait peut-être erré dans les bois pendant plusieurs jours.

Et personne ne l'avait vue ? Aucun promeneur ? Aucun cueilleur de champignons ? Aucun braconnier ? Ridicule.

La jeune femme morte et la botte rouge n'avaient aucun lien.

Elle agrandit encore la photo de la botte, la fit pivoter, tout en se disant que Sonia-Lisa était certainement morte elle aussi, noyée. Et qu'elle avait porté des bottes rouges.

Bravo, Émilie, il ne te reste plus qu'à conclure que toutes les femmes qui portent des bottes rouges connaissent une mort violente.

Coup de sonnette impérieux. Elle s'étira avec soulagement en mettant l'ordinateur en veille.

Second coup de sonnette. Térésa qui allait ouvrir en maugréant. Une voix sonore d'homme habitué à donner des ordres :

– Adjudant-chef Langlois. Vous êtes madame de Béard ?

Ricanement de Térésa.

– Ah non, moi je suis la gouvernante. Je suis bien trop vieille pour M'sieur Arnaud ! Entrez, je vais chercher Madame, conclut-elle en aspirant le « Madame » jusqu'à le rendre inaudible.

– Je suis là, fit Émilie en entrant dans le salon, court-circuitant le cerbère.

Deux hommes en uniforme se retournèrent.

– Adjudant-chef Langlois, répéta le plus âgé. Et voici le gendarme Gènevier, dit-il en désignant un jeune homme poupin qui s'efforçait d'avoir l'air sévère.

Langlois était grand, mince et blond. Petite moustache, calme. Une tête d'officier de la Grande Guerre. Bel homme si l'on aimait le genre sec et austère. Gènevier, lui, ressemblait aux jeunes cadres au visage ouvert que l'on croise dans diverses institutions et qui vous expliquent patiemment pourquoi ils ne peuvent jamais vous aider.

– Mon frère est dans la Marine, s'entendit dire Émilie, capitaine de corvette Michaël Desmarais.

– Ah vraiment ? Mes compliments, fit Langlois avec une légère inclination du buste.

Émilie leur proposa un rafraîchissement mais ils refusèrent, par la voix de l'adjudant-chef. Ils étaient pressés. Ils voulaient simplement poser quelques questions concernant un regrettable événement survenu dans les environs.

– La jeune femme retrouvée morte au bord de la route ? demanda vivement Émilie.

Langlois acquiesça, les sourcils froncés. Gènevier, assis tout au bord du grand canapé, tenait gauchement son carnet sur ses genoux, stylo prêt.

Avaient-ils entendu quoi que ce soit de suspect la nuit dernière ? attaqua Langlois. Des cris ? Des véhicules ? Avaient-ils aperçu des inconnus rôder dans les environs ces derniers jours ?

Émilie répondit que non et qu'ils pouvaient joindre son mari sur son portable, mais qu'elle était sûre que lui non plus n'avait rien remarqué de particulier. Sauf hier soir… cette forme qui avait traversé la route en courant…

Les deux gendarmes la dévisagèrent, soudain attentifs.

– Arnaud pense que c'est une biche qui a traversé devant la voiture… une longue forme blanchâtre. Je dormais presque, je l'ai à peine entrevue…

Gènevier soupira en faisant cliqueter son stylo-bille.

– Je suppose que votre mari ne confondrait pas une femme avec une biche, laissa tomber Langlois, désappointé.

– Vous avez du nouveau sur l'identité de cette malheureuse ? demanda Émilie, les bras croisés, comme si elle avait froid.

Non, ils ne savaient rien de plus, et maintenant, si elle voulait bien les excuser, ils allaient interroger les membres du personnel.

Ils rejoignirent Térésa à la cuisine et Émilie l'entendit se répandre en lamentations sur l'insécurité et la dépravation des mœurs avant d'admettre que, hélas, non, elle n'avait rien vu ni entendu de spécial.

Ils prirent enfin congé, très poliment, l'informant qu'ils allaient poser les mêmes questions à leur jardinier.

– Il doit traîner quelque part dans le domaine, dit Émilie avec un geste vague englobant le parc.

Langlois lui assura qu'ils le trouveraient sans peine et ils s'éloignèrent d'un pas rapide sous la grisaille qui avait envahi le ciel. Elle considéra la camionnette, incongrue dans la cour, puis rentra à regret. Elle aurait bien voulu pouvoir les suivre, s'accrocher à leurs basques comme une gamine curieuse, leur parler de la botte rouge. Elle se mordit les lèvres : une gamine, oui ! Heureusement qu'elle avait su tenir sa langue sur ses élucubrations !

La visite de la maréchaussée avait dû perturber Térésa car elle entrechoquait bruyamment la vaisselle. Ou était-ce l'idée de la mort, d'une jeune femme morte, nue, vulnérable et abandonnée qui la troublait ? Non, le VDD n'avait aucune compassion pour les jeunes femmes. Mortes ou vives, elles n'avaient que ce qu'elles méritaient.

Et dans ce cas, aurait voulu ergoter Émilie pour lui river son clou, si j'ai Arnaud, c'est que je le mérite ?

Inutile de perdre son temps à argumenter avec un dragon ; tout ce qui l'intéresse, c'est de vous réduire en cendres.

Elle continua d'observer les deux hommes qui s'enfonçaient sous les arbres. Brusquement, sur une impulsion, elle décrocha son coupe-vent noir, enfila une paire de bottes, les Malouines, et sortit.

Le temps avait fraîchi. Elle décida de retourner à la clairière : elle ne les suivait pas, elle avait juste envie de se promener. Si elle les apercevait au bout de son téléobjectif, ce serait le hasard, et ça, nul n'en est maître, n'est-ce pas ?

Ses bottes s'enfonçaient dans la terre humide, saturée d'odeurs. Elle longeait le chemin du vieux puits quand elle entendit leurs voix. Langlois, Gènevier et Hugo, le vieil homme bougonnant entre ses dents. Elle fit mine de s'absorber dans la contemplation d'un buisson de ronces.

Hugo non plus n'avait rien vu ni entendu. Il se couchait à dix heures, dormait comme un brave, et son radio-réveil se mettait en route à cinq heures, volume au maximum. Il devenait dur d'oreille, expliqua-t-il en prenant soin de leur faire répéter toutes leurs questions deux fois.

Émilie sourit en imaginant l'exaspération croissante des deux gendarmes. Mais bon, ils cherchaient un assassin.

Elle les entendit prendre congé et regagner le parc et la camionnette. Elle continua de marcher vers la clairière. On ne savait pas s'il allait encore pleuvoir. Les nuages, blanc et gris-bleu, dérivaient d'un côté à l'autre de l'horizon, comme renvoyés par des mains invisibles. Le sous-bois, lui, était sombre. Le trille d'une mésange. La fuite bondissante d'un écureuil. La progression laborieuse d'un scarabée mordoré. Le bruissement des coléoptères. Tout un petit monde affairé à rester en vie dans un monde végétal peuplé de prédateurs.

La course éperdue d'une fourmi fuyant sa botte. La course éperdue d'une jeune femme fuyant son assassin. Y avait-il une différence ?

Elle se représenta les lombrics se faufilant sous terre, le cheminement obstiné des scarabées, les semelles de ses bottes s'enfonçant dans les appartements des vers de terre, écrasant leurs garde-manger, les dérangeant dans leur lecture, telle une Alice au Pays des Insectes aussi géante que maladroite.

Un bruit de voix lointain attira son attention. Elle se hissa sur la stèle de Calinou et aperçut trois ou quatre silhouettes en képi qui arpentaient les bois. On cherchait certainement des indices. Elle n'avait rien de particulier à faire et elle décida de suivre le sentier qui traversait la forêt. Elle n'avait pas l'intention de les gêner dans leurs recherches, c'était juste qu'elle était curieuse. Et d'ailleurs ils n'avaient qu'à boucler les lieux s'ils ne voulaient pas qu'on s'y balade.

C'était ce qu'ils avaient fait, elle s'en rendit compte au bout de cent mètres. Un gendarme, posté devant une barrière mobile, lui expliqua que le sentier était momentanément fermé et le périmètre interdit à la circulation. Frustrée, elle fit mine de rebrousser chemin avant de se rappeler les sentes creusées par les laies dans les taillis. Arnaud les lui avait montrées : d'étroites pistes à peine visibles au cœur des futaies, qu'il fallait parfois emprunter en rampant car les buissons se rejoignaient en arc de cercle.

Elle bifurqua furtivement dans l'épais sous-bois, et ne tarda pas à repérer l'herbe jaunie et écrasée qui désignait un passage.

Elle avançait lentement, à la fois attentive à ne pas faire de bruit et soucieuse d'avoir l'air d'une innocente promeneuse. Ce qu'elle était, n'est-ce pas ? Une innocente fureteuse. « La curiosité est un vilain défaut », lui serinait toujours Maman. Elle avait une réserve d'adages de cet acabit et était toujours prête à les servir dès que l'un d'eux faisait la moindre bêtise. Une existence balisée de proverbes sentencieux servant de guides sur les chemins périlleux de la vertu.

Émilie en était venue à rêver de vendre la peau de l'ours avant de l'avoir tué tout en mangeant le beurre de l'argent du beurre et en cravachant sa monture pour qu'elle l'emmène le plus loin possible. Bref, épouser Arnaud, se dit-elle en souriant.

Elle dut se courber pour passer sous des branches basses, évita des ronces agglutinées, et déboucha soudain près de la route, dans le virage avant l'ancien lavoir. Un ouvrage du XVIIIe, en pierre, que protégeait un toit en ardoises. Un endroit calme, où l'on pouvait imaginer le heurt rythmé des battoirs sur le linge.

Cent mètres en contrebas, il y avait deux camionnettes en stationnement, un fourgon, des gendarmes, des types en combinaison blanche et deux cameramen appareils à l'épaule. Elle se rapprocha lentement. Un hélicoptère décrivait des cercles au-dessus du village. Une voiture la dépassa, roulant au pas, une Laguna bleu marine. Elle tourna la tête, aperçut le visage du conducteur et haussa les sourcils.

Le Petit Cerdan ! Qu'est-ce qu'il fichait là ?! Lui aussi l'avait reconnue, car il freinait, baissait sa vitre.

– Bonjour, lança-t-il, vous habitez dans le coin ?

– De l'autre côté des bois, cinq kilomètres par la route, quatre cents mètres à vol d'oiseau, expliqua-t-elle. Vous travaillez sur l'affaire ? ajouta-t-elle impulsivement.

– Quelle affaire ? répondit-il avec un coup d'œil vers son coéquipier qui mâchonnait un bâton de réglisse.

– La jeune femme retrouvée morte au bord de la route, dit-elle.

– Les nouvelles vont vite.

– Les gendarmes sont venus ce matin.

– Disons qu'on va leur donner un coup de main, lança son coéquipier avec un clin d'œil.

– Vous travaillez aussi hors de Paris ? s'étonna-t-elle un peu niaisement.

– On travaille partout où l'on a besoin de nous. La Brigade criminelle a vocation à enquêter sur tout le territoire, précisa Del Lucca en souriant.

– Eh bien, bonne chance alors, lança-t-elle, ne sachant trop quoi ajouter.

Ils la remercièrent d'un signe de tête et repartirent lentement. Le Petit Cerdan tapotait la carrosserie de sa main gauche par la vitre ouverte comme s'il pianotait sur une musique intérieure. Pam pam papapa pam pam ! De la salsa ? Émilie, quelle importance ?! Ils ne vont pas à un concert, ils vont enquêter sur un crime.

– Tu le savais, qu'elle habitait par ici ? demanda François.

– Je n'avais pas fait le rapprochement. Pourquoi ? répondit Léo, le regard fixé sur le rétro.

– Pour rien. Elle est plutôt mignonne.

– Mariée, mon Françounet, mariée.

– C'est les plus cool, mon pote, elles t'emmerdent pas pour que tu t'installes avec elles.

– Arrête ton cinéma, tu es ravi de t'installer avec Nadia.

– Si tu le dis ! soupira Daguerre.

– Pourquoi tu le fais, alors ?

– Parce que j'aime qu'on s'occupe de moi, si tu veux savoir. J'aime qu'on me fasse à bouffer, qu'on prenne soin de mon linge et que l'appart soit propre et joli.

Léo lui lança un rapide coup d'œil.

– Ça te ferait mal d'avouer que t'es raide dingue d'elle ?

– Regarde où tu vas, on est arrivés. Si t'écrases un godillot, ça va faire très mal !

Chapitre 8

Émilie continuait à suivre la route, les yeux rivés sur l'attroupement en contrebas. La Laguna bleu marine s'était arrêtée sur l'accotement. C'était comme un film. Le Petit Cerdan et son coéquipier s'avançaient vers les barrières gardées par les gendarmes, montraient leurs cartes, serraient des mains, gagnaient un carré d'herbe délimité par un ruban de signalisation, au centre duquel crépitaient des flashs. Elle distingua les deux hommes en combinaison blanche, masqués, qui fouillaient le terrain.

La scène du crime. Tout le monde savait cela, grâce aux polars. Périmètre sécurisé de scène de crime.

Ils allaient récolter tous les indices, passer l'herbe au détecteur de métaux, aux lampes à lumière monochromatique, sans oublier les appareils à électricité statique pour accrocher fibres ou poussières, bref, le grand jeu.

Pendant que le corps de la jeune femme, qui avait été évacué, serait autopsié, fouillé, dépecé, charcuté, pour livrer le moindre de ses secrets. Tuée comme un objet, examinée comme un objet, la victime ne retrouverait sa dignité de sujet humain que dans le chagrin de ses proches. Si elle en avait.

Incapable de s'éloigner, Émilie restait là à observer le macabre ballet. Del Lucca fit un pas de côté et elle discerna le contour d'une silhouette tracée à la bombe de peinture blanche sur l'herbe rase. Jambes repliées, bras autour de la tête, dans un geste d'ultime protection.

Un gendarme la lui cacha. Elle se détourna et s'enfonça de nouveau dans les bois. Elle n'allait pas rester là comme ces badauds qui s'agglutinaient sur les lieux d'un accident mortel, par pur voyeurisme. Sans même y réfléchir, elle reprit le chemin du petit cimetière.

Del Lucca observait les lieux. Daguerre, mâchonnant son bâtonnet, discutait avec Langlois, prenait des notes. Le corps avait été transporté à l'Institut médico-légal. Le tracé blanc à la peinture, doublé d'un ruban jaune fixé au sol, indiquait que la jeune femme avait essayé de grimper sur le bas-côté. Une des mains semblait agripper une touffe d'herbe, les jambes traînaient en arrière. Le visage était tourné vers la route.

– Est-ce qu'elle avait les yeux ouverts ? demanda Léo à un des techniciens qui rangeait son matériel.

– Grands ouverts, oui. De grands yeux bleus. Fixant le macadam. La seule chose intacte dans le visage. Nez brisé, pommettes fracassées, dents cassées, on dirait bien qu'on l'a battue à mort.

– Elle a pu être renversée par une voiture, dit Del Lucca sans conviction.

– Faut attendre le rapport de Servan, mais je suis quasi sûr que non, conclut l'homme en haussant les épaules.

Puis avec un coup d'œil vers Langlois, il ajouta :

– Je crois que le camarade gendarme est plutôt content de vous refiler le paquet.

Léo acquiesça sans répondre. Jamais de commentaires sur le fonctionnement interne des services. Rien n'était pire que les cancans et les commérages pour parasiter une enquête. Il rejoignit Langlois et Daguerre, alluma une clope sans leur en proposer. Langlois était non fumeur et Daguerre avait arrêté sous la pression de Nadia, d'où le bâton de réglisse et les patchs.

– On est en présence de quoi, à votre avis ? demanda Léo à l'adjudant-chef en soufflant la fumée dans la direction du vent.

– Un rendez-vous nocturne qui a mal tourné. La fille se ravise, refuse les avances du gars… il perd la boule.

– Vous en avez beaucoup vu, des rendez-vous nocturnes en automne, dans la forêt, quand il pleut ?

– Ça n'arrête personne, sinon le Bois serait désert, répondit Langlois en faisant allusion au bois de Boulogne.

– D'après vos notes, elle a les doigts brisés, et elle a perdu beaucoup de sang, fit Daguerre en mâchonnant vigoureusement. C'est un peu beaucoup pour un amoureux éconduit, non ?

Langlois haussa les épaules.

– Brûler une fille dans une cave ou la battre à mort… suffit qu'elle soit tombée sur un cinglé.

– Happy slapping ? proposa Léo.

Daguerre fit volte-face :

– Je sais qu'il y a des connards capables de tout, mais quand même ! On n'est plus dans le registre du passage à tabac.

– Passage à tabac ? Tu as vu la vidéo que le petit fumier de Cergy avait filmée avec son portable ? Un lynchage, oui. Cinq contre un. Explosés de rire en regardant le mec dans le coma.

C'était lui qui l'avait serré, le leader. Vingt ans à peine. Un vocabulaire de quatre cents mots maxi. Un voyou, disaient les journaux. Non, un sociopathe. Profitant du laxisme ambiant pour assouvir ses pulsions sadiques. Del Lucca en avait profité, lui, pour assouvir les siennes. Dans le sous-sol de l'hôtel de police, il en avait fait son punching-ball, en évitant soigneusement le visage. Le type avait fondu en larmes et juré de porter plainte. Léo le lui avait déconseillé s'il ne voulait pas qu'il mette un contrat sur sa tête, un vrai contrat exécuté par de vrais truands, qui s'en prendraient à lui et à sa famille. Le gars l'avait cru et avait de surcroît lâché le nom de tous ses potes. Un beau coup de filet.

Mais un acte de violence inqualifiable.

Il en avait honte sans arriver à le regretter. Une raison de plus pour quitter la Crim' avant de perdre son âme. Il revint à la conversation.

– On n'est pas sortis de l'auberge… disait Langlois, maussade. Messieurs, si vous voulez bien m'excuser… j'ai une tonne de paperasse en retard. Je reste à votre disposition.

Les trois hommes se saluèrent et Langlois s'éloigna de sa démarche un peu raide. Daguerre mordillait férocement son bâtonnet, à moitié réduit en charpie.

– Arrête avec ce truc, on dirait un castor fou ! lui lança Léo, de mauvaise humeur.

Daguerre haussa les épaules en faisant passer le batônnet de réglisse d'un coin de sa bouche à l'autre comme une chique.

– Le castor fou, il rôde dans ces bois, lâcha-t-il tranquillement. Le problème, c'est qu'on ne sait pas s'il habite dans le coin ou s'il y est venu spécialement pour s'amuser.

– Si un sadique vivait dans le coin, nos collègues de la maréchaussée en auraient entendu parler, non ?! protesta Léo.

– Faut un début à tout, même pour un meurtrier, répondit François en soupirant.

– On ne pourra pas avancer tant qu'on n'aura pas l'identité de la fille, dit Léo.

Et ça n'allait pas être simple, vu l'état de son visage martyrisé et la totale nudité de son corps. L'avis de recherche paraîtrait le lendemain dans les journaux. Peut-être Servan pourrait-il préciser certains points, comme son âge, son état dentaire, les éventuelles opérations chirurgicales, etc. Bref rêve de flic : la victime inconnue qui se révèle avoir souffert d'une maladie orpheline qui ne touche que vingt individus en France. Direction les archives médicales, identité retrouvée en trois coups de cuillère à pot !

Il devenait complètement débile.

– Je vais jeter un coup d'œil, lança-t-il à Daguerre qui opina, penché sur ses notes.

Léo balaya la scène de crime d'un regard acéré. Tout avait été balisé, ramassé, étiqueté. Il se pencherait plus tard sur les indices relevés. Pour l'instant, il voulait se faire une idée de la manière dont la victime avait pu arriver là.

Elle n'était certainement pas passée à travers les buissons ou les taillis. Elle avait dû déboucher par la trouée là-bas. Elle avait certainement suivi le sentier où était posté un garde mobile. Léo le salua et le dépassa. Le sentier s'enfonçait dans la forêt. Se procurer une carte d'état-major. Une boule de poils bruns détala à son approche. Un rat des champs ? Ça sentait la campagne, les feuilles humides, la terre. Mais ce n'était pas la gentille forêt pleine de petits lapins bondissants. C'était la forêt médiévale, celle des ténèbres, des loups, de la peur. Celle où une jeune femme avait été battue à mort.

Absorbé par ses pensées, il continua d'avancer, regardant machinalement les branches basses, le sol, à la recherche de bouts de tissu accrochés, de mégots – une attention flottante mais constante qui lui était devenue naturelle avec les années. Ce n'était pas conscient, mais rien ne lui échappait.

Et le mouvement sur sa gauche lui fit immédiatement tourner la tête et porter la main à son holster.

Quelqu'un bougeait derrière le rideau d'arbres. Il entendait nettement le froissement des feuilles, le craquement des brindilles. Il avança le plus doucement possible, essayant de se transformer en commando, les yeux braqués sur le feuillage et, suivant le son, tomba sur un petit ruisseau qu'il remonta à pas de loup.

Par une trouée dans les feuillus, il aperçut une étrange clairière. Nimbées de la lueur bleutée d'après la pluie, des stèles moussues parsemaient l'herbe. Et elle était là.

Émilie de Béard. Assise sur une des petites tombes. Perdue dans ses pensées. Les yeux fixés sur une haie.

Il s'avança, rengaina son arme et toussota. Elle sursauta, se redressa brusquement.

– Excusez-moi, je ne voulais pas vous faire peur, dit-il en écartant les mains dans un geste d'apaisement universel.

– Vous m'avez suivie ? s'étonna Émilie sur le qui-vive.

Elle semblait nerveuse.

– Pas vraiment, je faisais un tour de reconnaissance dans le bois et je vous ai aperçue, expliqua-t-il. C'est quoi, cet endroit ?

– Un cimetière d'animaux. Il fait partie du domaine.

– Du domaine ?

– Le bois appartient en partie à la famille de mon mari.

– Si je vous comprends bien, je suis sur une propriété privée ? dit-il en regardant autour de lui. Mais rien n'est clôturé ?

– Ça l'était, mais il y a des trous partout. La végétation mange tout. Mon mari a choisi de clôturer plus sérieusement la partie la plus proche de la maison. Ici, c'est un peu à l'abandon. Comme pas mal de choses dans la propriété. Ces vieilles demeures coûtent une fortune à entretenir.

Il la trouvait trop volubile. Qu'est-ce qu'elle faisait là, dans ce cimetière sinistre ? L'idée que la châtelaine avait peut-être un rendez-vous galant avec son garde-chasse l'effleura, le faisant presque sourire.

Que faisait-il là ? se demanda Émilie. Et que trouvait-il d'amusant dans ce qu'elle avait dit ? L'idée qu'il la surveillait peut-être l'imprégnait d'une crainte diffuse et elle serra ses mains l'une contre l'autre.

Voilà qu'elle se tordait les mains, maintenant, remarqua Léo. Décidément, cette femme n'avait pas la conscience tranquille. Avait-elle vu quelque chose ?

Il la fixait de son regard noir, les sourcils froncés. Il ne croyait quand même pas qu'elle avait quelque chose à voir avec la jeune morte ? pensa Émilie, paniquée. Qu'ils l'avaient heurtée avec la Mercedes ?!

Léo nota dans son carnet mental d'interroger le mari à propos de l'incident avec la voiture. Mais bon, c'était sans doute du temps perdu. L'air coupable d'Émilie de Béard était probablement dû à une aventure clandestine ou quelque autre bêtise.

Au grand soulagement d'Émilie, il détourna les yeux, jeta un coup d'œil aux inscriptions funéraires.

– Très kitsch ! laissa-t-il tomber.

Elle haussa les épaules.

– Moi, j'aime bien. Je trouve ça attendrissant, lui rétorqua-t-elle, sur la défensive.

Il lui sourit, un sourire désabusé.

– La tendresse des tombes et moi, on est un peu fâchés, lâcha-t-il de sa voix sourde.

Ils restèrent quelques secondes silencieux, deux étrangers dans un lieu intime, ne sachant sur quel pied danser.

– À votre avis, qu'est-ce qui lui est arrivé ? demanda-t-elle tout à trac, sans préciser de qui elle parlait.

– Je ne sais pas. On y verra plus clair après l'autopsie. Bon, eh bien, bonne journée, reprit-il en portant deux doigts à sa tempe, dans une parodie de salut militaire.

Elle le salua d'un signe de tête et il s'éloigna à grands pas.

Un petit mec têtu et déterminé comme un terrier, se dit-elle en regardant sa silhouette râblée s'enfoncer sous les arbres, écartant les branches basses comme s'il les boxait.

Elle s'assit sur la tombe de Yoyo d'Amour/1968-1975, un teckel à poil ras d'après le médaillon, et soupira sans trop savoir pourquoi.

Elle ferait mieux de rentrer et de se remettre au boulot dans l'aile abandonnée. Rien de tel que le ménage pour chasser la mélancolie, comme aurait dit Maman en brandissant son plumeau. Non, éviter de penser à Maman et à la tristesse étouffante du petit appartement et aux uniformes de Papa impeccablement suspendus dans l'armoire normande héritée de Mémé Hortense, comme s'il allait en avoir besoin d'un jour à l'autre.

Il n'était pas mort en mer, ni à la guerre. Il avait été tué dans le crash de l'hélicoptère qui le ramenait d'un vol de reconnaissance au-dessus de la zone de pêche française des Kerguelen. Pas de corps à enterrer. Un cercueil vide, les honneurs militaires.

Et puis se débrouiller à cinq avec la pension versée à sa veuve. Maman avait essayé de trouver du travail, mais avec quatre enfants en bas âge, ce n'était pas évident. Un mi-temps à la bibliothèque de l'arrondissement mettait un peu de beurre dans les épinards, comme elle aimait à dire.

Émilie frissonna en repensant à cette période. Tout lui avait semblé étriqué, l'appartement sombre, les petites économies de sa mère, les rituels immuables des repas, les bonnes manières, les messes hebdomadaires… Maman venait d'une famille noble et pauvre de Bretagne et n'avait jamais envisagé de remettre une seule fois en question les axiomes qu'on lui avait inculqués dans sa propre enfance.

On était loin de l'opulence et de l'insouciance des parents d'Arnaud.

Mais peut-être que Maman avait fait de la routine une armure pour se protéger du chagrin écrasant de perdre brutalement à quarante-deux ans son mari adoré.

Émilie se leva d'un bond. Son mari à elle était bien vivant. Fini de ressasser. Retour au manoir, et au boulot !

Quant à la fameuse botte rouge, il faudrait qu'elle revienne avec un sécateur pour pouvoir traverser les taillis et la récupérer.

Térésa regarda sans rien dire les semelles boueuses laisser des traces dans le petit hall et le coupe-vent noir dégoutter sur le parquet cérusé.

Elle se contenta de rentrer la tête dans les épaules comme une tortue et d'aller chercher une serpillière.

Émilie ne s'excusa pas. Elle avait envie d'être méchante. De se comporter en affreuse petite fille gâtée.

Mais elle gagna l'aile abandonnée avec un sentiment de honte et de culpabilité. Comment pouvait-elle se conduire ainsi avec une vieille femme percluse de rhumatismes ? Elle faillit tourner les talons pour s'emparer du balai mais sa vanité la retint. Ce qui était fait était fait.

Elle grimpa les escaliers à la lumière chiche de l'ampoule de 25 watts. Son ombre courait sur le mur, déformée, semblant la précéder comme un fantôme bossu.

Les pièces abandonnées lui parurent encore plus tristounettes, dans la grisaille de la pluie. Malgré son sweat elle frissonna, regrettant le coupe-vent.

Elle jeta un coup d'œil au placard. La chaise était toujours là. Rivetée au sol. Il y avait des traces devant l'assise, des éraflures dans le plancher. Comme si on avait raclé le sol à coups de talons. À quoi pouvait bien servir cette chaise ? Elle eut une brève vision d'un adorable petit Arnaud aux boucles blondes enfermé dans le placard en pénitence et se morfondant assis dans le noir, les bras croisés.

Le folklore de l'éducation noble à la dure. Pourquoi pas le knout, tant qu'on y était ?!

Elle s'assit sur le bois usé et regarda devant elle. Évidemment, on voyait le couloir puisque la porte était ouverte vers l'extérieur. Elle leva la tête : un plafond marron uni, assez bas. Muni d'un crochet à suspension en son centre… Tiens, c'était quoi, ces craquements dehors ?

La porte claqua violemment et ce fut le noir complet.

Pétrifiée, elle resta sur la chaise, les yeux écarquillés, puis soupira. La porte s'était rabattue.

Elle se leva et avança d'un pas en tâtonnant, cherchant la poignée.

Il n'y en avait pas.

Elle poussa sur le vantail, puisque la porte s'ouvrait vers l'extérieur, mais la porte ne bougea pas d'un pouce.

Elle comprit soudain que le pêne s'était enclenché automatiquement. On ne pouvait pas sortir sans actionner une poignée.

Qui n'existait pas.

Elle jura à voix basse tout en décochant un coup de pied dans le massif panneau plaqué hêtre. Ça faisait mal et ça ne servait à rien.

Connerie de placard. Connerie de porte. Elle était bonne pour appeler Térésa à l'aide. Térésa qui allait se moquer d'elle pendant des heures. Raconter ce ridicule épisode à Hugo. Mais elle n'avait pas le choix. Il fallait crier.

D'une voix timide au départ. Un petit « Térésa ! » mal assuré. Qui prit de l'ampleur. Pour finir en meuglement. Mais pas de cavalerie à la rescousse, pas de Térésa chargeant dans l'escalier en susurrant : « Je vous l'avais bien dit. »

Le silence des pièces sans vie, le tapotement feutré de la pluie sur le toit.

Apparemment, Térésa n'entendait pas. Elle hésita à appeler Hugo, au cas où le vieil homme serait sur la pelouse, mais qu'y ferait-il sous la pluie ?

Tu n'as rien à perdre, vas-y, appelle.

Pas plus de succès. Deux vieux sourds. Un placard sans issue. À quelle heure devait rentrer Arnaud ? N'avait-il pas un de ces fichus cocktails ? Mmm. Pouvait-on raisonnablement espérer que Mère Térésa, ne la voyant pas réapparaître, vienne aux nouvelles ?

Non. Ce n'étaient pas ses oignons, n'est-ce pas ? Bien trop contente de mettre son affreux fichu et de ficher le camp en se disant que Madame s'était peut-être cassé une jambe là-dedans, où on avait pourtant essayé de la dissuader d'aller fouiner.

Et hop, Térésa sortait, fermait à clé et rentrait chez elle, la conscience tranquille.

Et hop, Arnaud bavardait pendant des heures avec des investisseurs potentiels.

Et hop, Émilie attrapait la crève dans ce placard glacé et humide.

En plus, c'était flippant. Cette obscurité. La manière dont la porte avait claqué, juste après ces craquements…

Sans doute les lattes disjointes du plancher.

Comme si quelqu'un y avait avancé furtivement.

Arrête ça, Émilie, arrête ça tout de suite.

Elle frissonna et croisa les bras sur sa poitrine. Incapable de repousser l'image de Térésa avançant à pas de loup et claquant la porte à la volée avant de s'enfuir en ricanant.

Térésa n'était pas une vraie sorcière. Et ce n'était pas un drame d'être enfermée quelques heures dans un vieux placard, où, comble de chance, il y avait une chaise pour poser ses jolies fesses, se dit-elle en se rasseyant.

Pour se relever cinq minutes plus tard.

C'était flippant.

Elle ne distinguait même pas ses mains. Et quelque chose grimpait le long de sa jambe ! Elle balaya vivement son mollet, sentit nettement une petite boule dégringoler. Une blatte ! C'était sûrement une blatte. Maintenant que la pièce était plongée dans le noir, elles sortaient. Elles rampaient, furtives, frétillant des antennes. Émilie pinça les lèvres. Elle détestait ces bestioles. Elle remonta ses genoux jusqu'à son menton, les enserrant de ses bras. « Seule dans la nuit avec les blattes géantes ». Non, elle n'avait pas envie de rire. Plus aucun humour tout à coup.

Il faisait froid. Tant qu'on ne s'en apercevait pas, ça allait. Mais une fois qu'on en prenait conscience… Elle se toucha le nez, les oreilles : glacés. Elle enfouit ses mains dans les manches de son sweat, comme dans un manchon. Le nez calé entre les genoux. Le dos rond. Guettant un bruit, des pas.

Chapitre 9

Léo, debout, une cigarette entre les doigts, contemplait la façade de l'Institut médico-légal d'un œil morne.

Il tira une dernière bouffée, écrasa le mégot sous son talon et entra en soupirant.

Servan, la blouse ouverte sur un tee-shirt vert pomme où s'étalait l'inscription « C'est Papa le plus beau », buvait un café près du distributeur. Il lissa ses cheveux noués en catogan, jeta le gobelet vide dans la poubelle et serra la main de Léo. Il avait l'air fatigué. Lui aussi aurait préféré passer son samedi chez lui, avec ses gamines. Léo le suivit dans son bureau, une pièce exiguë sans fenêtre.

Servan lui tendit une chemise en plastique.

– Tout est là. C'est-à-dire pas grand-chose.

– Mais…

– Oui, je sais que la présence d'un flic est nécessaire. Non, je ne vous ai pas attendu. J'ai rendez-vous à dix-sept heures. Une coloscopie, expliqua-t-il.

– Ah bon ? fit Léo bêtement.

– Mon père est mort d'un cancer du côlon à 48 ans. J'en ai 47. Je fais un contrôle tous les ans depuis mes 44 ans.

– Eh bien, bonne chance… dit Léo, faute de savoir quoi dire d'autre.

– Ouais, merci. En fait, ça me fait peur. Mais bon…

je suis bien placé pour savoir qu'on n'est pas éternel, comme on dit. Appelez-moi demain matin.

Il était déjà sorti, laissant Léo planté là, le dossier à la main.

Léo salua Nathalie, la réceptionniste, une jeune Antillaise aux coiffures compliquées, et gagna le bistrot le plus proche. Il préférait prendre connaissance des rapports d'autopsie dans des endroits vivants. Bruyants. Enfumés.

Il commanda un demi et ralluma une clope, tant que c'était encore possible, avant le couperet de la proche interdiction. Commença à lire. Il avait pris l'habitude du jargon médical, cherchait les conclusions.

Pas grand-chose d'utile, ainsi que l'avait dit Servan. La jeune femme avait succombé à une hémorragie interne massive. Battue à mort avec un objet contondant. Les blessures aux mains n'étaient pas des blessures de défense. On lui avait sciemment brisé tous les doigts.

Quant à son identité, on n'avait aucune piste. Pas de tatouages. Pas de maladie spécifique. Pas de soins dentaires particuliers, à part quelques plombages. Elle était morte en parfaite santé, comme disait la plaisanterie.

Léo avait diffusé en interne le signalement de la victime par le logiciel Sarbacane, inséré une annonce sur le site de la gendarmerie et prévu la publication d'un portrait-robot dans les principaux journaux, avec l'accord du juge d'instruction, Sophie Gravier, une robuste femme d'âge mûr qui adorait les blagues grivoises.

Dans le fichier des personnes recherchées, il y avait cinq ou six jeunes femmes dont la description pouvait correspondre. Appeler les familles pour venir procéder à une identification ? C'était toujours tellement stressant.

Servan mentionnait des égratignures aux chevilles et sur la plante des pieds. Des brins d'herbe. Elle avait donc couru pieds nus. Il feuilleta rapidement le rapport du labo en annexe. On avait examiné les divers débris retrouvés sur le corps : microscopiques échardes de ronces, morceaux de feuilles accrochés aux cheveux, taches verdâtres d'herbe, pollens : rien qui vienne d'ailleurs que de la forêt. De cette forêt précise, sous réserve de vérification plus poussée des concordances entre les pollens et les débris de graminées recueillis sur le corps et ceux de la flore locale.

Pourquoi était-elle nue ? Où étaient ses vêtements ? Enterrés dans les bois ?

Enterrement. Tombe. Cimetière.

On pouvait cacher ce qu'on voulait dans ce vieux cimetière à moitié abandonné. La fille y avait-elle retrouvé un type déjanté, du genre gothique, « Faisons l'amour à la pleine lune au milieu des tombes » ? Un type familier des lieux, coutumier des cérémonies sacrificielles ? Non, ça, c'était un *pitch* de film gore. Mais le cimetière restait un bon endroit pour planquer des trucs, contondants ou pas.

Léo finit sa bière, essuya la mousse sur ses lèvres.

Dès lundi matin, fouiner un peu là-bas avant de demander éventuellement une autorisation d'ouvrir les tombes.

Il relut encore une fois le rapport. On s'était acharné sur cette jeune femme. Les froides constatations médicales révélaient une violence impitoyable, systématique. Ça dénotait plus qu'un accès de fureur, se dit Léo. Ça dénotait le désir profond de détruire.

Un « boucher » ? Comme dans le cas d'Alexandra Martinez ? Deux tueurs psychotiques en quelques jours ? Ça faisait beaucoup. Et le *modus operandi* était trop différent d'un crime à l'autre pour envisager que ça puisse être le même assassin.

Sauf si le type était assez malin pour utiliser des méthodes différentes afin d'éviter qu'on ne fasse des recoupements.

Ouais, c'est ça, Super-Killer narguant les flics. Assez détaché de ses pulsions homicides pour les mettre en scène. Peu crédible. Les tueurs n'étaient pas des surhommes mais des pauvres types manipulés par leurs obsessions.

Il tapota pensivement sur le faux marbre du guéridon.

Il était pourtant enclin à partager l'intuition de Daguerre. Un boucher. Deux meurtres sans mobiles apparents.

Agacé, il se leva et décida de passer par le gymnase pour se défouler un peu. La boxe, comme les échecs, exigeait de penser et d'agir simultanément. Pas en manœuvrant des pions, mais en manœuvrant son propre corps sur l'échiquier du ring.

Émilie ne sentait plus ses pieds. Elle les tapait l'un contre l'autre, se levait, s'asseyait, battait des bras pour se réchauffer. Elle s'était jetée à plusieurs reprises contre la porte qui n'avait pas même frémi. Une porte de placard aussi solide qu'une porte de château.

Elle décida de grimper sur la chaise pour se suspendre au crochet dans l'idée de se balancer, de prendre de la vitesse et du poids, comme dans les films où des types plus ou moins costauds projetaient leurs pieds joints pour enfoncer portes, fenêtres, ennemis, etc.

Debout sur le siège, elle chercha le crochet dans le noir, toucha deux ou trois choses gluantes, une toile d'araignée qu'elle chassa frénétiquement de ses cheveux, et l'agrippa enfin.

À regarder en DVD, ça avait l'air facile. Dans la réalité, une fois suspendue à ce truc en acier, on avait plutôt l'impression de jouer dans une scène de torture, la jeune vierge tournoyant au bout des chaînes du cruel inquisiteur.

On était franchement très loin du rétablissement magistral.

Pas assez de force dans les bras. Dorénavant quatre séances de musculation par semaine au lieu de trois. Elle se hissa tant bien que mal, bandant ses biceps. C'était un peu mieux. Si elle pouvait garder la position plus de trois secondes. Elle inspira à fond, et commença à se balancer. Lâcha tout et s'écroula à demi sur la chaise. Entre le rire nerveux et les larmes.

« La dépouille d'une jeune femme retrouvée congelée dans un vieux placard. Le corps portait un costume typique du début du xxie siècle. Une aubaine pour nos archéologues. »

Autant recommencer à appeler. Elle colla sa bouche à la serrure et cria, timidement d'abord puis de plus en plus fort.

Et vit soudain la lumière s'allumer.

– Je suis là ! Je suis enfermée !

Des pas précipités. La poignée extérieure que l'on tourne. L'immense silhouette d'Arnaud. Elle se jeta dans ses bras, grelottante.

– Mais qu'est-ce que tu fais là-dedans ? Ça fait une demi-heure que je te cherche partout !

– La porte a claqué, impossible de sortir ! Je moisis là-dedans depuis des heures ! Heureusement que tu m'as entendue appeler.

– Je n'ai rien entendu du tout ! la corrigea-t-il en l'entraînant dans l'escalier. Cette aile est complètement isolée du reste de la baraque. En voyant que tu n'étais pas dans la maison, mais que ta voiture était là, j'ai commencé par te chercher dans le parc, je pensais que tu étais allée te balader. Et puis je me suis souvenu que tu m'avais parlé de trier tout ce bric-à-brac et j'ai eu peur que tu sois tombée, que tu te sois fait mal.

– Tu n'étais pas loin ! Térésa aurait pu te dire que j'étais là !

– Elle était déjà partie quand je suis rentré. Tu as eu de la chance que mon rendez-vous avec les Danois soit annulé. La prochaine fois, évite les cachots sans issue, conclut-il en riant et en la soulevant pour la porter jusqu'à leur salon où un feu réconfortant crépitait dans la cheminée.

Il la déposa sur le canapé et leur servit deux grands cognacs.

– Au sauvetage de la châtelaine ! lança-t-il en vidant la moitié du sien.

Émilie but une gorgée. Il avait l'air aussi excité que fatigué. Tout en tendant ses pieds transis vers l'âtre, elle savoura l'idée qu'il s'était inquiété pour elle.

– C'était important, les Danois ?

– Bof… Passons plutôt à table ! J'ai une faim de loup.

À cet instant, le téléphone sonna et Émilie vit le nom d'Anne clignoter sur l'écran. Elle tendit la main, mais Arnaud l'arrêta.

– Laisse ! chuchota-t-il comme si Anne pouvait l'entendre, j'ai envie qu'on soit un peu tranquilles tous les deux.

Émilie obéit, flattée. Elle écouta le message d'Anne qui n'avait pas trop le moral et voulait savoir si ça leur disait d'improviser un dîner thaï, elle se chargeait de tout.

– Écoute, je sais bien que c'est ta sœur, mais j'aimerais autant qu'on reste en tête à tête, fit Arnaud en lui embrassant l'intérieur du poignet. Envoie-lui un SMS pour lui dire qu'on est déjà pris.

– Tu crois ? Ce n'est pas très gentil.

– Oh, arrête ! Anne n'a pas autant de scrupules, elle ne fait que ce dont elle a envie, elle comprendra bien.

Émilie s'inclina, se sentant un peu coupable, mais heureuse qu'Arnaud revendique leur droit à l'intimité. À dire vrai, elle avait trouvé la Bande des Trois légèrement pesante au début de son mariage.

Ils dînèrent près du feu, aux chandelles, et Arnaud se montra plus volubile que d'habitude. Elle remarqua qu'il buvait aussi plus que de coutume, mais lorsqu'elle lui demanda s'il avait des soucis, il haussa les épaules en lui embrassant la main.

– Mon seul souci, c'est toi, lui affirma-t-il galamment avant de l'entraîner dans l'escalier menant à leur chambre, les yeux brillants.

Léo se réveilla en sursaut. Le jour naissant grisait la chambre. Il avait rêvé une fois de plus de l'accident. C'était lui qui conduisait, et Julia criait, criait, pendant qu'il dirigeait la voiture droit vers l'arbre, tout en écrasant inutilement le frein. Dans le rêve, c'était toujours lui qui conduisait.

François l'avait exhorté à voir un psy, « pour parler à quelqu'un, c'est un sale truc, t'as besoin de l'exorciser ». Il lui avait demandé pourquoi il n'y allait pas lui-même, après s'être si méchamment fait plaquer par sa femme. François avait haussé les épaules et n'avait pas insisté.

Pas besoin de psy, se dit Léo en roulant entre les draps froissés. Il se portait très bien, et sa culpabilité avec. On pouvait même dire que sa culpabilité se portait comme un charme, mais c'était son problème.

Une nouvelle aube entre des draps froissés. L'odeur d'Arnaud sur sa peau. Le bruit de la douche.

– Chéri ? appela-t-elle en bâillant.

Il entrouvrit la porte, tout mouillé, le menton couvert de crème à raser.

– Il est à peine six heures et demie ! lui dit-elle avec un coup d'œil vers le réveil en bakélite.

– Plein de rendez-vous ! Je t'aime ! répondit-il en refermant la porte.

Dommage, ils ne « petit-déjeuneraient » pas ensemble, elle était trop crevée. Le dimanche, leur dimanche, avait passé trop vite. Virée à Deauville, balade au bord de l'eau main dans la main ; Arnaud avait mis son portable sur vibreur. Deux appels d'Anne auxquels il n'avait pas répondu, lui murmurant : « Ça ne te fait rien ? Pour une fois qu'on est seuls. » Ils avaient dîné en rentrant puis regardé tous les épisodes enregistrés d'une série qu'ils aimaient tous les deux. Saleté de lundi matin. Elle enfouit la tête dans son oreiller pour retrouver le sommeil.

Léo regarda une dernière fois le GPS avant de bifurquer sur la droite. Il avait choisi de se garer à l'entrée du bois la plus proche du manoir des de Béard pour jeter un coup d'œil à la bâtisse en passant. Simple curiosité. Il s'était toujours demandé à quoi ressemblaient les gens qui vivaient dans ces gentilhommières. Il avait une réponse. À des gens friqués, courtois et en bonne forme physique. La version moderne du hobereau.

Il faisait froid ce matin, un froid humide d'automne. Un froid qui donnait envie de feu de bois, de daube et de vin rouge. Il remonta la fermeture Éclair de son blouson gris acier Windstopper et se mit en route d'un pas rapide. Il marchait toujours vite, il était incapable de flâner. « Tu pourrais m'attendre ! » lui lançait Julia, furieuse.

S'étaient-ils aimés, au fond ? Certainement. On ne pouvait pas se sentir si coupable de la mort d'une femme qu'on n'aurait pas aimée, n'est-ce pas ? Il respira à fond, l'odeur de bois, de feuilles, de pluie.

Deux autres femmes étaient mortes. Et pas d'un accident de voiture. Deux autres mortes attendaient qu'il fasse quelque chose pour elles. Pour leur mémoire.

Il longea le manoir en suivant un haut mur en pierre surmonté d'un grillage. Du sentier, on n'apercevait que le dernier étage de la baraque, le toit en ardoises avec ses pignons, les imposantes cheminées.

On devait vivre là-dedans comme dans un camp retranché, entouré de ces bois sombres et épais.

Dans la matinée, le lieutenant Ruiz devait interroger Arnaud de Béard à propos de l'incident avec la biche. On ne sait jamais. Ils avaient peut-être croisé la route de la victime. Ruiz avait la consigne de profiter de l'occasion pour questionner de Béard sur son emploi du temps à l'heure du meurtre de Martinez. Là encore, on ne sait jamais. Mais Léo ne se faisait pas beaucoup d'illusions.

Il suivit le sentier, entouré de chants d'oiseaux, observant l'activité fébrile d'un matin neuf qui se réveillait, remonta le ruisseau cascadant et déboucha dans la clairière.

Les petites tombes lui donnaient la désagréable impression d'un cimetière d'enfants. Il se força à lire quelques épitaphes pour chasser cette impression. Il n'avait pas eu de chien, ses parents ne voulaient pas, pas pratique en appartement, avait décrété son père. « Et qui le sortira ? Toi ? Laisse-moi rire. » Façon de parler car Carlo Del Lucca n'était pas vraiment un joyeux drille. Quand il avait terminé sa journée de maçon, il n'aspirait qu'à la tranquillité : une partie de cartes avec ses copains du Parti, au bar-tabac du coin, et puis la télé. Pendant le repas, ils regardaient les infos tous les trois en silence, puis Carlo se lançait dans une série de commentaires acerbes contre les riches, les impérialistes. Léo aurait aimé un petit frère, mais Maria, sa mère, avait subi une hystérectomie. Et donc pas de petit frère. Et pas de chien.

Ils avaient eu une chatte, pendant trois ans. Une chatte noir et blanc. Sa mère l'avait baptisée Minette. Minette filait en douce dès qu'il y avait une vitre entrouverte. Elle passait de toit en toit, de balcon en balcon et arrivait à descendre dans la rue. Parfois, quand il rentrait de l'école, Léo la trouvait en bas, devant la porte de l'immeuble, en train de faire sa toilette. Et puis Minette avait disparu. « Elle a dû se faire écraser », avait dit Del Lucca senior. Léo avait beaucoup pleuré. Sa mère avait refusé de prendre un autre animal.

Les de Béard avaient dû adorer les leurs, se dit-il. Ou bien n'était-ce qu'une manière d'étaler leur puissance, leur richesse ? Payer des cercueils à des quadrupèdes alors que la moitié des bipèdes de la planète ne mangeait pas à sa faim ?

Arrête avec tes réflexes de prolo, se dit-il. Tu n'es pas Carlo et tu n'es même pas syndiqué.

Il faudrait qu'il aille voir sa mère, elle attendait ses visites avec impatience, depuis qu'elle était veuve. Carlo avait eu un infarctus l'année où Léo avait obtenu son grade de capitaine. Difficile de fêter sa promo quand on est en deuil. À bien y réfléchir, ça avait toujours été comme ça avec son père. La joie devait être tempérée par la tristesse. Ne jamais oublier que le plaisir n'était qu'éphémère et que la peine, à tous les sens du mot, était la base de la vie quotidienne. Un vrai rabat-joie, son père, conclut-il en donnant un coup de pied dans un tas de feuilles.

Un oiseau s'envola. Léo le suivit des yeux, épaulant un fusil imaginaire. Reporta son attention sur les tombes, pour la plupart recouvertes partiellement de mousse, de feuilles, de brindilles.

Si quelqu'un avait manipulé les lourdes dalles, il aurait dérangé ce désordre. Il se baissa, examinant les contours de chaque pierre tombale. C'était long et fastidieux, mais il voulait en avoir le cœur net. Il passa le doigt le long des rainures et le ramena noir de crasse. Aucune partie qui ait l'air d'avoir été récemment nettoyée ou manœuvrée. Quelques empreintes dans la terre molle : des bottes de petite pointure – sans doute Émilie de Béard–, et ses Nike à lui. Si quelqu'un d'autre avait foulé le sol, c'était avant eux et la pluie avait effacé ses empreintes. Demander à Mme de Béard si elle en avait vu la première fois qu'elle était venue, nota-t-il dans son carnet intérieur. Il ne prenait jamais de notes écrites. Il consignait tout sur des bouts de papier imaginaires, des post-it qu'il placardait sur un mur blanc mental.

Pas d'empreintes. Pas de manipulations apparentes des tombes. Fausse route, récapitula-t-il.

Pourtant son instinct lui criait qu'il y avait quelque chose dans ces bois. Une menace diffuse. Un prédateur. Du pur fantasme, peut-être. Ou bien l'habituel coup de spleen des sous-bois mouillés. Cependant… La jeune femme n'avait pas été jetée d'une voiture sur le bas-côté, l'orientation du corps et les traces sur ses pieds le disaient. Elle avait couru sous ces arbres, couru pour sauver sa peau, malgré ses blessures, malgré la douleur, couru comme un animal traqué, aiguillonné par le désir désespéré de survivre.

Il inspira profondément, bloqua sa respiration en comptant jusqu'à dix, puis expira à fond en contractant ses abdominaux. Il ne devait pas se laisser envahir par la souffrance des victimes. « Un flic qui n'est pas imperméable est un flic qui prend l'eau et qui coule », lui avait sorti François un soir où il était bien imbibé.

Il sortit de la clairière sans remarquer la botte rouge accrochée dans un buisson. Examina les diverses sentes qui sillonnaient les taillis. Si elle avait couru nue, on ne trouverait ni fragments de tissu, ni empreintes de semelles. Seulement du sang, vu ses plaies.

Mais celui qui la poursuivait ? Il était nu, lui aussi ?

Il appela l'adjudant-chef avec son portable. Celui-ci lui confirma que ses gendarmes avaient quadrillé les sentiers sans succès. Soit il n'y avait rien, soit les violentes averses avaient balayé les indices potentiels. Devait-il demander au juge la permission de fouiller le domaine privé ?

Léo lui dit qu'il s'en occupait, remercia, raccrocha en jurant entre ses dents. Le portable sonna.

– T'es où ? lança Daguerre.

– Chasse à courre au manoir, répondit laconiquement Léo. Je me les gèle.

– Achète-toi un Damart. Y a du nouveau pour Martinez, ajouta François tout excité.

– Accouche, grogna Léo en remontant le col de son blouson.

– Toujours aussi aimable ! La Scientifique a dépiauté son PC. Fouillé ses photos numériques. Trouvé une image cachée.

– Cachée ? Cachée comment ?

– Cachée dans une autre image. Suffit de jouer avec les pixels et les couleurs et…

– François !

– Ton intérêt pour la technologie te fait honneur. Donc je te la fais courte : nos fins limiers en informatique ont trouvé une photo d'homme planquée sous une photo de vacances. En apparence, Alexandra et un groupe de joyeux cocos en train de s'éclater au bar d'un hôtel de Varadero, le Grand Caribe. Et, dissimulée à l'intérieur… tu me suis ?

– Je suis tout ouïe.

– L'image d'un mec tout en noir, avec une cagoule, qui tient une canne de caning.

– Une canne de caning ?

– Une canne de caning, chef, c'est comme qui dirait une canne en rotin, dont on se servait autrefois pour corriger les malheureux collégiens anglais, et qui est encore utilisée aujourd'hui pour châtier les délinquants, à Madagascar par exemple, mais aussi pour les touche-pipi sado-maso.

– Comment tu en sais autant là-dessus, toi ? s'étonna Léo.

– Je regarde la télé, mon grand.

– Et il ressemble à quoi, le type ?

– À un type. OK, c'est pas drôle. Mais sans déc', avec cette cagoule, à moitié tourné, un peu flou, dans une pièce vide… on dirait qu'elle l'a photographié à son insu avec son portable.

– Qui dit que c'est Martinez qui a pris cette photo ? fit Léo.

– Rien, reconnut François. Mais je suis sûr que c'est elle.

– Une démonstration imparable ! lança Léo en riant. Garde-moi ça au chaud. J'arrive.

Agir. Bouger. Tant qu'on bouge on est vivant.

L'image avait été agrandie jusqu'à occuper tout l'écran, puis imprimée. Léo, penché sur le tirage papier, reposa sa loupe en soupirant. Difficile de tirer quelque chose de la photo cryptée. Hormis des conjectures. Si c'était bien Alexandra Martinez qui avait pris cette photo – et sur ce point il était assez d'accord avec François, et d'un parce que c'était dans le disque dur de Martinez qu'on l'avait trouvée, et de deux parce que le nombre de pixels correspondait pile-poil aux capacités du cellulaire de la victime –, si donc c'était bien elle qui en était l'auteur, cela révélait un pan inconnu de sa personnalité. L'attrait pour les mises en scène sexuelles ou les pratiques SM.

À moins qu'il s'agisse tout bêtement d'une scène de film ? Mais dans ce cas, pourquoi la dissimuler ? Non, c'était du vrai, un instant volé, caché parce que compromettant. Pour qui ? Pour elle ou pour le personnage masqué ?

Vêtu d'un col roulé et d'un pantalon noir. Portant une cagoule en cuir noir également, ne laissant apercevoir que ses yeux, et, comme il était à demi tourné et dans la pénombre, on ne pouvait même pas deviner leur couleur. Il était difficile d'évaluer sa taille, mais si la canne dans sa main mesurait environ 1,20 m, il devait être grand. Et costaud, vu la largeur des épaules. Alexandra Martinez aimait-elle se faire corriger à la canne en rotin par de grands costauds ? L'y avait-on obligée ?

Le corps portait-il des marques particulières sur les fesses ?

Il se leva, des fourmis dans les jambes. François, plongé dans le dossier de l'inconnue des bois, lui jeta un coup d'œil oblique.

Léo se tourna brusquement vers lui.

– Une canne comme ça, maniée à la volée, ça doit pouvoir faire de sacrés dégâts, lâcha-t-il, songeur. Un peu comme une batte de base-ball.

– Dans le genre battre une femme à mort, par exemple ? lança François d'un ton neutre.

– T'avais pas un copain aux Mœurs ? reprit Léo sans lui répondre.

– Oui, Favelli.

– On l'appelle ?

Favelli s'avéra être une mine de renseignements. Les adeptes du caning formaient un club assez fermé, différent des accros aux fouets ou aux pinces, bien que les deux puissent se mélanger. Beaucoup d'entre eux aimaient les fessées, les blazers, les jupes plissées, et fantasmaient sur les collèges anglais début de siècle. Alexandra Martinez pouvait-elle avoir l'air d'une collégienne ?

Léo et François se regardèrent en silence. Pourquoi

pas ? Elle était fine et menue. Comme la victime non identifiée. De petits gabarits aux traits délicats.

– Je passe vous voir, conclut Favelli, j'ai de la doc à vous montrer.

Un quart d'heure plus tard, il pénétrait en trombe dans leur bureau et enlevait son casque de motard. Un grand brun bouclé aux traits mobiles et arborant un petit bouc noir méphistophélique.

– Et voilà, lança-t-il une fois les poignées de main échangées. Faites votre éducation !

Léo et François déchiffrèrent ensemble le titre de l'opuscule : *Discipline SM*, illustré par la photo pleine page d'une énorme paire de fesses cramoisies.

Chapitre 10

Après avoir avalé un décaféiné saveur noisette et un yaourt au soja, Émilie avait noué un foulard bleu sur ses cheveux blonds, enfilé un jogging propre, pris une puissante Mag-lite et était courageusement repartie à l'attaque.

Mais cette fois-ci pas question de se laisser piéger dans une de ces pièces sinistres. Elle prenait chaque fois soin de bloquer la porte en position grande ouverte avec un vieux fer à repasser en fonte.

Au bout d'une demi-heure, son téléphone sonna.

– Alors, tu es restée prisonnière dans le donjon ?

La voix enjouée d'Anne.

– Comment tu le sais ?

– J'ai eu Arnaud au téléphone, pour un dossier. Il était mort de rire.

Émilie réprima un mouvement de colère.

– Ce n'était vraiment pas drôle, dit-elle, pincée.

– Excuse-moi, ma puce. Tu t'es remise ? s'enquit Anne, contrite.

– Impeccable, trancha Émilie.

– Dommage que vous étiez occupés hier soir, vous m'auriez raconté tout ça autour d'une bonne bouteille, lança Anne.

Émilie fit la grimace. Mince, quelle excuse avait pu trouver Arnaud ?

– Oui, dommage, se contenta-t-elle de répondre,

avant d'enchaîner rapidement : Dis-moi, tu venais souvent ici quand vous étiez ados ?

– « Ici » ?

– Au manoir.

– Parfois. Les parents d'Arnaud n'étaient pas souvent là. On avait la maison pour nous tous seuls ! Je ne compte pas le VDD, bien sûr, mais on courait beaucoup plus vite qu'elle, conclut Anne avec le rire perlé qu'avait tant envié Émilie.

– Tu te souviens d'un petit placard avec une chaise ? demanda-t-elle.

– Heu…

– Dans l'aile abandonnée.

– Non, ça ne me dit rien…

Elle s'interrompit pour lancer : « Oui, Cathy ?… » puis revint en ligne :

– Excuse-moi, je dois te laisser, un appel urgent. En tout cas, fais attention ! Ces vieilles bicoques, ça peut être très dangereux.

Émilie raccrocha, un peu contrariée, se demandant si Anne ne l'avait appelée que pour se payer sa tête. Mais non, elle était trop susceptible.

Elle ne put s'empêcher d'aller jeter un coup d'œil à sa geôle, en prenant soin de caler la porte avec le fer à repasser. La lumière froide de la lampe torche accentuait encore l'impression de tristesse, l'humidité sur les murs tapissés d'un papier peint jaunâtre qui se décollait, la poussière, les rayures sur le sol, les taches sombres sur le bois. Émilie fit courir le rayon lumineux le long des parois, à la recherche de la toile d'araignée. Là ! Courant d'un angle au crochet de suspension. La bestiole était tapie en son centre. Noire. Hideuse. Minuscule, dut-elle s'avouer. Pas de quoi avoir une attaque.

Le rayon lumineux accrocha aussi une fine ligne sur le mur du fond, à 1,50 m du sol environ. Une fissure ? En la suivant, elle en trouva une deuxième, qui la coupait à angle droit et descendait jusqu'au sol. Intriguée, elle s'approcha.

Ce n'étaient pas des fissures. C'était une porte. Les gonds, invisibles, devaient être dissimulés dans l'épaisseur du mur, mais on voyait le trou de la serrure, une petite fente noire. Au fin fond d'un placard.

Sur quoi pouvait bien donner cette porte ?

Émilie fit courir ses mains sur le panneau quasi invisible. Insinua la lame ébréchée d'un couteau dans l'interstice supérieur et tira. Sans succès. Encore une porte fermée à clé. Il faudrait qu'elle en parle à Arnaud. Et d'abord, pourquoi cette partie de la maison avait-elle été abandonnée ?

Elle ressortit et se remit à trier, oubliant momentanément la curieuse petite porte.

Un manuel de yoga aux pages rongées par les champignons, à jeter.

Un 33 tours cassé de Kate Bush : poubelle.

Un vieux pot de chambre en céramique jaunâtre, à jeter.

Une bergère en porcelaine de Saxe, ébréchée et sans tête, à…

La sonnerie de son téléphone la fit sursauter et elle lâcha la bergère.

On avait raccroché. Numéro privé. Une erreur sans doute. Elle se pencha pour ramasser les débris de la figurine, s'immobilisa.

Il y avait eu quelque chose à l'intérieur. Un petit rouleau de feuilles de papier, enroulées serrées et entourées d'un élastique beige durci.

Elle fit coulisser l'élastique, qui claqua, et déplia les feuilles jaunies.

Des lettres. Une dizaine de feuillets de papier très fin, du genre que Maman utilisait autrefois pour ses lettres « par avion ». Couverts de brefs paragraphes.

« Je sais qu'il l'a fait », lut-elle. *« Il nie, bien sûr, mais je le sais, je le vois à son visage imbécilement satisfait, à sa manière de se rengorger quand il la regarde. Et cette garce qui prend des poses, qui minaude. Je la giflerais ! Je les giflerais volontiers tous les deux. Quand il s'approche de moi, j'ai envie de vomir. Ou de boire. De boire, toujours un peu plus. D'étancher cette soif inextinguible. D'arriver enfin à dormir. »*

Intriguée, Émilie s'assit par terre pour continuer à lire. L'écriture était petite et nette, un peu tremblée, à l'ancienne : boucles et jambages parfaitement tracés. Une écriture de femme éduquée. Edmonde, la mère d'Arnaud ? La belle et élégante Edmonde dont les photographies ornaient les murs de la bibliothèque. « Regardez comme Madame avait du chien ! Une vraie vedette de cinéma ! » disait Térésa en époussetant religieusement les cadres.

Une grande dame longiligne, vêtue à la Audrey Hepburn, posant aux bras de son époux sur les planches à Trouville, devant le Carlton à Cannes, au casino à Monte-Carlo, sur la plage de Biarritz, dans une soirée à Londres, au volant d'une superbe Aston Martin, une V8 Volante décapotable. Celle avec laquelle ils s'étaient tués tous les deux, en rentrant d'une soirée par une nuit pluvieuse.

Edmonde, cocue et alcoolique ? Elle poursuivit sa lecture.

« Elle croit que je ne vois pas son infâme manège. Sa manière de mettre sa poitrine en valeur. Et ce grand dadais d'Arnaud qui n'y entend goutte. Dieu merci, il n'est pas perpétuellement en rut comme son père, le pauvre enfant. »

Edmonde, donc.

« Ça ne peut pas continuer ainsi. Quand il vient sur moi la nuit, je sens son odeur à elle, et j'ai beau essayer de le repousser, je n'ai pas la force, et il me

prend en riant pendant que je pleure, la sale brute ! Je vois bien qu'Arnaud me lance des regards inquiets, le cher amour. Qu'il observe mes cernes à la dérobée. Je suis si pâle, maintenant. Et je n'ai jamais faim. Soif, mais pas faim. »

Voilà pourquoi elle était si mince, sur les photos jaunies. Elle avait eu la chance de mourir avant que sa déchéance soit connue, se dit Émilie. Était-ce elle qui avait caché les feuillets dans le petit sujet en porcelaine ? Sans doute. Si son mari les avait trouvés, il les aurait détruits. Et Arnaud de même. Savait-il ? Était-il au courant de ce que son père trompait sa mère ? De ce qu'elle buvait outre mesure ? Il en parlait si peu et toujours avec une telle déférence qu'on aurait pu croire qu'il évoquait des étrangers.

« Térésa se doute que je bois trop. Je l'ai vue vérifier le niveau des alcools. Peu importe, elle ne dira jamais rien. Sait-elle pour le reste ? Les grues de Charles ? Et sa dernière catin ? Et elle-même, la sainte femme, a-t-elle passé sous lui, l'a-t-il prise comme un animal en continuant à lire son journal ou à fumer son cigare ? »

Émilie avait souri en lisant l'épithète « sainte ». Térésa avait le don d'exaspérer tout le monde. Mais son sourire s'était tout de suite fané. Le père d'Arnaud avait l'air d'avoir été un soudard de la pire espèce, débauché et brutal. Rien à voir avec le personnage des photos, le grand et bel homme toujours bien mis au sourire éclatant.

Un couple de rêve…

Un craquement. Émilie leva la tête. Un deuxième. Une marche ? Quelqu'un montait. Elle se leva, enfouit les feuillets dans sa poche.

– Émilie ?

Diego. Qu'est-ce qu'il fichait là ? Elle se porta à sa rencontre.

– Ah, salut, princesse ! Le dragon m'avait dit que tu étais par là. J'ai un rendez-vous à Versailles et j'ai absolument besoin de mon press-book, celui que je t'ai prêté. Du coup, j'ai fait un saut au cas où tu aurais eu une envie folle de m'offrir une tasse de thé au coin du feu avant que je reparte affronter le grand méchant monde.

– Toi, tu as quelque chose à me raconter ! dit-elle en lui agitant un doigt sous le nez.

– Je ne veux pas te déranger, je vois que tu t'es fait plein de nouveaux amis ! sourit-il en désignant le tas de vieilleries autour d'eux. Bien le bonjour, Monsieur Fauteuil Éventré. Ravie de vous connaître, Madame Chaise Bancale.

– Allez, viens, espèce d'andouille.

En passant devant le placard, Émilie ne put s'empêcher de marquer un arrêt.

– Tu es déjà venu dans cette partie de la maison ?

– Quand on était plus jeunes, oui. On y jouait à cache-cache. Ça me flanquait une de ces trouilles !

– Et ce placard ? Pourquoi est-ce qu'il y a une chaise clouée au sol dedans ?

Il haussa les épaules.

– Je n'en sais rien, demande à ton cher et tendre. C'était peut-être un cabinet de méditation ?

Ou de punition ? se dit-elle.

Ils redescendirent l'escalier, traversèrent le salon de musique.

– Pourquoi cette partie de la maison est-elle abandonnée ? lui demanda-t-elle en passant devant le piano demi-queue couvert de poussière.

– Arnaud ne te l'a pas dit ? s'étonna Diego en effleurant les touches d'ivoire. C'est après la mort du bébé…

Émilie s'immobilisa.

– Quel bébé ?

Diego soupira.

– Je te préviens, c'est une histoire triste.

– Raconte !

– Quand Arnaud avait quatre ans, sa mère a eu un deuxième enfant. Un garçon qu'ils ont appelé Donnadieu. Malheureusement, c'est ce qui s'est passé, il a été redonné à Dieu plus vite que prévu, conclut-il cyniquement.

– Il n'a pas survécu ?

– Si, quelques semaines. Écoute ça : un matin, Edmonde jouait du piano – il paraît qu'elle jouait admirablement, bien sûr –, Donnadieu dans un berceau à côté d'elle. Quand elle a eu fini son morceau, elle a voulu le prendre dans les bras. Il était inerte. Mort subite du nourrisson, sans doute.

Il soupira.

– Il paraît qu'elle en a été inconsolable, et elle a refusé de remettre les pieds dans cette partie de la maison. La vue du piano la faisait défaillir.

– Mais je croyais qu'Arnaud était enfant unique ! s'écria Émilie.

– Avoir eu un frère qui n'a vécu que quelques semaines, c'est un peu comme être enfant unique, fit observer Diego.

– Personne ne m'en a jamais parlé.

– Arnaud n'aime pas évoquer le sujet. Il m'a dit un jour qu'à la suite de ce drame sa mère avait changé. Elle était devenue étrange, imprévisible, avec des accès de gaieté forcés, un peu hystérique, dirait-on aujourd'hui. Sans doute dépressive. On le prend, ce thé ?

Émilie lui remit le volumineux press-book et ils regagnèrent le salon et s'installèrent près de la cheminée, autour de la table basse en ébène. Térésa, maussade – elle méprisait Diego, qui affectait de ne pas s'en apercevoir –, leur servit deux thés verts du Japon, sans un mot, malgré les tentatives de Diego pour parler de la pluie et du beau temps.

– Dans un film, lui chuchota Émilie dès que Térésa fut sortie, tu serais son préféré, le seul qui réussisse à attendrir son cœur bourru. Dans les films, les vieilles biques adorent toujours l'homo de service.

– Emmène-la plus souvent au cinéma, *por favor* !

– Alors, les nouvelles ? s'enquit Émilie à voix haute. Arrête de me faire languir.

– Hier soir, il y avait ce vernissage, tu sais, l'immonde expo de l'affreux Thomas…

– Le blondinet prétentieux que tu nous as présenté un soir à la réception de Vogue ?

– Exactement. Encore un protégé de Théo, bien sûr. Bon, donc j'étais là à maudire ton mari qui m'avait planté…

– Il avait un rendez-vous avec des Danois.

– Les Danois, c'était annulé depuis une semaine, chérie !

Émilie fronça les sourcils.

– Je me suis trouvé tout seul là-bas, entouré de tous les méchants, heureusement qu'Anne s'est ramenée.

– Arnaud est rentré tôt parce que son rendez-vous avait été annulé, dit Émilie en poursuivant son idée.

– Tant mieux pour vous. Ça t'intéresse de savoir la suite ou tu préfères parler du planning d'Arnaud jusqu'à demain ?

– Excuse-moi.

– Donc Anne est venue, bien que ce ne soit pas prévu, et elle n'était pas seule.

– Anne avec un petit ami ?!

Diego soupira.

– Anne avec « mon » petit ami. Il est chou, tu peux pas savoir. Un stagiaire qu'on lui a collé. Le fils d'un mec important, ne me demande pas qui, bref, elle était obligée de se le coltiner. Tu vois, c'est ça le destin : une soirée où personne ne devait aller et où on se retrouve lui et moi, avec ce courant électrique qui passe entre nous et me frise carrément les cheveux. Une vraie décharge, *mi querida*.

– Il est comment ?

– Beau. Simplement beau. Totalement beau. Un mélange de Brad Pitt et de Leonardo DiCaprio. Avec une pointe de Vincent Cassel.

– Il a un nom ?

Diego lui lança un regard mauvais avant de lâcher : Kevin.

– Kevin ?! gloussa Émilie. Mais il a quel âge ?!

– Vingt-huit ans. Pas un mot ou je te plante la fourchette à gâteau dans l'œil.

– Kevin et Kermitt… vous ferez un beau couple.

– Tu es la femme la plus stupide que je connaisse. Et Dieu sait que j'en connais.

– Et ce petit Kevin, il est au courant des projets salaces que tu nourris envers lui ?

– Ce petit Kevin est un clubber forcené et m'a proposé de le rejoindre ce soir pour une méga-rave du côté de Pontoise.

– Ça me laisse pantoise ! pouffa Émilie.

– Pitoyable ! souffla Diego avant d'avaler une minuscule gorgée de thé.

– Et Anne, elle n'a trouvé personne à ce cocktail ?

– Anne… tu sais ce qui ne tourne pas rond chez ta sœur ? Elle n'aime que ses sacro-saints dossiers, ses foutus bilans, son BlackBerry et son PDA. Crois-moi, arrête de vouloir la caser à tout prix.

Ils se turent un instant pour boire une gorgée et Émilie eut l'impression d'entendre Térésa marmonner dans la cuisine. Diego reposa sa tasse.

– Théo l'Abruti était accompagné, lui aussi, annonça-t-il théâtralement.

– Par un mannequin anorexique, je suppose ?

– Gagné ! Une Linda je ne sais plus quoi, une Brésilienne cadavérique sapée Galliano. C'est à se demander comment ce type a pu tomber amoureux de toi.

– Salaud ! dit-elle en le frappant sur le bras. Il a demandé de mes nouvelles ? reprit-elle.

– Absolument pas. Il m'a parlé d'Alexandra Martinez. Il m'a dit que deux flics très antipathiques l'avaient longuement cuisiné. Ils lui ont même posé des questions sur son aventure avec Sonia-Lisa. Tu imagines notre Théo en tueur en série ?!

Émilie haussa les épaules.

– J'ai revu le petit flic brun, avec le nez cassé, dit-elle.

– Où ça ?

– Dans les bois.

Diego se pencha vers elle, les yeux brillants.

– Qu'est-ce que tu faisais dans les bois avec cette brute ?

– Je me baladais et, lui, il enquêtait. Tu sais, la jeune femme retrouvée dans le fossé…

– Ah oui, je l'avais oubliée ! On l'a identifiée ?

– Je ne sais pas.

Elle hésita puis se lança :

– Il y a une botte rouge coincée dans les buissons, près du cimetière des animaux. Tu crois que ça pourrait être une des siennes ?

Diego qui consultait sa montre commença à se lever.

– Une botte rouge dans un buisson ? Ça fait un peu surréaliste. Parles-en à la petite brute, ça te donnera l'occasion de le revoir.

– Diego ! Je n'aime pas ce genre de plaisanteries dans le dos d'Arnaud.

– Que tu es susceptible ! Une vraie furie ! Je dois me sauver. Bye !

Il se faufilait déjà vers la sortie, embrassait Térésa sur les deux joues et claquait la porte. Du canapé, Émilie vit

Térésa jurer en portugais tout en s'essuyant les joues du revers de la main.

Ce frimeur de Diego avait sûrement pris le prétexte du press-book pour venir se vanter de son aventure, se dit-elle en regardant l'heure à son tour. Déjà treize heures.

Elle n'avait pas envie de manger sous l'œil maussade de Térésa. Elle alla la prévenir qu'elle déjeunait en ville, monta s'habiller, fourra le rouleau de feuillets dans son sac à main et fit démarrer la Smart avec un curieux sentiment d'évasion.

Après avoir essayé en vain le portable d'Arnaud et celui d'Anne, elle se rabattit sur Sylvia qui venait de rentrer de son congrès.

Elles avaient fait connaissance au cours Pilates qu'elles fréquentaient toutes les deux. Sylvia, une forte femme bien en chair, essayait toujours de perdre du poids. Oncologue à l'hôpital Saint-Louis, elle n'arrêtait pas de grignoter pour combattre le stress. Émilie avait vite laissé tomber le Pilates pour des cours plus remuants. Mais elles étaient restées amies et continuaient à jouer au tennis ensemble, après quoi Sylvia l'emmenait rue des Rosiers pour déguster bagels et strudels arrosés de café.

– J'ai une petite demi-heure de libre ! lui annonça-t-elle avant même qu'Émilie lui ait dit bonjour.

– J'arrive !

Elle réussit à trouver une place sous un chêne majestueux et prit l'ascenseur qui desservait le bureau du Dr Sylvia Hellman. Elle s'y retrouva en compagnie d'un jeune homme squelettique en peignoir vert, accroché à son pied à perfusion, et d'une dame chauve appuyée à un déambulateur.

Émilie eut soudain violemment conscience de la barrière invisible qui les séparait. Malades/bien portants. Comme une vitre incassable qui empêchait de se toucher et de s'entendre.

Mal à l'aise, elle fixait d'un air concentré le voyant lumineux des étages, tandis que le jeune homme la fixait, elle, et que la dame chauve fixait le vide.

Dès qu'Émilie eut franchi la porte du bureau, Sylvia se leva et l'entoura de ses bras chaleureux en l'embrassant sur les deux joues.

– Ça me fait plaisir de te voir ! Comment va ton beau mâle ?

– Très bien, beaucoup de travail comme d'habitude.

Elles papotèrent de tout et de rien, du congrès de Sylvia à New York, « une ville magnifique », de Diego, « un garçon si délicieusement insupportable », d'une partenaire commune de tennis « absolument imbuvable », puis Sylvia consulta sa montre avec un soupir.

– C'est l'heure de mon prochain rendez-vous ! dit-elle en agitant un dossier sur la couverture duquel Émilie aperçut le nom de Servan.

– Bonnes ou mauvaises nouvelles ? s'enquit-elle machinalement.

– Bonnes et mauvaises. Tu m'appelles, on se fait un thé viennois ?

C'était leur plaisanterie pour évoquer un thé accompagné de pâtisseries.

En sortant, Émilie faillit heurter un grand brun plutôt maigre, arborant un catogan, qui se mordillait l'intérieur des lèvres tout en chuchotant au téléphone.

– Je ne peux pas vous parler, là, j'ai rendez-vous. Mais non, le corps de Martinez ne présentait pas de contusions particulières. De contusions récentes, s'entend. Il faudra que je recherche des traces anciennes. Quant à la deuxième, effectivement, une canne pourrait…

La porte s'ouvrit de nouveau et Émilie qui attendait l'ascenseur vit simultanément Sylvia faire signe d'entrer à son patient et celui-ci prendre précipitamment congé de son interlocuteur tout en saluant la cancérologue d'un air inquiet.

Martinez. Le type avait bien prononcé le nom de Martinez. Et parlé de « corps ». Ça alors ! Un flic sans doute. Non, puisqu'il avait examiné ledit corps. Un médecin légiste ? Venu voir Sylvia en collègue ? Il avait l'air trop inquiet. Sans doute ce Servan qu'elle attendait et qui allait apprendre de bonnes et de mauvaises nouvelles. Espérons que les bonnes fassent pencher la balance du côté de la vie, se dit-elle.

Étrange comme le meurtre d'Alexandra Martinez, une parfaite inconnue, se retrouvait sans cesse sur sa route. Émilie avait tendance à voir dans les coïncidences des signes, comme dans le jeu divinatoire du *Yi-King*, des signes indiquant un chemin à suivre.

Théo et le milieu de la mode. Sonia-Lisa disparue. Alexandra Martinez assassinée dans l'immeuble voisin de celui d'Anne. L'inconnue tuée dans les bois, si près de chez eux. La rencontre inopinée avec le Petit Cerdan à Radio France. Le fait que Martinez y ait travaillé. Et maintenant ce Servan qui venait consulter Sylvia !

Quel pouvait être le sens qui se dégageait de tout ça ?

Espèce de petite idiote, se dit-elle en démarrant, la vie n'est pas un roman d'heroic-fantasy où tout a un sens secret. Le monde ne tourne pas autour de ta précieuse petite personne et les coïncidences ne sont que des coïncidences.

N'empêche que…

Léo avala une gorgée de bière tiède. Toutes ces revues érotiques l'avaient sérieusement échauffé. Au début, ils avaient rigolé en tournant les pages et en prenant des notes, mais à la fin… François avait filé comme un rat rejoindre sa bien-aimée. Et Léo avait téléphoné à Nat, qu'il n'avait pas appelée depuis deux mois. Mais Nat n'était pas libre et lui avait appris avec satisfaction qu'elle avait un nouveau petit ami. Un vrai. Un sérieux. Désolée.

À l'heure du déjeuner, Léo était allé se défouler au gymnase. Une heure à taper comme un fou, puis une douche froide. Il fallait qu'il se trouve une femme. Dis comme ça, ça avait l'air vulgaire, mais c'était la vérité. Il avait besoin de faire l'amour. De rire et de parler avec quelqu'un. D'aller au restaurant. Il était jeune, en bonne santé, il n'allait pas se consumer lentement comme un cierge à l'ombre des catafalques.

Il but une autre gorgée de bière, la trouva amère. Dans sa tête, il transposait les éléments de l'enquête sur des fiches illustrées qu'il retournait, comme on fait une réussite. Il posait Martinez à côté d'Inconnue. Rajoutait Cagoule Noire. Puis le bois. Cagoule Noire dans le bois ? Inconnue et Martinez chez Cagoule Noire ? Deux femmes, un homme.

Son portable sonna. C'était Daguerre.

– On l'a ! Quelqu'un a reconnu le portrait-robot.

Léo se figea comme un chien d'arrêt.

– Je t'écoute.

– Un concours de circonstances pas possible ! Je suis allé déjeuner à la brasserie, et je montrais le journal à Nadia quand un des types au comptoir a dit « Faites voir », tu sais, un de la bande des gays du Marais…

– Oui, oui, et alors ?

– Et alors le mec se penche en me collant ses frisettes sous le nez et lâche : « Mais c'est Laetitia ! » d'une voix suraiguë. On se met à discuter et il me dit qu'il tient un salon de coiffure et qu'elle venait se faire coiffer chez lui.

– Pedigree ?

– Il ne se souvient pas de son nom de famille, la

trentaine, mannequin pour des catalogues de vente par correspondance.

– Tout le monde aurait dû la reconnaître dans ce cas.

– Figure-toi qu'elle posait pour de la lingerie, on ne voyait presque jamais son visage.

– T'as lancé la vérification ?

– Positif, chef. Mais à mon avis, ça colle. Bon, je te laisse, j'ai même pas eu le temps de finir ma choucroute !

Laetitia. Mannequin pour des catalogues. Alexandra Martinez, ex-mannequin. Et ce type, Théodore Ambrosio, il était sorti avec un top model qui avait disparu, Sonia-Lisa. Hmm… Vérifier si cet Ambrosio fréquentait les clubs SM.

Assise devant son carpaccio de saumon sauvage à l'aneth avec sa salade de jeunes pousses d'épinards, Émilie sortit de son sac les feuillets trouvés dans la bergère et poursuivit sa lecture en essayant de ne pas les tacher.

« La douleur ne reflue que lorsque je l'endors à l'éthanol, c'est une béquille qui m'aide à me souvenir que mon mariage n'est qu'un mensonge. Mais Elle est encore plus perverse que lui, flattant ses bas instincts, le menant à la lubricité comme un porc à l'abattoir, servile et soumis. Il a en quelque sorte trouvé son maître dans sa répugnante maîtresse. Arnaud m'énerve, le pauvre ange, avec sa naïveté. Toujours à baver derrière son père comme si c'était Dieu alors que c'est Satan. »

N'exagérait-elle pas un peu ? Après tout, elle était simplement cocue, comme des millions d'autres. L'alcool exacerbait peut-être ses émotions. Et si tout cela n'était que les élucubrations d'une femme vieillissante et hystérique ?

« Encore une soirée, des gens, des mots, des verres, des ombres floues, des escaliers à descendre, des che-

villes qui se tordent dans leurs escarpins vernis, vieux clown ridicule et maladroit, je vacille sur mes talons en me demandant où est le précipice le plus proche, que je m'y jette. Je regarde cette photo, et j'ai envie de vomir. »

Émilie tourna précipitamment le feuillet. La photo était dessous. Fendillée d'avoir été roulée, mais intacte. Une photo en couleurs. Une soirée dans les jardins du manoir, apparemment. Les gens étaient en vêtement d'été, il y avait un grand buffet et un orchestre sous une tente rayée. La date était inscrite au dos : *« 26 juin 1984 »*.

Quelques jours à peine avant que Charles et Edmonde ne se tuent en voiture, se dit-elle en frissonnant.

Elle examina plus attentivement la photo.

Le cliché était centré sur Charles qui levait sa coupe de champagne vers l'objectif, entouré de femmes hilares. Une brune d'une quarantaine d'années, en fourreau à paillettes lamé, et deux jeunes femmes blondes, l'une en tailleur-pantalon en mousseline jaune vif aux épaulettes démesurées, l'autre dans une robe flashy au bas bouffant. Toutes les trois couvertes de bijoux, toutes les trois coiffées à la Dallas, boucles cascadantes. Les deux blondes, petites et minces, visage pointu, avaient un air de famille. Deux sœurs ?

Dans l'angle droit, on voyait Edmonde, dans une petite robe noire toute simple, postée près du buffet, une coupe de champagne à la main, qui semblait observer la foule de danseurs. Elle était maigre, on voyait saillir ses clavicules.

Et là, sur la gauche, plantés près d'une haie comme trois empotés, c'étaient Anne, et Arnaud, et Diego ! Anne, en robe à volants de gitane, Arnaud en costume blanc aux épaules rembourrées, et Diego, en jean délavé et blouson sans manches vert fluo, les cheveux bleu vif hérissés sur la tête. Total look *80's* !

Elle s'en souvenait, Anne avait dû se bagarrer avec leur mère pour cette robe : « Tu ne vas pas porter cette horreur, on dirait un chiffon ! »

1984. Elle écoutait quoi ? Depeche Mode, Eurythmics, Frankie Goes to Hollywood… Émilie avait douze ans. Un appareil dentaire. Faisait des prières pour avoir ses règles. Était amoureuse d'Harrison Ford. Anne, elle, préférait Al Pacino.

Anne avait l'air radieuse sur cette photo, elle souriait comme si l'avenir lui tendait les bras. Ce qui était le cas. Elle allait passer son bac brillamment et enchaîner sur de toutes aussi brillantes études. Diego posait, une main sur les hanches. Il avait présenté le concours des Beaux-Arts. Et Arnaud… dégingandé, tout ébouriffé, d'un sérieux ! Pressentait-il qu'il allait être orphelin dans moins d'une semaine ? Ridicule, c'était impossible. Disons plutôt qu'il s'était aperçu que sa mère buvait trop. Et qu'il savait peut-être que son père la trompait.

Avec l'une des trois jeunes femmes qui l'entouraient ? La brune au sourire carnassier, ou l'une des blondes au visage de poupée Barbie ?

Émilie les étudia attentivement. Comment savoir de qui il s'agissait ? Elle pourrait dire à Arnaud qu'elle avait trouvé la photo coincée dans un livre et lui demander qui c'était. Ou même à Mère Térésa. Malveillante comme elle l'était, elle se ferait un plaisir d'éclairer sa lanterne.

Les trois femmes devaient être aujourd'hui au moins quinquagénaires. Arnaud avait-il des tantes ? Il lui en aurait parlé, tout de même ! À vrai dire, il ne lui avait rien raconté de la saga familiale. Il était peut-être flanqué d'une tripotée de cousins.

Elle commanda un expresso sans cesser de contempler la photo. Elle aurait tant voulu faire partie de leur bande à cette époque-là ! Comme elle avait été jalouse d'Anne, de ses libertés de grande sœur, de ses amis fascinants, quand les garçons de son âge lui semblaient si puérils.

Mon Dieu, elle serait peut-être tombée amoureuse de Diego, la cata ! Non, impossible. Ç'aurait été Arnaud, comme ça l'avait été à cette réception, au milieu de tous ces gens, comme dans un film, où tout s'arrête, où l'on se meut au ralenti, regards rivés l'un à l'autre. L'un pour l'autre. « Une conception platonicienne de l'amour, lui avait envoyé Diego un jour. Moi, je suis plutôt hédoniste en la matière. »

Parce qu'il ne savait pas ce qu'était l'amour vrai, *true love*. Cette expression lui faisait toujours penser à « l'amour à la truelle ». Elle imaginait des plâtrées d'amour balancées sur un immense gâteau de mariage. Le genre de pensées qu'elle n'exprimait jamais. Trop loufoques.

Si elle avait fait partie de leur groupe, elle aurait été près d'Arnaud quand le malheur avait frappé.

Elle s'aperçut qu'elle avait bu son café, en commanda un autre. Il n'y avait plus qu'un feuillet.

« Je les ai surpris, dans le placard à punitions. Je suis sûre qu'elle l'a fait exprès. J'étais montée cacher ce journal. Et je les ai entendus. Des halètements. La porte était entrebâillée. Je suis faible. J'ai regardé.

« Il était assis sur la chaise. Elle le chevauchait, sa robe remontée sur ses fesses nues. Il avait les poignets levés, attachés à l'anneau. La bouche ouverte. Les yeux révulsés.

« Elle a tourné la tête, en faisant voler ses cheveux, a croisé mon regard. Et a souri. D'un sourire tellement cruel qu'il m'a cinglée comme un coup de fouet. J'aurais dû crier, les insulter, la saisir par les cheveux et la tirer en arrière.

« J'ai repoussé la porte. Je suis redescendue.

« Le piano vide et poussiéreux, le piano-cercueil semble attendre que je plaque la note finale. »

Le texte s'arrêtait là. Quelques jours plus tard, le 2 juillet, Edmonde était morte à côté de son mari. Il avait beaucoup plu. La décapotable avait dérapé sur l'asphalte détrempé, franchi le terre-plein central et s'était encastrée sous un poids lourd.

La note finale.

« Ils ont été décapités, lui avait chuchoté Térésa un jour qu'elle regardait les photos. Vous imaginez ? Deux corps sans tête écrabouillés dans l'auto ! Dire que, s'ils avaient pris la grosse BMW, ils seraient peut-être encore en vie ! »

Le père d'Émilie, lui, avait été désintégré dans l'explosion de l'hélico. On en avait retrouvé des morceaux épars dans l'océan. On avait enterré des lambeaux de Père. Elle le savait, elle avait consulté le compte rendu de l'accident dans les microfilms de la bibliothèque de l'IUT.

Brrr, tu es bien morbide aujourd'hui ! se réprimanda-t-elle en dégustant son second café, un pur arabica jamaïcain. C'était cette confession sinistre. Pourvu qu'Arnaud ne sache jamais rien.

Le « placard à punitions ». L'expression la frappa soudain avec son corollaire : à qui était-il destiné, sinon à Arnaud ? Comment des parents modernes – les années 70-80 tout de même ! – avaient-ils pu instituer une telle horreur ? Mais non, c'était sans doute l'héritage des générations précédentes.

Troublée, elle régla l'addition avec sa carte Gold, rangea manuscrit et photo dans son sac. Une fois dans la rue, elle frissonna et referma les pans de son trench-coat abricot. Le temps s'était brutalement rafraîchi. L'automne avait cédé la place à l'hiver en une demi-journée. Le ciel bas et plombé sentait la neige.

Chapitre 11

Ils avaient passé l'après-midi dans l'effervescence, entre les sonneries de téléphone et le crépitement des fax. Léo avait décidé de sortir manger un morceau. De se rendre au lounge bar dont lui avait parlé un de ses collègues. De s'y détendre en écoutant du nu-jazz devant une assiette de tapas.

Ce qu'il était en train d'essayer de faire, confortablement installé dans un fauteuil rouge capitonné, lorgnant une grande blonde en pantalon et débardeur violets qui buvait un cocktail au comptoir en discutant avec le barman.

Il ne savait même plus comment on draguait. Sortir un truc imbécile en se dandinant d'un pied sur l'autre ? Que pourrait-il bien trouver comme entrée en matière pas trop ringarde ? Et en soi, n'était-ce pas ringard de draguer ? Le mot même avait une connotation beauf. Datée. Léo avait la sensation d'être un produit étiqueté, à la date de péremption passée.

La blonde se retourna et lui sourit.

Il se leva, s'approcha d'elle et sortit sa carte.

– Police, dit-il, vous êtes réquisitionnée pour boire la même chose.

– Il faudra me passer les menottes, commissaire ! répliqua la fille en riant. Tu laisses entrer les flics maintenant, Steve ?

Le nommé Steve hocha la tête tout en leur servant deux autres verres pleins d'un truc orangé.

– Je ne suis pas encore commissaire, dit Léo, juste capitaine. Je m'appelle Léo. Et vous ?

– Je bosse à la galerie d'art, au coin de la rue.

– C'est un peu long comme prénom.

Elle rit de nouveau. Une fille simple, sans prétention et qui avait envie de s'amuser. Exactement ce qu'il lui fallait.

– Ça vous ennuie si on s'assoit là-bas ? Pour finir mes tapas ?

Ça ne l'ennuyait pas. Elle avait fini sa journée et n'avait pas de rendez-vous en perspective.

Son visage délicat lui faisait penser à quelqu'un… Émilie de Béard ?

Arnaud était rentré d'excellente humeur et avait semblé ravi de l'initiative d'Émilie de préparer un repas à base de dégustation de saumons fumés sur blinis accompagné d'aquavit, l'eau-de-vie scandinave.

Après avoir comparé les mérites du saumon sauvage norvégien, du bio écossais, du traditionnel irlandais et du mariné à la russe, ils avaient bavardé à bâtons rompus, détendus, la main d'Arnaud caressant celle d'Émilie.

Laquelle était en train d'évoquer habilement le prochain vide-greniers au bénéfice du Rotary, obtenant la bénédiction d'Arnaud pour débarrasser les vieilleries de l'aile abandonnée.

– Mais il y a peut-être des objets auxquels tu tiens ? Dans ta nursery ?

– Tu peux tout donner ou jeter. Encore un peu de cet excellent aquavit ?

– Juste une goutte, merci. Au fait, j'ai trouvé une photo de toi. Avec Anne et Diego !

Il haussa les sourcils, intrigué.

– Regarde !

Elle farfouilla dans son sac et en sortit la photo.

Arnaud la considéra un bref moment, puis la reposa sur la table.

– Amusant, lâcha-t-il. Où était-elle ?

– Oh ! Glissée dans un vieux bouquin. Tu te souviens de cette soirée ?

– Mes parents sont morts six jours plus tard, laissa-t-il tomber d'une voix monocorde.

– Excuse-moi, je ne savais pas, mentit Émilie.

– On fêtait le bac et l'anniversaire de mon père, poursuivit-il, le regard dans le vide.

Émilie observa une seconde de silence compatissante.

– Qui sont les jeunes femmes à côté de lui ? reprit-elle le plus innocemment possible. Elles font partie de la famille ?

Arnaud reprit la photo, les sourcils froncés.

– La brune, c'est Cécile, la sœur cadette de ma mère.

Émilie se reprocha de ne pas avoir vu la ressemblance, mais Cécile, bien que mince et petite, rayonnait d'énergie par rapport à Edmonde, et son visage rond lui donnait un air enfantin. Leur seul point commun, c'était les yeux, de ce même bleu-gris qui l'avait séduite chez Arnaud.

– Et les deux blondes, ce sont mes cousines Delannoy, continua Arnaud. Les nièces de mon père, mes cousines germaines. Les filles de sa sœur aînée, déjà décédée à l'époque. C'est un peu compliqué, les histoires de famille.

– Ça va, je suis ! l'assura Émilie, tout ouïe.

Il pointa l'index sur la plus âgée des deux blondes :

– À cette époque, l'aînée, Marie-Pierre, venait d'épouser l'un des conseils juridiques de mon père, un gros prétentieux très imbu de lui-même, je ne pouvais pas le sacquer.

– Et l'autre ?

– Marie-Aude ? On était plus proches, elle n'avait que trois ans de plus que moi. Elle avait lâché le lycée à seize ans, elle avait décidé de devenir actrice, au grand scandale de sa famille ! Elle était fan de Prince, m'emmenait voir des expos d'art moderne, me conseillait pour le ciné…

Il se tut un instant et soupira en souriant :

– On est allés voir *E la nave* va ensemble, je m'en souviens, il y avait Anne et Diego, et après on est allés manger un couscous chez Bébert.

– Qu'est-ce qu'elle est devenue ?

– Un destin tragique, elle aussi, dit-il, le regard toujours fixé sur la photo. Elle s'est pendue. Dans les bois.

– Les bois ? Quels bois ?

– Nos bois, confirma-t-il d'un air sinistre. Le 5 janvier 1985, très exactement. Elle était venue passer quelques jours ici pour les fêtes. Elle n'était pas en forme, son petit ami de l'époque venait de la quitter, elle se bourrait d'amphétamines, faisait de l'anorexie, mais je n'aurais jamais cru…

Il laissa sa phrase en suspens.

– Qui est-ce qui l'a trouvée ? demanda Émilie, sous le choc.

– Hugo. À l'époque, il faisait encore le tour du domaine pour virer les pièges des braconniers. Elle était près du petit cimetière, tu sais…

La botte rouge ! Mon Dieu, la botte rouge, c'était certainement la sienne !

– Ça a dû être dur pour toi…

– Plutôt, oui. Heureusement, je venais d'intégrer Normale Sup, je bûchais comme un malade, j'avais la tête pleine de projets.

– Et la sœur de ta mère, tu la vois toujours ?

– Cécile ? Non, je ne l'ai pas vue depuis des années. Elle s'est remariée avec un diplomate, elle vit en Argentine. Elle avait dix ans de moins que Maman, elle doit donc avoir la soixantaine maintenant. On s'envoie des cartes de vœux.

– Tu ne m'en avais jamais parlé.

– Il n'y avait pas de raison particulière de le faire. Tout ça c'est le passé ! asséna-t-il d'un ton définitif en reposant la photo sur la nappe et en saisissant la bouteille d'aquavit.

– Encore ? ne put s'empêcher de faire remarquer Émilie.

– Un dernier. Tu nous as plombé la soirée avec cette photo !

– Excuse-moi, je ne savais pas… Tu es fâché ?

– Non, pressé d'aller me coucher. Avec une jolie femme. Ma femme. Allez, viens !

Plus tard, dans l'obscurité de la chambre conjugale, caressant distraitement le torse puissant d'Arnaud qui s'était endormi aussitôt, Émilie repensa à ce qu'il lui avait appris. L'une des trois femmes avait certainement été la maîtresse de Charles. Cécile, la jeune sœur d'Edmonde ? Cela aurait expliqué sa colère et son amertume. Ou Marie-Aude, la pétillante comédienne à la mauvaise réputation ? Ou encore l'outsider, la gracieuse mais terne Marie-Pierre. Était-elle encore en vie ? Habitait-elle Paris ? Et quel était son nom de femme mariée ? Elle demanderait au VDD.

Elle embrassa doucement Arnaud sur les lèvres et il soupira dans son sommeil. Le pauvre chéri avait eu une rude adolescence, la double mort de ses parents, le suicide d'une cousine bien-aimée… Comme sa vie à elle, Émilie, avait été terne en comparaison !

La dernière image qu'elle vit avant de s'endormir fut celle de la botte rouge accrochée à son buisson.

Elle rêva du placard de leur chambre d'enfants, avec sa porte entrebâillée, prête à laisser jaillir des choses sombres et malfaisantes. Elle s'en approchait le cœur battant, elle collait son œil à la fente et elle le voyait. Un homme en rouge, avec une langue aussi longue que celle d'un chien, qui léchait les jambes d'une petite fille. Une petite fille assise sur une chaise en bois et chaussée de bottes, de ses bottes Aigle. Elle ne voyait pas le visage de la petite fille, il était caché sous un pull, le pull angora de Maman, mais elle voyait celui de l'homme, c'était Charles. Elle referma la porte et regagna son lit en courant, plaquant la couverture sur son corps pour que rien ne puisse passer : ni grandes mains, ni langue pointue…

… et se réveilla en sursaut, le cœur battant, les draps tirés sous le menton.

Il faisait nuit noire, elle jeta un coup d'œil au radio-réveil : 2h46. Assoiffée, elle se leva sans bruit pour aller chercher un verre d'eau à la salle de bains.

S'arrêta en revenant près de la fenêtre, écartant les rideaux pour regarder le ciel faiblement étoilé. Un croissant de lune occulté par des nuages diffusait une vague phosphorescence. Encore de la pluie en perspective.

Brusquement, elle se figea, interdite.

Il y avait de la lumière dans l'aile condamnée.

Elle cligna des yeux, appuya le front contre la vitre froide.

Tout était sombre. Mais elle avait bien vu une lueur, à l'étage. Comme… une allumette qu'on craque ? Le bref éclat d'une lampe torche ? Ou tout simplement un reflet de lune sur un morceau de métal ? Allez, retourne au lit !

Mais elle ne bougea pas, guettant dans la nuit jusqu'à ce qu'Arnaud l'appelle d'une voix endormie.

– Émilie ? Ça va ? Tu ne dors pas ?

– J'étais allée boire, j'arrive, rendors-toi.

Il tapota l'oreiller à côté de lui et lui sourit dans la pénombre.

– Viens vite, il fait froid !

Elle s'allongea près de lui, contrariée de ne pas avoir pu continuer à guetter et s'efforça de respirer lentement pour se détendre. Deux secondes plus tard, Arnaud s'était rendormi, mais elle n'osa pas se lever de nouveau.

Curieusement, plus que le journal intime d'Edmonde, c'était la photo qui ne cessait de s'imposer à son esprit rétif au sommeil. La vision de ces gens réunis pour un soir de fête, inconscients des drames qui allaient se jouer, avait quelque chose de sinistre, encore alourdi par la présence de cette femme enfermée dans sa solitude alcoolisée. Cette photo, en quelque sorte, était le symbole de tout ce que la vie avait de fugace, d'évanescent, de futile, de terriblement précaire.

Et pourtant, Émilie rêvait d'avoir des enfants, des petits êtres précaires, certes, et destinés à mourir eux aussi. Mais tant était essentiel le désir de vie qu'elle était prête à y sacrifier, comme des myriades d'humains des origines à aujourd'hui.

La vie est magnifique, la vie est horrible, se dit-elle en se tournant pour la énième fois. Elle s'endormit enfin peu avant l'aube en marmonnant « Le Double Visage de la Vie », comme un mantra au titre de polar.

Léo ouvrit les yeux d'un coup avec une sensation de danger. Il faisait nuit. Où était-il ? Il se retourna lentement et distingua le visage de la jeune femme sur l'oreiller à la taie violette. Chez elle. Il se trouvait chez elle. Rue de l'Hirondelle. Prêt à s'envoler.

Il se redressa lentement pour ne pas la réveiller. Bouche pâteuse, mal de crâne diffus, il avait trop bu. Les cocktails ne lui avaient jamais réussi. Il se glissa hors du lit, nu, cherchant ses vêtements à tâtons dans la pénombre. La jeune femme gémit, se retourna.

Laure. Elle s'appelait Laure. Sympa. Pas farouche. Marrante. Laure. Une jolie sirène prise dans ses filets. Mettre les voiles dare-dare.

Ses fringues à demi enfilées, il se glissa vers la porte comme un rat, se cogna douloureusement les orteils contre le chambranle à s'en mordre les lèvres et parcourut le couloir à cloche-pied.

Tourner le verrou avec la douceur d'un perceur de coffre. Émerger lentement sur le palier qui sent bon l'encaustique. Et la soupe. Un voisin âgé ? Dédaigner l'ascenseur, descendre pieds nus l'escalier en bois à pas de loup, ça grince quand même, rez-de-chaussée, bouton d'ouverture, dehors !

Ciel plombé, air piquant. Il faillit percuter une vieille dame qui promenait son caniche et le toisa sévèrement, comme si elle savait qu'il n'avait pas remis son slip. Il la salua, la faisant s'éloigner à toute allure, ferma son blouson, bâilla de nouveau. Il ne savait pas pourquoi il s'était sauvé comme ça. Un besoin impérieux d'être dehors et seul. Il l'appellerait. S'excuserait. L'inviterait à dîner.

Il avisa une boulangerie qui ouvrait et s'y dirigea, le sourire aux lèvres. Café et croissant chaud pendant que le jour achevait de se lever. Un moment de pause privilégié ce mardi matin avant que le cirque recommence.

À neuf heures, son petit déjeuner hâtivement avalé, les yeux gonflés de sommeil, Émilie était devant son Mac et tapait « Marie-Aude Delannoy ». Tout d'abord elle ne trouva rien, puis un lien la renvoya à une certaine Audy.

« Fin tragique d'un espoir de l'art contemporain… » ; « Une jeune et prometteuse élève de Kantor retrouvée pendue » ; « Audy, dont la dernière installation avait connu un grand succès d'estime, s'est donné la mort… » ; « Audy, de son vrai nom Marie-Aude Delannoy… »

L'enquête avait immédiatement conclu au suicide. La jeune femme était sous antidépresseurs, son amant venait de la quitter, elle avait plusieurs fois menacé de mettre fin à ses jours et souffrait d'anorexie mentale.

Émilie imprima ses sources, perplexe. Marie-Aude n'avait pas été simplement comédienne. Elle faisait partie de la mouvance de l'art-performance de l'époque. Sa famille savait-elle que Marie-Aude et la Audy qui venait de présenter une installation de graffitis sonores ne faisaient qu'une ?

Née en 1964, elle avait vingt et un ans à sa mort, en 1985. Trois ans de plus qu'Arnaud. Trente ans de moins que Charles.

Une bonne concurrente pour le rôle de maîtresse machiavélique. Alors ? Cécile ou Audy ?

D'abord, retrouver Marie-Pierre.

Mère Térésa était occupée à cirer les chaussures d'Arnaud, militairement rangées sur la table de l'office.

– Je ne sais pas comment vous faites pour les rendre aussi brillantes ! lança Émilie faisant mine de passer par hasard.

Le VDD leva un œil méfiant.

– De l'huile de coude et du bon cirage, pas de ces cochonneries de supermarché, c'est tout.

À croire qu'il existait des officines de « boncirage » à l'ancienne, tenues par des cordonniers-lutins en tablier rayé. Peut-être que le domaine ouvrait sur un monde parallèle où vrombissaient encore des Hispano-Suiza.

– J'ai presque fini de trier les vieux objets là-bas, annonça Émilie sans se laisser démonter.

– Hummpff.

– L'argent ira aux enfants du Darfour.

Mère Térésa n'eut pas l'air particulièrement attendrie. Peut-être croyait-elle que « Darfour » était une sous-marque de Darty ?

– J'ai trouvé une photo dans un des livres, mais je ne sais pas trop de qui il s'agit, reprit-elle en fourrant la photo sous le nez du VDD qui fut bien obligé de la regarder.

– Z'avez pas reconnu Monsieur Arnaud ? Pffm ! fut son premier commentaire. Et là, la grande godiche, c'est Madame Anne, et l'Indien, c'est M'sieur Diego.

– Et je suppose que c'est la maman d'Arnaud ? dit Émilie en désignant Edmonde.

– Exact, acquiesça Térésa en se renfrognant.

– Et ici, c'est M. de Béard, n'est-ce pas ?

– Oui, oui. Si on avait pu prévoir… quel malheur ! ajouta Térésa en soupirant.

– Et les jeunes femmes, là ? Des amies d'Arnaud ?

Térésa haussa les épaules pour souligner l'imbécillité de la question.

– Pas du tout ! Les deux blondes, là, ce sont ses cousines, du côté Delannoy. Les filles de la sœur de Monsieur Charles, paix à son âme, qui avait épousé un Henri Delannoy.

Elle tapota la photo de l'index.

– Celle-là, c'est Marie-Aude, et celle-ci, Marie-Pierre. Leur maman est morte quand elles étaient encore enfants. Emportée par un cancer foudroyant, hop ! Monsieur Charles en a eu beaucoup de chagrin. On recevait souvent les petites, ajouta-t-elle. Et l'autre dame, c'est Madame Cécile, la jeune sœur de Madame Edmonde. Elle a marié un diplomate, elle vit en Argentine. À l'époque, elle venait de divorcer de son premier mari, qui était dans l'import-export.

Une jeune divorcée. Hmm.

– Et les deux autres ? Qu'est-ce qu'elles sont devenues ?

Térésa fronça les sourcils.

– Marie-Pierre, elle s'est mariée jeune avec un avocat de Monsieur Charles, un monsieur pas très beau, mais les goûts et les couleurs, hein… Philippe Dumesnil, qu'il s'appelait.

Voilà, elle avait le nom. Marie-Pierre Dumesnil.

– Quant à Marie-Aude… elle a filé un mauvais coton. Elle fréquentait tout un tas de soi-disant artistes, un ramassis d'alcooliques débauchés, elle s'est mise à boire trop, à prendre de la drogue, et pour finir elle s'est pendue ! conclut Térésa les yeux brillants.

– Quelle horreur ! s'exclama complaisamment Émilie.

– Elle était venue une fois de plus ici, pour se faire dorloter et embêter Monsieur Arnaud avec ses jérémiades, et un matin Hugo l'a trouvée pendue au vieux saule pleureur, près du petit cimetière. Il a eu un choc, le pauvre ! Elle tournait sur elle-même, la langue toute pendante… ajouta-t-elle en tirant la langue tout en essayant de s'exorbiter les yeux. En plus que ça arrivait six mois après le grand malheur, il avait pas besoin de ça, Monsieur Arnaud !

– Je m'en doute, approuva Émilie.

– Il en a été tout retourné. Votre sœur, elle était en vacances en Italie à ce moment-là.

Le voyage organisé par l'Amicale d'HEC ! Émilie s'en souvenait. Maman avait fait la tête parce que Anne n'avait même pas voulu qu'elle l'accompagne à la gare : « Je ne suis plus un bébé. »

– Quand elle apprit ce qui s'était passé, elle a voulu venir, expliqua Térésa, mais Monsieur Arnaud a refusé, il s'était tout replié sur lui-même. Heureusement, il avait sa grande école, ça l'occupait. Enfin, c'est le passé tout ça, ça nous rajeunit pas ! conclut-elle sans lâcher la photo. Vous voulez que je la range dans l'album ?

– Je le ferai, ne vous dérangez pas ! lança Émilie en saisissant vivement le cliché.

Térésa n'osa pas résister et Émilie tourna les talons.

Elle avait bien fait d'interroger la vieille bique, une vraie mine de renseignements !

Et maintenant Hugo !

Il se tenait debout près de sa brouette, appuyé à une pelle, une main sur les reins. Avec sa casquette en tweed, son pull de grosse laine, son pantalon en velours côtelé, ses rares cheveux gris et son visage buriné, il avait l'air de poser pour le rôle du fidèle intendant dans un film de genre.

Il tourna lentement la tête en l'entendant arriver et plissa les paupières d'un air soupçonneux, comme s'il se demandait quelle corvée on allait encore exiger de lui. Émilie leva une main apaisante.

– Tout va bien, Hugo ?

– On fait aller. Je rempote les hortensias.

– Parfait, parfait. Je voulais vous demander…

Il se raidit imperceptiblement.

– C'est vous qui assurez l'entretien du petit cimetière ?

– Le coin des animaux ? Oui… mais j'ai pas eu beaucoup le temps, avec tout le travail ici…

– Je me posais la question, c'est tout. Comme c'est un peu loin…

– Je tiens encore sur mes jambes ! ronchonna-t-il à l'adresse du parterre de fleurs.

– C'est un bel endroit, ce cimetière, enchaîna Émilie comme si elle n'avait pas entendu. Très paisible.

Hugo se gratta la tête sans rien dire. Émilie se lança.

– Ça a dû être affreux pour vous d'y découvrir cette pauvre Marie-Aude.

Il se figea, la bouche ouverte, avant d'aboyer :

– Qui vous a parlé de ça ?

– Monsieur Arnaud, lui renvoya-t-elle aussi sec.

– Ah…

– Il m'a dit que c'était vous qui l'aviez trouvée.

Le vieux jardinier se signa furtivement.

– Elle pendait au saule. J'ai d'abord aperçu sa robe, une robe bleue, ça faisait une tache de couleur, je me suis avancé pour mieux voir ce que c'était, je pensais à un bout de tissu… je sais pas… Puis j'ai levé les yeux. Et j'l'ai vue. La corde serrée autour du cou. Une corde qu'elle avait dû prendre dans la remise, depuis le temps qu'j'dis d'y mettre une vraie serrure…

– C'est vous qui avez coupé la corde ? demanda Émilie.

– Non non ! J'y ai pas touché. J'ai bien vu qu'elle était morte, y avait plus rien à faire, elle tournait comme ça sur elle-même…

Il pivota lentement de gauche à droite puis de droite à gauche.

– Et elle avait la langue toute sortie et toute gonflée. Venir se pendre comme ça à nos arbres, quasi sous le nez de Monsieur Arnaud, vous imaginez si c'était lui qu'était tombé dessus ? Pauvre gars, comme s'il avait pas eu sa part de malheur l'été d'avant !

– On a su pourquoi elle avait fait ça ?

– Marie-Aude ? Pour une andouille de jeune premier, je crois. La bêtise des femmes, parfois… Dire que ç'avait été une si mignonne petite fille. La préférée de Monsieur Charles.

Ah ! Le lubrique monsieur Charles. Et si c'était elle, la maîtresse insolente ? Et si elle s'était tuée de chagrin suite à la disparition de son riche amant ? Non, la femme que décrivait Edmonde n'avait pas l'air du genre à se tuer par amour.

– Quand les petites venaient, Térésa cuisinait toujours son fameux gâteau aux poires… commença Hugo, l'œil attendri.

– Oh ! excusez-moi, fit Émilie en dégainant son portable pour mettre fin à la conversation. J'ai un message…

Elle laissa sa phrase en suspens et s'éloigna. Hugo bougonna quelque chose, porta deux doigts à sa casquette puis empoigna sa pelle, soulagé que la patronne dégage, un arrière-goût de gâteau aux poires dans la gorge.

Un arrière-goût de nostalgie.

Émilie regagna son bureau, satisfaite. Le passé d'Arnaud n'était plus une vague nébuleuse inaccessible. Il se solidifiait, prenait corps. À travers le récit de ces événements, elle s'immisçait dans un passé dont elle avait été exclue, établissait un lien avec la part de son mari qui avait vécu sans elle. Sa part d'ombre.

Elle tapota « DUMESNIL » sur Internet : apparemment ils étaient sur liste rouge. Elle ne trouva que le numéro professionnel de Monsieur, avocat au Conseil d'État. Autant essayer en la jouant finement.

La secrétaire de Philippe Dumesnil se tenait pour le moins sur la réserve : l'avocat n'était pas disponible, ne recevait pas sans rendez-vous, et était absent pour la semaine. Elle ne se dégela que lorsque Émilie se présenta elle-même comme l'épouse de M. de Béard qui souhaitait, pour raisons familiales, joindre sa cousine dont il avait perdu les coordonnées.

– Arnaud de Béard ? Le fils de Charles de Béard ?

– Tout à fait.

– J'ai travaillé pour Charles de Béard, une mission de documentaliste. Son fils, votre mari, passait souvent au bureau. Vous le saluerez de la part de Françoise Revel.

Émilie l'assura qu'elle n'y manquerait pas et se confondit en remerciements après que la secrétaire lui eut confié les coordonnées de Mme Dumesnil.

Maintenant appeler Marie-Pierre. Mais sous quel prétexte ? Oh, allez, c'est en se jetant à l'eau qu'on apprend à nager, se dit-elle en composant le numéro de portable qu'on lui avait donné.

Deux heures plus tard, Émilie se tenait au pied d'un immeuble plus que cossu dans le VIIe, derrière les Invalides. Porte à double battant bien vernie. Digicode et concierge. Elle fit le code et se retrouva dans une cour intérieure pavée, ornée de massifs fleuris. La concierge, une grande femme vêtue d'un jogging en velours gris, la regarda s'avancer, une pile de prospectus à la main.

– Bonjour, je viens voir Mme Dumesnil, dit Émilie.

– Troisième droite, dit la femme en la suivant des yeux avec curiosité.

Marie-Pierre Dumesnil avait la quarantaine pimpante d'une femme consacrant un budget plus que conséquent aux soins esthétiques. Bronzée, les cheveux blonds courts coupés à la Michèle Alliot-Marie, vêtue d'un jean Lacroix et d'un chemisier Dior qui mettaient en valeur sa taille de jeune fille.

Sans lui proposer de visiter l'appartement, elle invita Émilie à s'asseoir dans le superbe canapé recouvert de vraie soie sauvage. Un plateau posé sur la table basse laquée offrait du Coca light, de l'eau gazeuse et des biscuits apéritifs au paprika.

– Ainsi, vous êtes la jeune femme d'Arnaud… fit

Marie-Pierre en plongeant son regard d'acier dans le sien.

– Nous n'avons que cinq ans d'écart, se sentit obligée de se justifier Émilie.

– Bien sûr, bien sûr... Coca, Perrier ? Arnaud va bien, j'espère ?

– Un Coca, merci, répondit Émilie en prenant un verre. Arnaud se porte comme un charme. Ses affaires marchent bien. Trop bien même, il a des horaires impossibles !

– Comme Philippe. Que voulez-vous, ma chère, ce sont des battants ! Et donc vous avez eu l'idée de nous recontacter... depuis tout ce temps...

– Pardonnez-moi si je me montre présomptueuse, dit Émilie avec un sourire destiné à amadouer l'adversaire, mais je pense qu'une famille reste toujours une famille et qu'il ne faut pas, par négligence, laisser se dénouer les liens que la nature a noués.

Bien balancé, ça, Émilie ! Ça mérite un biscuit.

– Nous avons bien l'intention d'avoir des enfants, reprit-elle, et je trouve important qu'ils puissent connaître les membres de la branche paternelle.

– Vous avez sans doute raison, approuva mollement Marie-Pierre. Nous n'avons pas d'enfants. Mais c'est un sentiment qui vous honore. C'est vrai que nous avons tous laissé se distendre ces liens familiaux. Le temps qui passe, les obligations de chacun, vous savez ce que c'est. Et puis Philippe a quinze ans de plus qu'Arnaud, ils n'avaient pas les mêmes centres d'intérêt. Arnaud était plus proche de ma sœur cadette, ajouta-t-elle abruptement.

– Oui, il m'a parlé du drame, dit Émilie en baissant la voix.

– Faisant suite au décès brutal des parents d'Arnaud, c'est ce qui a achevé de disloquer la famille, à mon avis.

– Les deuils tragiques vous laissent des traces indélébiles, énonça Émilie avec componction. D'ailleurs, j'ai un peu connu la même chose de mon côté, expliqua-t-elle en se lançant dans un bref résumé, un peu arrangé, des deuils familiaux et du relâchement des liens fraternels.

Marie-Pierre acquiesça en silence.

– Arnaud m'a confié qu'enfants vous vous retrouviez souvent au manoir.

– Mon oncle Charles avait la gentillesse de nous inviter, en effet. Après le décès de Maman nous étions un peu perdues. Mon Dieu ! pouffa-t-elle, raconté comme ça, de votre côté comme du nôtre, ce n'est qu'une suite de malheurs à la Dickens !

– C'est la vie ! dit Émilie avec tranquillité, s'étonnant elle-même de sa facilité à entretenir la conversation. Vous avez dû bien connaître la maman d'Arnaud ?

– Tante Edmonde ? Bien sûr. La pauvre.

Elle soupira en lissant son jean.

– Elle n'allait pas très bien. Dépression nerveuse. Elle avait perdu un enfant, le frère cadet d'Arnaud. Elle était un peu trop portée sur la boisson. Parfois, ça pouvait être embarrassant. On la surveillait, mais…

– J'ai essayé de parler de la famille avec Térésa, vous vous souvenez de Térésa ?

– Bien sûr que je m'en souviens. On ne peut pas oublier Térésa, sourit-elle. Elle n'a pas pris sa retraite ?

Émilie fit non de la tête.

– Ça ne m'étonne pas ! Elle finira ses jours là-bas, elle est indissociable de cette maison !

Émilie frémit intérieurement.

– En tout cas, elle protège la famille mieux qu'un pitt-bull : jamais un mot contre personne ! concéda-t-elle.

– Térésa adorait mon oncle Charles, c'était son dieu. Elle trouvait qu'Edmonde était une épouse difficile, trop gâtée. Elle ne le disait pas, mais on le devinait à sa manière de lever les yeux et de soupirer dans son dos. Mais qu'est-ce qu'elle cuisinait bien ! ajouta-t-elle en souriant.

– Ce devait être génial d'avoir le manoir comme terrain de jeu, non ? reprit Émilie, essayant de l'emmener là où elle voulait.

– Oh, nous avions à peu près la même chose à la maison, répondit Marie-Pierre comme si c'était banal de vivre dans une gentilhommière, mais Papa était si triste…

– À quoi servait ce drôle de petit placard avec une chaise ? demanda brusquement Émilie, décidée à forcer son avantage.

Marie-Pierre reposa son biscuit et s'essuya les lèvres avec une serviette en papier ornée de zèbres.

– Je ne l'ai jamais vraiment su. Cet imbécile d'Arnaud prétendait que c'était un cabinet de tortures. Un jour, quand nous étions plus jeunes, il nous a enfermées dedans. Marie-Aude s'est mise à pleurer. Il pouvait être peste quand il le voulait.

– Vous n'avez pas demandé à un adulte ?

– On ne parlait jamais à ma tante de l'aile abandonnée. Vous savez que c'est là qu'elle a perdu son enfant ?

– Arnaud me l'a dit.

– Térésa prétendait ne pas savoir et nous n'aurions pas osé importuner mon oncle. Je me souviens juste qu'une fois…

Elle s'interrompit, les sourcils froncés.

– Une fois… ? l'encouragea Émilie.

– Une fois, j'ai cru entendre crier, derrière le mur. C'était bizarre. Ça m'a flanqué la chair de poule. J'avais pourtant déjà une bonne vingtaine d'années !… Je me suis dit que c'était encore un tour d'Arnaud, mais je ne suis plus montée là-haut. À vrai dire, après la mort de ses parents, nous ne nous sommes plus beaucoup revus. J'étais occupée par mon mariage. Et comme je vous le disais tout à l'heure, le deuil de ma sœur…

Un silence se fit. Une horloge égrena les douze coups de midi. De gros nuages blancs filaient dans le ciel. Marie-Pierre jeta un coup d'œil à sa montre ornée de pierreries et toussota.

Comprenant le message, Émilie se leva.

– Je ne vous mets pas dehors, mais j'ai un déjeuner dans trente minutes, dit Marie-Pierre en la précédant vers la sortie sans plus de cérémonie. En tout cas, c'est aimable à vous de nous avoir appelés.

Sous-entendu : « J'ai été polie, mais ne compte pas nous mettre le grappin dessus. »

Émilie la remercia pour son accueil et eut l'impression qu'on refermait la porte derrière elle avec un certain soulagement.

Elle regagna sa voiture – ornée d'un PV –, étourdie par toutes les informations glanées depuis la veille. Elle en avait presque oublié la lueur dans la nuit. Des cris, une lumière, un spectre ?! se dit-elle en se moquant d'elle-même. Le spectre du malheureux petit défunt ? La pensée incongrue lui vint que le petit corps aurait eu sa place dans le cimetière miniature. Elle imagina la stèle, avec son portrait en médaillon. « À Fiston Chéri, 19…-19… » Morbide. De mauvais goût. Se débarrasser immédiatement de cette vilaine pensée.

Elle mit le cap sur le manoir, pressée de compiler ses notes, et dépassa allègrement les limitations de vitesse.

Chapitre 12

Léo mâchonnait pensivement le bout de son stylo en considérant le dossier étalé devant lui. Il avait l'estomac qui gargouillait, mais il attendait incessamment le coup de fil de Servan qui devait lui confirmer si les empreintes dentaires de la victime correspondaient à celles de Laetitia Galland. Coulanges, le coiffeur, affirmait que sa cliente habitait le quartier. Daguerre et lui-même avaient donc épluché les listes électorales de l'arrondissement, faisant un recoupement entre le prénom, l'âge supposé, et la rue où se situait l'institut de coiffure, et Laetitia Galland était apparue en tête de liste, vingt-huit ans, habitant rue du Roi-de-Sicile.

Daguerre y avait foncé. La jeune femme était absente de son domicile depuis plus de quinze jours, d'après ses voisins. On ne lui connaissait pas de famille. Elle recevait peu, des copines parfois, dont ils ne connaissaient pas les noms.

Au vu des présomptions et en l'absence de toute nouvelle de la jeune femme, le juge Sophie Gravier avait autorisé que l'on pénètre dans le petit studio. Une brève perquisition avait montré que toutes les affaires de Laetitia Galland étaient là, ainsi que son passeport et trois cents euros en liquide cachés dans une paire de socquettes à fleurs. Peu probable donc qu'elle soit partie en voyage. Le petit agenda à côté de sa Freebox avait fourni les coordonnées de ses parents, qui vivaient en Ardèche, et de son dentiste. Léo avait préféré avoir confirmation par le praticien avant de prévenir les infortunés parents.

Téléphone. Il se rua sur l'appareil.

– C'est bien elle, je vous faxe les résultats, déclara Servan d'une voix plate.

– On va enfin pouvoir avancer ! s'exclama Léo.

– Une fille sans histoires, d'après le dentiste. Enfin, vous verrez avec lui, continua-t-il du même ton sinistre.

– OK, super. Ça ne va pas ? ajouta Léo soudain conscient du ton de son interlocuteur.

– Pas trop. On m'a trouvé un polype suspect. En fait, j'ai un cancer du côlon.

Léo en resta coi.

– On vous a proposé un traitement ? demanda-t-il bêtement. Vous êtes bien suivi ?

– Par le Dr Hellman. Elle est excellente. Elle va essayer de m'en sortir. Mon père est mort en six mois.

– Vous n'êtes pas votre père. La médecine a fait des progrès. Moi, j'ai confiance en vous.

– C'est con ce que vous dites là, Del Lucca.

– Je sais, en convint Léo, mais c'est comme ça. Vous êtes un battant et vous allez vous en tirer.

– Merci, dit Servan en raccrochant.

Léo se retourna vers le fax qui ronronnait.

Les clichés dentaires de Laetitia Galland. Avant qu'on lui ait brisé la mâchoire. Il les tapota en pensant au concours de circonstances qui avait conduit à l'identifier. Heureusement que ce Coulanges avait jeté un œil sur le journal que brandissait François.

Aurait-elle pu rencontrer son agresseur chez le coiffeur ? se demanda-t-il soudain. Il bipa Daguerre.

– Il fait hommes et femmes, le coiffeur ?

– Lui, il ne se fait que des hommes, mais le salon est mixte.

– Très drôle ! Tu devrais monter un one-man show.

– Mon pauvre vieux, t'es d'un triste quand t'as la tête dans le cul !

Léo haussa les épaules.

– Si t'as rien à faire, tu pourrais peut-être vérifier si Alexandra Martinez n'y allait pas elle aussi, chez ce gai Coulanges ?

– Merde ! s'exclama Daguerre. Tu crois que… ?

– Je ne crois rien, c'est pour ça que je t'envoie vérifier. Allez, à la chasse, mon gros !

– Vivement que t'aies ta mutation !

– Ils ont prévu Rostand pour me remplacer, susurra Léo avant de couper.

Il savait que Daguerre ne pouvait pas le sacquer. Un lèche-cul de la hiérarchie, tatillon et implacable. En 40, ça aurait été le genre de gars à filer sans états d'âme des coups de tampon sur des ordres de convois funèbres.

Il s'étira et appela le planton pour se faire monter un panini tomates-mozza.

Émilie se confectionna un sandwich mie de pain-jambon dégraissé-beurre allégé tandis que Térésa, mal à l'aise de cette proximité, mangeait debout dans un coin sa gamelle de daube-raviolis.

Une fois de retour dans son bureau, elle entreprit de coucher sur l'écran tout ce qu'elle avait engrangé.

1. La mère d'Arnaud, Edmonde, était cocue.

2. Son mari, Charles, le père d'Arnaud, la trompait avec une femme plus jeune.

3. Edmonde, déjà portée sur la boisson depuis la mort subite de son fils cadet, était devenue carrément alcoolique.

4. Tous les deux avaient trouvé la mort dans un accident de voiture (décapités !) l'été 84.

5. Une photo prise lors de la soirée d'anniversaire de Charles le montrait entouré de trois jeunes femmes : la

sœur cadette d'Edmonde, Cécile, divorcée de fraîche date, et ses nièces : Marie-Pierre, tout juste mariée, et Marie-Aude, jeune artiste.

6. Marie-Aude était amie avec Arnaud.

Il n'était tout de même pas amoureux d'elle ? se demanda-t-elle avec une pointe d'agacement.

7. Marie-Aude s'était suicidée dans le petit cimetière début janvier 1985. Soit six mois après la mort de Charles…

Une bonne candidate au rôle de maîtresse effrontée.

Elle prit une loupe pour examiner une fois de plus la photo qu'elle avait placée dans une chemise en plastique transparent, pour éviter de la tacher.

À bien y regarder, il n'y avait que le sourire de Marie-Pierre qui semblait sincère. Charles arborait un air de défi bravache. Marie-Aude semblait nerveuse et Cécile figée.

Elle fit glisser la loupe vers Arnaud et stoppa net sur une jeune fille qu'elle n'avait pas repérée à l'œil nu.

Un peu en retrait, une coupe à la main, l'air timide. Les cheveux platine, très courts, à la Annie Lennox, pantalon de cuir noir et débardeur vert fluo, visage d'ange préraphaélite.

Sonia-Lisa.

Une Sonia-Lisa de seize ans ou dix-sept ans.

Impossible. Elle devait se tromper.

Elle se précipita sur son moteur de recherche pour afficher des images du jeune mannequin disparu. Rapprocha la photo de celles à l'écran, les yeux plissés par la concentration. Pas de doute, c'était bien Sonia-Lisa.

Invitée à la *birthday party* du père d'Arnaud. Ou bien à la célébration du baccalauréat. Était-elle en classe avec Anne, Arnaud et Diego ? Pourquoi personne ne le lui avait dit ?

La photo de mode de Sonia-Lisa chaussée de bottes

rouges lui revint brusquement en mémoire. Sonia-Lisa connaissait le domaine puisqu'elle y avait été invitée.

Elle consulta fébrilement la biographie de la jeune femme, disparue en avril 2005. Née Sonia Volkoff à Asnières, en 1968. Père prof de gym, mère employée de réfectoire. Études secondaires à Louis-le-Grand jusqu'en terminale.

« Leur » lycée ! Pourquoi une gamine d'Asnières avait-elle été admise dans un prestigieux lycée parisien ? Son père y avait peut-être été muté, se dit Émilie en mordillant son stylo.

Sonia-Lisa en classe avec Arnaud. Abandonnant le lycée en terminale pour se lancer dans la vie active. Effectivement, elle semblait très jeune sur ses premières photos de modèle. Premier grand défilé en 1986. Qui l'avait aidée à monter son book ? Qui l'avait tirée vers les podiums ? Charles avait-il des amis dans le milieu de la mode ?

Arrêter de voir Charles comme une sorte de Lucifer jetant son dévolu sur toutes les jeunes âmes dans les parages. Enfin, « âmes », c'était une façon de parler…

Sonia-Lisa à cette soirée… Émilie en restait quand même bouche bée.

On était en juin 84. Si la jeune fille avait arrêté en terminale, c'était donc cette année-là.

Et si Charles cumulait réellement les conquêtes ?

Et s'il y avait d'autres textes d'Edmonde cachés dans l'aile abandonnée ?

Léo quittait le cabinet du dentiste de Laetitia Galland quand son portable égrena les premières notes de *Rum and Coca-Cola* dans la version de Lord Invader.

– Je sors de chez le coiffeur, lança François.

– Et moi de chez son dentiste.

– Alors ?

– R.A.S. Et toi ? renvoya-t-il.

– T'avais raison, mon salaud ! grogna François.

– C'est-à-dire ?

– Alexandra Martinez ! Elle allait se faire coiffer là-bas.

– Ça ouvre des horizons, laissa tomber Léo.

– Et pas qu'un peu ! approuva Daguerre, surexcité. Devine qui d'autre s'y fait faire son brushing ?

– Ambrosio ?

– T'es pas marrant, je te jure.

– Désolé d'avoir des neurones en état de marche. Bon, on va le convoquer.

Ça commençait à prendre forme. Comme un dessin à l'encre sympathique se révélant lentement à la lumière. Sans qu'on puisse encore deviner ce qu'on allait découvrir. Mais il y avait trop de liens, trop de connexions pour que ce soit sans rapport avec ces deux meurtres. Et peut-être avec la disparition de Sonia Volkoff.

Il soupira et passa la main dans ses cheveux ras. Il allait aussi falloir téléphoner aux parents de Laetitia. Il se sentait tellement maladroit dans ces moments-là. Le chagrin des gens le frappait comme un uppercut et le laissait sans souffle, se raccrochant à l'idée que la conversation allait avoir une fin proche comme on se tient aux cordes du ring pour ne pas s'effondrer.

Il pressa le pas, évacuant comme à son habitude sa nervosité dans l'action.

Émilie, les mains sur les hanches, considérait les piles hétéroclites qu'elle avait constituées les jours précédents. Par où commencer ? Par les autres figurines en porcelaine ? Il n'y en avait que trois, un ramoneur vraiment affreux, une dame 1900 avec un lévrier et un berger jouant de la flûte à une bergère coiffée à la Pompadour. Toutes les trois ébréchées.

Avec le sentiment assez réjouissant de commettre un acte de vandalisme, elle les écrasa successivement sous son talon. Pas le moindre manuscrit. Maintenant, elle était bonne pour balayer.

Elle fureta ensuite au hasard, explora un porte-parapluies en cuivre, une lampe à pétrole, un transistor années 60, un mange-disque, un poisson en céramique de Vallauris, découvrit une boîte de boules de naphtaline, une liasse de billets de Monopoly et, enfouie dans un vase en forme de tulipe, la tête d'une Barbie blonde et éternellement souriante. Un mauvais tour d'Arnaud à ses cousines, sans doute.

Il n'y avait probablement pas d'autres feuillets, elle perdait son temps. Elle s'assit sur le bord d'un sommier bancal et fit tourner la tête de poupée entre ses doigts.

Si Charles avait courtisé Marie-Aude, sa sœur s'en serait aperçue. Et Térésa ? Était-il possible, comme le suggérait Edmonde, que Charles et Mère Térésa… ? Il y avait une photo du manoir dans les années 60, avec les domestiques rangés sur le perron. On y voyait une encore jeune Térésa, à l'évidence d'origine ibérique, avec de longs cheveux noirs noués en queue-de-cheval, ni laide ni jolie. Émilie étouffa un bâillement et se releva.

Une ombre glissa sur le mur.

Pétrifiée, elle retint sa respiration.

Des pas furtifs dans la pièce voisine ?

Elle ramassa une canne en palissandre à bout ferré et au pommeau sculpté en forme de tête de chien-loup. Trois pas jusqu'à la porte. Elle hésita sur le seuil. Puis se jeta bravement dans le couloir.

Vide.

Elle n'avait pas envie d'aller voir dans les autres pièces. Elle avait envie de redescendre l'escalier plein d'ombres, de longer le piano poussiéreux sans lui accorder un regard et de regagner son moelleux salon jaune d'or.

Mais elle se força à claquer chaque porte, les faisant rebondir contre le mur pour déloger un éventuel intrus. Il n'y avait personne à l'étage. L'ombre devait être celle d'un nuage occultant le soleil.

Quel soleil ? Il faisait gris.

Elle haussa les épaules et se dirigea vers l'escalier. Cet endroit triste et délabré la rendait nerveuse. En passant devant le placard à punitions, elle ne put s'empêcher de jeter un coup d'œil à la chaise.

Et s'immobilisa.

Il y avait un bout de papier par terre.

Elle était sûre qu'il n'y était pas quand elle était venue la dernière fois. Elle le ramassa prestement. Un ticket. Un banal ticket de caisse d'Auchan. Total : 28,35 euros. Daté de trois semaines auparavant.

Brusquement elle éclata de rire, un rire nerveux.

C'était sûrement elle, Émilie, qui l'avait perdu. Elle était passée à Auchan acheter des bricoles, voyons… oui, ça devait faire trois semaines à peu près.

Elle fourra le ticket dans sa poche et s'apprêtait à tourner les talons quand elle se souvint de la petite porte dans le mur.

Elle suivit du doigt une nouvelle fois les rainures, effleura la minuscule serrure.

Poser la question ce soir à Arnaud.

Elle regagna le couloir, pressée d'aller se doucher, mit le pied sur la première marche et se sentit soudain partir en arrière. Dans un réflexe, elle agrippa la rampe en fer forgé, amortit sa chute en se tordant le bras, et se retrouva les quatre fers en l'air. Ouf, plus de peur que de mal, se dit-elle en se relevant, se massant l'épaule et le coccyx. Elle se pencha pour ramasser la coupable. Une bille en agate. Il y en avait trois autres. Sans doute échappées d'un sachet éventré. Le truc idiot pour se rompre le cou.

Une fois de retour dans la partie habitée, elle s'aperçut qu'elle était trop agitée pour rester enfermée et, saisissant sa parka et son appareil photo, elle sortit se balader.

Le ciel s'était dégagé, un vent froid s'était levé, balayant les feuilles, faisant frissonner les bois. Elle avait l'intention de marcher au hasard, mais bien évidemment ses pas la ramenèrent au petit cimetière et à la botte rouge. Demain, elle dirait à Hugo de prendre une échelle et d'aller la récupérer. Oh, et puis pourquoi déranger ce pauvre vieux ? Elle pouvait parfaitement le faire elle-même. Et tout de suite.

Elle regagna le manoir. Hugo, qui arrivait tous les matins à 7h30, finissait sa journée vers les 15 heures. Elle se rendit à la remise, fermée par un loquet, poussa la porte.

La grande échelle serait trop lourde pour elle. Voyons… oui, l'échelle pliante en alu était parfaite. Elle la posa sur une brouette, recula et bouscula une boîte métallique pleine de vieux machins qui se renversa.

Pestant et jurant, elle s'agenouilla pour ramasser vis, morceaux de serrure, gonds rouillés, piles neuves, menue monnaie et antiques trousseaux de clés. Le bric-à-brac habituel d'un vide-poches. Un des trousseaux, contrairement aux autres, était étiqueté. Émue, elle reconnut l'écriture d'Edmonde : « Salon jaune » ; « Chambre » ; « Chambre Arnaud » ; « Soupente » ; « Salle de bains ».

Elle reposa les clés dans la boîte et entreprit de pousser la brouette sur le sentier caillouteux. Se retournant brusquement, elle surprit Térésa en train de la regarder par la fenêtre de la cuisine. Elle lui adressa un petit geste mutin de la main. Que la vieille bique l'espionne, elle n'en avait rien à faire.

Elle arriva à la clairière en nage. La roue de la brouette n'arrêtait pas de se bloquer contre les menus obstacles du terrain. Elle entreprit de déplier l'échelle, faillit se coincer les doigts, se cogna le coude contre un des montants et réussit enfin à la caler par-dessus l'épais taillis.

Elle grimpa les échelons avec précaution, l'échelle s'enfonçant un peu dans la terre humide, puis, rassurée, elle se hissa jusqu'à hauteur de la botte. Tendit le bras vers l'objet, en équilibre sur le dernier barreau. Elle y était presque. Quel dommage de ne pas être plus grande ! Allez, encore un effort… ça y était, elle l'avait ! Elle serra la botte dans sa main et bascula en avant avec l'échelle qui, mal verrouillée, se plia gracieusement en deux, la faisant dégringoler au cœur du taillis.

Doucement, doucement, se dit Émilie posée sur un coussin d'arbustes, en essayant de ne pas se déchiqueter sur les ronces. Un objet se détacha dans son champ visuel.

Un truc métallique couvert de rouille. Comme un pied-de-biche. Oublié là par Hugo sans doute. Ou même monsieur Auguste, son prédécesseur.

Un levier en métal. Ça devait peser son poids et pouvoir faire mal. On pouvait s'en servir pour frapper une femme. Pour tuer une femme ? Il fallait en parler au Petit Cerdan.

Tenant toujours la botte, elle se laissa glisser en arrière le long du taillis, protégeant son visage avec un pan de sa parka, et se retrouva sur la terre ferme, un peu égratignée, mais victorieuse.

Elle entreprit de récupérer l'échelle affaissée et, soufflant et suant, la réinstalla dans la brouette. Puis, s'asseyant sur la tombe d'Hector, Roi des Chats, son préféré, elle s'autorisa à examiner la botte.

Caoutchouc rouge vif. Taille 37. Semelle striée. Des

traces de boue séchée entre les stries. Brune et poussiéreuse.

Elle retourna la botte et la secoua, délogeant une petite araignée et la coquille vide d'un escargot. L'intérieur de la botte sentait l'herbe humide. Le revêtement avait moisi par endroits. Émilie explora le fond avec ses doigts : pas d'étiquette avec le nom de la propriétaire, juste des brindilles.

Dans un roman policier, elle aurait fait analyser la boue et l'on aurait su si c'était de la boue 1985 – Marie-Aude –, de la boue 2005 – Sonia-Lisa – ou de la boue 2007…

Pour cela, il fallait qu'elle la remette au Petit Cerdan. Tant pis si elle se couvrait de ridicule. Elle l'appellerait en rentrant, à propos de ça et du levier.

Elle regagna le manoir et alla remettre l'échelle en place. Les trousseaux de clés attirèrent de nouveau son attention. Si celui étiqueté par Edmonde concernait le corps principal, il se pouvait fort que l'autre soit celui de l'aile abandonnée. Peut-être certaines de ces clés ouvriraient-elles les portes verrouillées ? Elle l'empocha et rentra se doucher et se changer, plutôt satisfaite.

Léo dévisageait Théodore Ambrosio qui, lui, contemplait l'angle du bureau d'un air morne. Joint par téléphone, il avait accepté de passer, bien qu'il eût un emploi du temps surchargé, avait-il souligné, mais il se trouvait qu'il n'était pas très loin, à l'atelier d'un de ses poulains, rue de Pontoise.

Del Lucca, qui ne lui demandait pas autant de détails, s'était contenté de le remercier de bien vouloir leur consacrer un peu de son précieux temps. De nouveaux développements nécessitaient de nouvelles investigations, c'était toujours comme ça, vous voulez un café ?

Ambrosio avait refusé, avec la même moue dégoûtée que si on lui avait proposé une bonne tasse de ciguë.

Assez grand, vêtu d'un pull en cachemire caramel, d'un jean griffé, et d'un ample manteau en laine grise, les cheveux grisonnants noués en catogan, une écharpe en soie indienne négligemment passée autour du cou. Sûr de lui et de son importance. Un visage mince et long, aux petits yeux sombres et inquisiteurs. Le genre romantique qui plaît aux femmes ? se demanda Léo. Romantique, mais un peu bedonnant. Avec un portefeuille bien garni. Sa galerie d'art, très branchée, se portait bien, mais c'étaient surtout les acquisitions de son père, spécialisé dans les cubistes, qui lui avaient assuré un solide patrimoine.

S'arrachant à l'étude de son vis-à-vis, il fit mine de consulter ses notes. Ambrosio s'agita sur sa chaise en plastique grise.

– Pas très confortable, n'est-ce pas ? fit remarquer Léo en souriant. On est loin de l'Élysée.

Ambrosio lui lança un regard excédé.

– La laideur et l'inconfort de votre mobilier ne sont pas ma principale préoccupation, laissa-t-il tomber.

– Et quelle est-elle ?

– Quoi ?

– Votre principale préoccupation ?

– Ne pas rater mon rendez-vous de dix-huit heures avec un acheteur venu de Londres.

Léo jeta un coup d'œil à sa montre, un chrono Polar.

– On va essayer de faire vite. Avez-vous rencontré Alexandra Martinez au salon de coiffure Coulanges ? attaqua-t-il d'emblée.

Ambrosio tiqua.

– Comment le savez-vous ?

– Nous sommes comme les magiciens, nous préférons garder nos secrets pour nous. Ça fait donc des années que vous allez vous faire coiffer là-bas ?

– Jacky est excellent ! Je lui suis fidèle depuis plus de quinze ans.

Pour te faire une queue-de-cheval, pas besoin d'être l'as des figaros ! songea méchamment Léo en faisant mine de feuilleter ses notes.

– Et Sonia-Lisa ?

Là, Ambrosio se ferma carrément.

– Je ne vois pas…

– Sonia-Lisa, le top model disparu il y a un peu plus de deux ans. Vous aviez bien eu une liaison ?

Il attendit qu'Ambrosio confirme d'un signe de tête.

– Vous l'aviez également rencontrée chez Jacky Coulanges ?

– Je ne me souviens pas, peut-être. C'est vieux…

– Hmm. Et Laetitia ?

– Laetitia ? répéta Ambrosio sur ses gardes, le dos raide.

– Laetitia Galland.

– Je ne vois pas…

– Cette jeune femme, là, lança Léo en plaquant une photo de la morte sur le bureau.

Ambrosio y jeta un coup d'œil et blêmit.

– Elle est morte ? souffla-t-il en tripotant son écharpe ethnique.

– On ne peut plus morte, confirma Léo. La photo a été prise à l'Institut médico-légal. Alors ?

– Je ne crois pas. Il faudrait une photo d'elle vivante… ajouta-t-il sur le ton de l'excuse.

Léo opina et aboya un ordre au téléphone.

– On va nous en apporter une, expliqua-t-il. Cette jeune femme était une bonne cliente de Coulanges. Nous espérions que vous l'auriez remarquée. Nous cherchons à retrouver ses fréquentations.

– Jacky n'a rien pu vous dire ?

– Apparemment, elle n'était pas très bavarde. Il ne

connaissait même pas son nom de famille. Elle réglait toujours en liquide et n'évoquait jamais sa vie privée.

Daguerre entra, un permis de conduire à la main qu'il tendit à Léo.

– La voici, dit celui-ci en étalant le document.

Ambrosio daigna se pencher en avant.

Laetita Galland à vingt-deux ans. Une jolie petite blonde, au visage mince, un peu enfantin. Il cligna des yeux.

– Je l'ai déjà vue, admit-il, mais je ne la connaissais pas plus que ça.

– Elle était mannequin pour des catalogues de vente par correspondance. Le milieu de la mode vous est familier, je crois ?

– Par mon métier, j'ai fréquemment l'occasion de croiser des créateurs, des designers, tout s'entremêle de nos jours, l'art contemporain est au cœur de la mode, regardez Philippe Stark ou Ben…

Léo leva une main apaisante.

– Bien sûr, bien sûr. Une dernière question et je vous libère. Êtes-vous un adepte du caning ?

Ambrosio manqua s'étrangler.

– Absolument pas. Je ne vois pas…

– Croyez bien que nos questions sont toujours dictées par la pertinence de l'enquête, lui renvoya Léo avec un grand sourire. N'y voyez rien de personnel.

– Une convocation à la Brigade criminelle, ça n'a rien de personnel ? grinça Ambrosio, à demi debout.

– Pas pour l'instant, conclut Léo, guilleret. Par ici, je vous en prie.

Intéressant de voir que le gars n'avait même pas demandé ce qu'était le caning.

Une fois Ambrosio dehors, Léo bipa le jeune Ruiz, en faction en civil devant l'entrée.

Une petite filature de derrière les fagots ça pouvait toujours se révéler intéressant, d'autant que l'alibi d'Ambrosio pour l'heure du meurtre de Martinez était un tantinet faiblard. Il avait très bien pu s'absenter de la galerie sans que sa secrétaire s'en aperçoive, car elle était cantonnée dans un placard à l'arrière, se dit-il en allumant avec délices une cigarette interdite.

Malheureusement, à la première bouffée, il eut l'impression d'entendre son père, avec son foutu accent italien.

« Alors, comme ça, toi, le policier, tu ne respectes pas la loi. Si la loi, elle te paraît injuste ou idiote, tu ne la respectes pas. Parce qu'à toi elle te semble une petite loi sans importance. Mais à chacun de ces pauvres types que tu jettes en prison, sûrement que la loi qu'ils ont enfreinte elle leur semblait une loi sans importance, ou idiote ou injuste. Alors, toi, mon fils le policier, en fumant en cachette dans ton bureau, tu te conduis exactement comme un criminel qui croit avoir le droit de distinguer à sa guise entre le bien et le mal. »

Incroyable, se dit-il en tirant une deuxième bouffée, incroyable que je t'invite toujours à venir me faire la morale, papa, comme si j'avais besoin que tu me remontes les bretelles, comme si ça me manquait… La vérité, c'est que tu me les brises, papa.

Et il aspira une troisième bouffée avec un vrai plaisir.

Tant qu'ils n'avaient pas encore installé de caméras de vidéosurveillance dans les bureaux, on pouvait se croire épargnés par le nouveau Big Brother : le funeste Politiquement Correct. En ouvrant la fenêtre pour dissiper la coupable fumée, il aurait le droit d'inhaler une bonne dizaine de produits toxiques dont certains tout autant cancérigènes très légalement émis par les véhicules à moteur en contrebas. Fallait croire que le lobby des bagnoles était plus puissant que celui des clopes. À moins que les fabricants de clopes n'aient investi en masse dans les traitements antitabac ? Arrête de râler comme un vieux, s'ordonna-t-il. L'Âge d'Or, c'est toujours celui qui n'est plus.

Il éteignit la cigarette sous sa chaussure et jeta le mégot dans le broyeur.

L'entretien avec le dentiste s'était révélé décevant. Laetitia Galland semblait une jeune femme normale et sans histoires. Célibataire. Discrète. La fouille de l'appartement n'avait rien révélé de particulier. Rien que du banal, du normal. La brigade scientifique était en train de dépiauter son PC pour voir si elle y dissimulait elle aussi des images cryptées.

Comment une jeune femme banalement normale s'était-elle retrouvée nue et battue à mort dans une forêt ? La piste des pratiques sexuelles déviantes et dangereuses était crédible. Avec un partenaire dominant qui s'emballe un peu trop. Qui se transforme en prédateur. Un psychopathe qui franchit le Rubicon séparant le fantasme de l'acte meurtrier.

Demander à Favelli de faire circuler le portrait de Laetitia dans les clubs spécialisés, de questionner ses indics.

Comme s'il avait été entendu, le téléphone sonna et c'était Favelli.

– Martinez fréquentait un club privé, lança-t-il. Très fermé, très sélect. Pas d'enseigne, un digicode. Que des aficionados du spanking.

– Et ça se trouve où, ce paradis des fesseurs ?

Favelli lui dicta l'adresse, près de Bastille, pas loin de l'Opéra. Un quartier suffisamment animé pour avoir un prétexte à s'y rendre.

– Et si je veux me faire introduire ? demanda Léo.

Favelli gloussa.

– Comptez pas sur moi !

Puis reprenant son sérieux :

– Le code change toutes les semaines, cette semaine c'est 1228. La Maîtresse de Maison va sûrement vous poser des questions. Dites que vous venez de la part d'Akam. C'est un fidèle parmi les fidèles.

– C'est lui qui a identifié Martinez ?

– Affirmatif. Il a admis l'avoir déjà vue là-bas.

– Il est fiable ?

– À 100 %. On le tient par les noisettes pour une vilaine histoire de mineur.

– Mineur ou mineure ? demanda Léo en appuyant sur le e.

– Mineur. Akam aime les garçons, de 7 à 77 ans.

Léo digéra l'information en silence avant de reprendre :

– Et le type cagoulé ? Il a pu en dire quelque chose ?

– Rien. Martinez ne venait pas souvent et toujours seule.

– Dommage. Bon, donc votre gars est censé m'avoir filé le code d'entrée ?

– Exact. Ça ne marche que par parrainage. Ils ne veulent pas avoir de mauvaise surprise.

– Pourtant on dirait qu'un cinglé a réussi à infiltrer leur petit terrain de jeu, fit observer Léo.

Favelli en convint.

– Potassez bien le manuel avant d'y aller, ajouta-t-il. C'est un milieu très protocolaire. Le moindre faux pas vous fera perdre toute crédibilité. Et prenez des espèces. Ni chèques ni CB et les consos sont hors de prix.

– Et cet Akam, il sera là ?

– Non, il est à Marseille pour acheter de la dope.

– Un monsieur très occupé, à ce que je vois.

– Ses affaires tournent bien. Un pro de la chnouf. Mais il ne faut pas se fier à son côté Vieille France. C'est un tueur.

Léo le remercia pour ses conseils et lui demanda de procéder aux mêmes investigations pour Laetitia.

Après avoir raccroché, il s'étira longuement, exécuta

une série de crochets rapides contre son ombre et décida de se rendre au club sans nom dans la soirée.

Toute à ses réflexions, Émilie n'avait pas vu le temps passer et fut presque surprise quand Arnaud entra au salon en dénouant sa cravate Hermès en twill de soie, un modèle orange orné de petits éléphants volants.

– Je suis vanné ! lança-t-il. Et toi, ça va, ma beauté ?

Il l'embrassa sur les lèvres, légèrement.

– Ça va très bien ! annonça Émilie. Et dès que tu es là, ça va encore mieux !

Elle regretta aussitôt ce qu'elle venait de dire, ça faisait bécasse fusionnelle, et se leva vivement en proposant un apéro.

Elle revint avec deux Desperados bien fraîches et ils trinquèrent.

– Qu'est-ce que tu as fait aujourd'hui ? s'enquit Arnaud tandis qu'Émilie lui essuyait avec l'index la moustache blanche laissée par la bière au-dessus de sa lèvre supérieure.

– Oh, plein de trucs, répondit-elle évasivement. J'ai presque fini de trier tout le bric-à-brac, là-bas. Au fait…

Elle se leva, alla chercher le trousseau de clés sans étiquettes.

– Sais-tu s'il y en a une là-dedans qui ouvrirait l'ancienne chambre de Térésa ?

Il les examina soigneusement, pointa le doigt vers une grosse clé rouillée.

– Celle-là peut-être ? À mon avis, tu vas devoir toutes les essayer !

– Et celle de la petite porte dans le placard ?

– Quelle petite porte ? demanda Arnaud en regardant sa bière.

– La petite porte dans le placard, là où tu m'as retrouvée enfermée l'autre jour, expliqua Émilie.

– Ah, celle-là ! Il ne faut pas y aller, ça donne sur les combles, c'est très dangereux. Mon père nous avait formellement interdit de nous y rendre. À mon avis, il a dû jeter la clé.

– Mais après sa… sa disparition, tu n'as jamais eu envie d'aller voir ?

– De vieux combles pourris ? Non. Je n'y ai plus jamais pensé jusqu'à ce que tu m'en parles, en fait. Je ne mets quasiment jamais les pieds là-bas, tu sais. C'est un peu comme si ça ne faisait pas vraiment partie de la maison.

Et pourtant, songea Émilie, ça en faisait suffisamment partie pour que ton cher papa y fasse l'amour, attaché à cette foutue chaise, avec sa maîtresse à califourchon sur lui !

Elle profita de ce qu'Arnaud savourait sa bière, l'air détendu, pour poser ses banderilles.

– Pourquoi ne m'as-tu pas dit que tu étais en classe avec Sonia-Lisa ?

Il marqua un temps d'arrêt.

– Tu as l'art de sauter du coq à l'âne, ma puce ! Quel rapport avec la maison ?

– Oh, c'est juste que je l'ai reconnue sur la photo, tu sais. Et Internet précise qu'elle a été élève dans votre lycée.

– On ne se fréquentait pas beaucoup.

– Suffisamment pour que tu l'invites à l'anniversaire de ton père, fit-elle observer.

– Non, à notre fête d'après bac, la corrigea-t-il. C'est ma mère qui avait insisté. Le père de Sonia était prof de gym au lycée et sa mère travaillait au réfectoire. Ils étaient en train de divorcer, si je me souviens bien. Elle était un peu paumée. C'était notre devoir d'aristocrates chrétiens de l'inviter. Une bonne œuvre en quelque sorte, ironisa-t-il.

– N'empêche que l'autre soir au resto japonais, toi et Diego avez fait comme si vous la connaissiez à peine !

– Mais pas du tout, protesta Arnaud. Tu m'as demandé si je la connaissais, je t'ai répondu que oui, et j'ai parlé de la dernière fois qu'on l'avait vue, à Cannes.

– Oui, mais tu ne m'as pas dit qu'elle avait été en classe avec vous ! insista Émilie.

– Je n'en voyais pas l'intérêt. C'est si loin tout ça. J'ai d'autres choses en tête en ce moment que mes souvenirs de lycée ! lança-t-il en écrasant sa boîte de bière de sa main puissante. On dîne ? Je meurs de faim.

Dépitée, Émilie acquiesça. Ils passèrent à table et dînèrent malgré tout tranquillement, puis Arnaud proposa de regarder le DVD de *Little Miss Sunshine* et, bien malgré elle, Émilie rit de bon cœur pendant tout le film, sans cesser cependant de penser avec un certain malaise à tout ce qu'elle avait découvert et au fait qu'Arnaud ne devait jamais apprendre que son père n'était qu'un vieux bouc dont la cruauté mentale avait poussé sa femme à la déchéance.

Au moment d'aller se coucher, elle s'aperçut que le trousseau n'était plus sur la table de la salle à manger.

– C'est toi qui as rangé les clés ? demanda-t-elle à Arnaud qui se brossait les dents.

– Je les ai mises dans le tiroir de la desserte, répondit-il.

Puis il se tourna vers elle et lui souleva doucement le menton :

– Promets-moi quelque chose, dit-il.

– Quoi donc ?

– Promets-moi de ne pas essayer d'ouvrir cette porte.

Elle essaya de rouler des yeux innocents, mais Arnaud resserra sa prise.

– Tu sais très bien de quelle porte je parle. Promets-moi, Émilie, je suis sérieux. Il n'y a que des poutrelles et un plancher pourri. Si tu passes au travers, tu t'écrases sept mètres plus bas.

– Je te promets, maugréa-t-elle en s'écartant.

– Merci. Je ne veux pas être inquiet en pensant à toi, ajouta-t-il en la serrant dans ses bras.

« Tu n'as qu'à être là plus souvent », murmura une petite voix furieuse dans la tête d'Émilie, qui resta silencieuse.

Léo avança lentement dans la pénombre, foulant une épaisse moquette noire. Le bar, un comptoir en fer à cheval, en vrai zinc, occupait le mur du fond. De luxueux canapés en cuir bordeaux étaient disséminés dans la pièce, autour d'une petite piste circulaire, éclairée par un spot doré.

Un couple d'âge mur, très classique, était assis sur un des canapés et buvait du champagne. Deux hommes en blazer bleu marine discutaient accoudés au bar derrière lequel officiait un immense black au crâne rasé, engoncé dans une veste blanche à boutons dorés. On était loin du look décontracté et Léo se félicita d'avoir enfilé un sobre costume gris en flanelle.

Pour se donner le temps d'examiner les lieux, il se campa devant une affichette placardée au mur. Elle montrait une jeune femme bâillonnée, menottée, en corset de cuir noir découvrant une paire de seins aux tétons enserrés dans des pinces métalliques et annonçait la prochaine « Vente aux Esclaves ». « *Dress Code : Strict Fetish.* Tenue intégrale noire acceptée. » Tout un programme, se dit Léo en se retournant pour affronter le reste de la soirée.

Une femme, la quarantaine, de longs cheveux blonds noués en un chignon strict, vêtue d'un fourreau noir fendu sur le côté, se détacha soudain de l'obscurité et vint à sa rencontre. Elle tenait une courte cravache pointée vers le sol.

Léo détailla son visage autoritaire, mâchoire carrée, nez droit, yeux pâles. Un petit côté nurse nazie, se dit-il en souriant intérieurement.

– Je ne crois pas avoir déjà eu le plaisir de vous rencontrer, monsieur… dit la femme sans lui tendre la main.

Elle avait une agréable voix grave.

– Del Lucca, dit Léo en s'inclinant légèrement.

– Et vous avez eu connaissance de notre petit cénacle…

– C'est Akam qui m'a conseillé de venir.

– Ah, vous êtes un ami d'Akam, dit-elle en se radoucissant. Bienvenue au Spanking Club dans ce cas. Que désirez-vous boire ?

– Une coupe, répondit Léo en se hissant sur un haut tabouret rouge.

La femme fit un signe au barman et prit place sur le tabouret voisin.

– Je m'appelle Renée, dit-elle. Je suis la Maîtresse de Maison.

– Enchanté, répondit Léo en levant sa coupe pétillante.

Devait-il lui offrir à boire ?

– Nous avons une jolie petite séance de paddle prévue ce soir, ajouta Renée en souriant.

– Pour ma part, je préfère la tawse, répliqua Léo, mais le paddle a aussi son charme.

– La tawse demande beaucoup de sûreté, elle peut être redoutable, dit Renée en le regardant dans les yeux.

– C'est ce qui fait son intérêt, répondit laconiquement Léo.

À ce moment-là, un couple fit son entrée, une brune avec des couettes, très en chair, boudinée dans un ensemble d'écolière anglaise, jupe plissée et blazer, suivie d'un grand chauve moustachu. Renée se laissa glisser de son tabouret pour les accueillir chaleureusement et Léo poussa un soupir de soulagement : apparemment, il avait passé l'examen théorique avec succès. Restait la partie pratique. Et comment aborder le sujet d'Alexandra Martinez ?

Il regretta un instant de ne pas s'être fait accompagner par François, mais deux hommes seuls, inconnus, le même soir, ça faisait un peu suspect.

Le sas de l'entrée s'ouvrit de nouveau, laissant passer une femme toute en cuir noir et coiffée d'un casque de moto intégral. Il y eut un léger frémissement dans l'assistance.

– Miss O chuchota Renée à Léo avec déférence.

Sans ôter son casque et sans saluer personne, la femme traversa posément la salle et alla se poster devant les deux hommes au bar. Ils se levèrent aussitôt, rectifiant nerveusement leurs nœuds de cravate. Ils avaient le costume et la coiffure de jeunes collégiens, mais accusaient bien la cinquantaine.

Se faisait-elle appeler Miss O en référence à *Histoire d'O*, ce grand roman érotico-SM qui avait fait scandale en son temps ?

Sans se retourner, elle tendit la main et Renée lui remit la cravache. Toujours sans rien dire, elle la pointa vers l'un des deux hommes qui déglutit nerveusement. La femme fit siffler la cravache et il se mit à quatre pattes.

Puis il la suivit en se dandinant grotesquement jusqu'à la petite scène. La musique, de l'électro discret, fut remplacée par un récital d'orgue, lourd et pompeux, diffusé à un volume élevé.

Renée avait regagné son tabouret près de Léo, un sourire aux lèvres.

– Miss O est très bonne à la peitsche, lui chuchota-t-elle.

Peitsche… Léo fit défiler son dico intérieur à toute allure. Ah oui, la cravache allemande, réservée aux adeptes de l'éducation à l'allemande, plus proche du SM pur et dur que des ludiques fessées à l'américaine, se remémora-t-il, pendant que le pseudo-collégien, toujours à quatre pattes, baissait son pantalon et présentait son postérieur gras et velu au spot central.

Les spectateurs s'étaient levés, les yeux brillants.

Miss O leva le bras armé de la redoutable peitsche et l'abattit à la volée. L'homme couina et elle le frappa derechef, plus fort. Il couina encore et la correction commença. C'était à la fois triste et fascinant.

– Vous m'aviez parlé d'une séance de paddle, murmura Léo à Renée lors d'une pause.

– Miss O nous a fait l'honneur de passer à l'improviste, expliqua Renée avec déférence. La séance de paddle aura lieu tout à l'heure. Vous l'aviez déjà vue en action ? reprit-elle avec un geste du menton en direction de la femme casquée.

– Je n'avais pas eu cette chance, mais Akam m'en a dit le plus grand bien, dit Léo qui avait l'impression de nager en plein rêve éveillé.

Renée le regarda bizarrement.

– Il peut, lâcha-t-elle, c'est sa Dominatrice.

– Pour ma part, les croupes d'homme me laissent indifférent, ma préférence va aux Vénus callipyges, j'aime les gros culs rebondis qui rougissent généreusement, ajouta-t-il rapidement, utilisant les mots employés dans le magazine.

– Un vrai mâle ! persifla Renée en lui tapotant le bras. Miss O a un succès fou, reprit-elle. C'est une virtuose.

Miss O avait-elle « corrigé » Martinez ? se demanda Léo tout en regardant avec un léger écœurement le large postérieur zébré et cramoisi de l'homme à quatre pattes qui léchait goulûment les bottes de la femme casquée, laquelle l'envoya bouler au sol. L'assistance applaudit discrètement et la femme salua, une main sur le cœur, puis se dirigea vers Renée.

Léo crut la voir marquer un temps d'arrêt en l'apercevant, avant qu'elle remette théâtralement la cravache à Renée qui la remercia cérémonieusement. Que de chichis pour une simple raclée, se dit-il en examinant Miss O à la dérobée.

Mince, les épaules larges, la taille fine, pas très grande. Un ninja en cuir noir.

Qui regagnait le sas et disparaissait comme un rêve. Ou un cauchemar ?

Léo regarda sa montre. 22h46. L'homme fessé s'était rhabillé, en extase. Son compagnon le pressait de questions.

Il observa de nouveau les membres présents. Aucun dont la silhouette lui rappelle l'homme de la photo.

Il décida de tenter sa chance.

– J'avais une amie qui appréciait beaucoup la canne, lâcha-t-il. Alexandra. Nous nous sommes perdus de vue il y a longtemps, hélas. Ce serait une bonne surprise de la retrouver ici.

Renée se tourna vivement vers lui.

– Akam ne vous a pas dit ce qui lui était arrivé ? lui demanda-t-elle.

– Non, je ne lui ai pas parlé d'elle, je viens à peine d'y repenser, en voyant Miss O en action. Alexandra avait un peu la même silhouette, improvisa-t-il, des gouttelettes de sueur dans la nuque.

– Cette pauvre Alex ! Elle est morte, lâcha Renée froidement.

– Vous plaisantez ? hoqueta Léo, en espérant être convaincant.

– Hélas non. Vous ne lisez pas les journaux, mon cher ?

– Pas souvent. Je voyage beaucoup. Elle a eu un accident ?

Elle le jaugea, puis détourna la tête.

– Si l'on veut. Elle est tombée sur un fou qui l'a poignardée.

– Un de ses partenaires ?

Renée leva les deux mains comme pour se protéger d'une telle éventualité.

– Ne dites pas de bêtises. Pourquoi un amateur éclairé de spanking aurait-il envie de trucider sa compagne de jeu ? C'est le *vulgus pecus* qui confond pratiques SM et sadisme meurtrier.

– Quelqu'un pourrait dissimuler ses vrais penchants ou perdre brusquement le contrôle, dit Léo. Elle avait un partenaire attitré ?

– Akam ne vous a pas dit que le libre-échange était une de nos valeurs de base ?

Elle avait l'air vraiment méfiante maintenant. Léo fit signe au barman de lui servir une autre coupe et lui en proposa une, mais elle déclina son offre et se leva.

– La séance de paddle va commencer, lui dit-elle en désignant la scène.

La jeune femme bien en chair vêtue en collégienne se tenait sous le spot, un doigt dans la bouche, la mine contrite. Son partenaire, le grand chauve, mimait un vif mécontentement et lui indiquait le sol d'un index inflexible. La collégienne punie s'agenouilla, posant le front contre le sol, et releva sa jupette à deux mains, dévoilant un imposant fessier. Le chauve leva le paddle et commença à l'appliquer sans ménagement.

Excité malgré lui par ce postérieur offert et rougissant, Léo tenta de se concentrer sur son champagne.

– Vous voulez participer ? lui demanda brusquement Renée avec un petit air narquois.

Le chauve, en sueur, lui tendait le paddle en souriant.

– Pas ce soir, merci.

Le visage du chauve se contracta, comme s'il était vexé que l'on refuse de fesser sa compagne, et il tourna les talons pour tendre le paddle à l'homme âgé sur la banquette.

Celui-ci le remercia et se dirigea d'un pas lent et lourd de menaces vers la malheureuse toujours agenouillée, les fesses tremblotantes.

La correction recommença, plus lente et plus forte, et la femme poussait des petits gémissements que tous semblaient savourer.

Léo croisa désespérément les jambes. Sur ces entrefaites, la porte s'ouvrit une fois de plus, laissant entrer deux hommes.

Le plus jeune, piercing à la narine, en jean et veste de cuir brun, s'arrêta pour admirer la correction administrée par l'homme âgé. Le plus vieux, en complet gris, chemise parme à fines rayures, s'approcha en roulant des hanches pour saluer Renée, qui semblait curieusement pétrifiée.

– Je te croyais en province, lui dit-elle en s'efforçant visiblement d'être aimable.

– Les avions étaient en grève, minauda-t-il en posant les yeux sur Léo. Tu nous présentes ?

– Bien sûr, fit Renée, les yeux étincelants, tout en faisant signe à l'imposant barman. Monsieur Del Lucca, Akam…

Bon Dieu ! Léo faillit dégringoler de son tabouret. Qu'est-ce qu'il foutait là, ce con ?!

Akam lui tendait une main manucurée :

– Enchanté.

– Ne te réjouis pas trop, je crois que M. Del Lucca va nous quitter plus vite que prévu, dit Renée. Kevin !

Kevin déboula de derrière le bar. 1,90 m, 100 kg, une posture corporelle traduisant la pratique des arts martiaux.

– Que se passe-t-il ? demanda Akam en passant la main dans ses épaisses boucles grises – mais Léo vit à son regard vacillant qu'il avait compris sa bourde.

– Ce monsieur a prétendu venir de ta part, lui expliqua Renée, les sourcils froncés.

– Ce doit être un malentendu.

– Et le code ? Il l'a eu comment ? Par un de tes jeunes protégés, je suppose ! Tu n'es pas assez prudent ! Ces garçons te tueront un jour ! Allez, dégagez, fit-elle à l'intention de Léo.

Le grand Kevin serra les poings.

Léo hésita un instant à se laisser entraîner dans un beau combat, mais, la prudence l'emportant, il se dirigea tranquillement vers la sortie, escorté par un Kevin menaçant.

Une fois sur le trottoir, après que Kevin eut claqué la lourde porte, il expira longuement. Il avait tout foiré et dans les grandes largeurs ! Il s'adossa sous le porche de l'immeuble voisin pour se protéger du crachin et alluma une cigarette, se repassant le film de la soirée : le derrière velu du cadre supérieur, les fesses ballottantes de la fausse collégienne, le sérieux imperturbable de l'assistance, le côté mère maquerelle de Renée, Miss O sanglée dans sa combinaison de cuir et maniant la cravache, le grand Kevin et son uniforme trop petit, et pour finir, Akam, caricature de l'homo maniéré, foutant en l'air sa piètre couverture. Une sous-production porno soft bas de gamme, la honte !

Le fou rire s'empara de lui, irrépressible, et il se laissa aller. Il n'avait absolument rien appris d'intéressant ! Et il n'avait pas non plus pu poser de questions sur Laetitia. Un fiasco.

Il se rencogna plus confortablement à l'abri du porche. Akam finirait bien par sortir.

Il consulta son portable, qu'il avait laissé sur vibreur. Deux appels. Le premier du petit Ruiz. Ambrosio était passé à la galerie discuter avec son acheteur anglais, puis, l'air très satisfait, était rentré chez lui se changer avant de se rendre à une réception au musée du quai Branly. Il n'avait l'air ni perturbé ni soucieux, juste pressé et affairé.

Le deuxième appel émanait de Coulanges. Sa coloriste s'était souvenue qu'une fois, cet été, Laetitia avait quitté le salon en compagnie d'un de leurs clients, M. Ambrosio. Ils en avaient d'ailleurs plaisanté, mais ça lui était sorti de la tête.

Quelle heure était-il ? 23h40. Il rappellerait Coulanges le lendemain matin. Il composa le numéro de Ruiz qui répondit à la première sonnerie. Ils bavardèrent un moment et Ruiz lui confirma qu'Ambrosio venait de rentrer chez lui. Léo le remercia et lui dit d'aller se coucher. Ruiz éclata de rire : sans vouloir lui manquer de respect, à vingt-huit ans, il n'avait pas l'intention de se mettre au lit comme un vieux ! Il avait rendez-vous avec des potes aux Bains-Douches.

Léo reprit sa faction, occupant le temps en regardant passer les gens, fêtards éméchés, couples d'amoureux, bandes de jeunes surexcités, hommes d'affaires en goguette, tout en tripotant son téléphone : effacer les anciens messages, mettre à jour le répertoire, faire le vide dans les mémoires saturées, se connecter au Web pour suivre les résultats du match de rugby de la soirée, bref, faire joujou.

Il était en train de réenregistrer son message d'accueil quand il vit Akam sortir de sa démarche chaloupée et ouvrir un grand parapluie noir à l'ancienne. Il le rejoignit en deux enjambées.

– Mon Dieu, vous m'avez fait une de ces peurs ! glapit celui-ci en reculant.

Et Léo vit qu'un cran d'arrêt était apparu comme par miracle au bout de sa main tavelée.

– J'ai failli vous éventrer, inspecteur ! ajouta-t-il, affable.

– Capitaine.

– Aucune importance. C'est du pareil au même, n'est-ce pas ?

Léo balaya la remarque d'un geste.

– Qu'est-ce que vous foutiez là ce soir ? Vous étiez censé être à Marseille.

– Notre ami ne m'a jamais dit que c'était ce soir que vous deviez vous rendre au club ! protesta Akam à voix basse. Je n'ai pas pu me rendre à Marseille à cause de la grève. Je suis désolé, je ne voulais pas vous mettre dans l'embarras.

Léo considéra le vieux truand.

– OK, OK, on oublie. Parlez-moi de Laetitia Galland.

– Qui ça ?

Léo exhiba la photo du permis en se maudissant de ne pas en avoir apporté de plus récente.

– Ne restons pas là, dit Akam. C'est trop exposé.

Ils tournèrent dans une ruelle malodorante et peu fréquentée. Un type pissait contre une poubelle.

Akam se pencha sur la photo et l'examina attentivement à l'abri du grand parapluie.

– Alors ? s'impatienta Léo.

– Elle me dit quelque chose. En plus vieux.

– Exact, elle avait dix ans de plus que sur cette photo.

– « Avait » ? Il lui est arrivé malheur ?

– Comme à Alexandra Martinez. Apparemment, vous avez un sérieux problème avec l'un des membres du club.

– Ces jeunes femmes ne fréquentaient peut-être pas que celui-là.

– Notre ami n'a rien dégotté ailleurs.

– Les gens parlent ou se taisent, c'est selon.

– Vous en avez beaucoup en réserve, dans le même genre ?

Akam leva les yeux au ciel. Le cran d'arrêt avait réintégré sa cachette, le long de l'avant-bras, sous la chemise parme. Léo nota les boutons de manchettes en nacre en forme de coquillages.

– Qui a parrainé Martinez ? demanda-t-il soudain.

– Je l'ignore.

– Renée doit le savoir.

– Je lui poserai la question, mais je ne crois pas que ce soit le moment, dit Akam avec un sourire.

– Renseignez-vous aussi pour Laetitia. C'était son nom, dit Léo en pointant la photo.

– Laetitia, répéta Akam. On l'a poignardée, elle aussi ?

– Non. Battue à mort. On a retrouvé son corps nu en bordure d'une départementale.

– Ça ressemble aux méthodes des frères Lazaref, fit Akam. Vous avez pensé à un lien avec ce que vous appelez « le crime organisé », au lieu de vous polariser sur notre modeste club ?

– Je suppose qu'en tant que criminel parfaitement organisé, si ces filles avaient été exécutées par vos confrères, vous l'auriez su ?

Akam jaugea froidement Léo et celui-ci entr'aperçut à nouveau le reptile glacé sous la défroque du vieux gay. Puis Akam siffla, une fois, et l'ivrogne qui avait pissé derrière la poubelle les rejoignit d'une démarche parfaitement assurée et Léo reconnut le jeune homme au piercing, en jean et veste de cuir.

Il y avait donc une sortie par l'arrière du club.

Le type s'arrêta à leur hauteur, une main dans la poche. Le piercing brillait à sa narine gauche.

– On rentre, Émir, dit Akam. Bonsoir, capitaine.

– Merci pour votre aide, dit poliment Léo. N'oubliez pas de vous renseigner pour le chaperon d'Alexandra.

– Je ne pense pas que notre ami commun me laisse le loisir d'oublier, fit remarquer Akam en s'éloignant, un bras posé sur le robuste avant-bras du dénommé Emir.

Léo les regarda s'éloigner, perplexe. Et si les deux victimes avaient effectivement des liens avec des gangs ? Et si c'était ce cher Akam lui-même qui leur avait réglé leur compte ? Parce qu'elles étaient en dette avec lui ?

Ça ne tenait pas debout, décida-t-il en descendant l'avenue. Akam n'aurait pas envoyé quelqu'un poignarder trente fois Alexandra Martinez. Non, la piste du club était bonne. Mettre Ruiz en faction toute la semaine pour voir si Ambrosio s'y pointait. Ou quelqu'un qui puisse être leur inconnu cagoulé.

Chapitre 13

Le café fumait, à la lueur douce de l'abat-jour orangé. Émilie but délicatement une gorgée. Arnaud pestait dans la chambre en changeant hâtivement de pantalon : il venait de se tacher. Il revint dans la cuisine en finissant de rentrer les pans de sa chemise dans sa ceinture, ce qui émut inexplicablement Émilie qui lui caressa le poignet.

Après son départ, elle emporta les tasses à la cuisine et vit par la fenêtre le VDD qui remontait l'allée, coiffé d'un seyant foulard de pluie en plastique transparent. Un modèle « vintage » qui devait valoir de l'or !

Elle s'éclipsa pendant que Térésa ouvrait la porte d'entrée et fila directement dans l'aile abandonnée, munie du précieux trousseau de clés récupéré dans la desserte.

Elle les essaya toutes sur toutes les portes, ce qui lui prit un temps fou. Il fallait repérer les clés dont la forme pouvait coller avec la serrure envisagée. Mais ces maudites clés se ressemblaient toutes. Après avoir tâtonné et cafouillé à qui mieux mieux, elle avait réussi à identifier les clés de la salle de bains à la baignoire abîmée, de la nursery et de deux ou trois autres petites pièces dont celle, jusque-là fermée, qui jouxtait la nursery.

Une chambre, effectivement, meublée d'un lit à une place sans matelas, d'un seau hygiénique et d'une table en bois.

Le sommier à sangles était taché par endroits, on aurait dit du sang, du vieux sang séché, beurk.

Elle s'approcha de la table, tout éraflée. Aperçut un tiroir. Le tira. Il ne contenait qu'une lanière de cuir tressée, d'une quarantaine de centimètres, munie d'une poignée.

Curieuse, Émilie la souleva. Une laisse pour chien ? Le cuir était en bon état, comme si on l'avait graissé. Bon, aucun intérêt. Elle reposa la laisse sur la table et ressortit, évitant soigneusement de s'approcher du seau hygiénique qui semblait dégager une vieille odeur d'urine, ce qui était bien entendu impossible après tant d'années.

Elle continua à assortir clés et serrures en pestant et se trouva finalement devant l'affreux placard à la chaise. Il lui restait quatre ou cinq clés non identifiées. Mais elle avait promis à Arnaud. Une promesse inconsidérée, soit dit en passant. Était-elle assez stupide pour aller gambader dans des combles au plancher pourri ? Elle voulait juste y jeter un coup d'œil.

Pour quoi faire ? Elle dut s'avouer qu'elle n'en savait rien. Curiosité génétiquement héréditaire de la moitié femelle de l'espèce ? Besoin d'explorer tout le territoire du foyer ? De s'assurer que tout était en ordre ? En tout cas, ça la démangeait d'enfreindre la parole donnée.

Elle s'ordonna de faire volte-face. Et entra dans le placard. Cet endroit la fascinait autant qu'il la repoussait. Après avoir rituellement bloqué la porte en position ouverte, elle avança jusqu'au mur.

Petite porte magique, quel est ton secret ?

Elle éleva le trousseau à hauteur de ses yeux, toujours hésitante. Une promesse était une promesse, se serina-t-elle encore une fois.

Mais son regard, plus rapide que sa pensée, lui avait déjà appris que, de toute façon, aucune des grosses clés qu'elle tenait en main ne pouvait aller dans la petite serrure.

Elle n'aurait pas à mentir.

Elle tourna les talons en soupirant. Curieux, quand même, il lui semblait bien avoir vu la veille au soir une petite clé plate parmi les autres.

Arnaud l'aurait-il enlevée ? Il n'avait donc pas confiance en elle. Et il avait raison, puisqu'elle était prête à lui mentir !

Frustrée et perplexe, elle regagna le bâtiment principal.

Léo boxait contre son reflet dans la vitre, pour une fois propre, de son bureau. Un crochet pour ce menteur d'Ambrosio, deux uppercuts pour Môssieur Akam, tiens encore un petit direct au foie pour Ambrosio, hop hop, et…

La porte s'ouvrit derrière lui et il s'immobilisa aussitôt, se retourna en faisant mine de s'étirer.

Daguerre déposa un dossier sur son bureau en rigolant.

– T'as de la chance que c'était pas le patron ! T'as eu Coulanges ?

Léo opina.

– Oui, ce matin tôt. Il a confirmé sa déclaration. Il m'a donné le numéro de la coloriste, une Gina quelque chose, je l'ai appelée : elle se souvient parfaitement qu'Ambrosio et Laetitia ont quitté le salon ensemble, en fin d'après-midi, en juillet dernier. Le 13 juillet, exactement, elle a retenu la date à cause du lendemain, le 14.

– Donc, il nous a menti.

– On dirait. Ruiz est allé le chercher au saut du lit.

– J'ai vu. Monsieur attend en bas en tirant la tronche, dit François goguenard. Mais il a accepté de venir.

– Ça lui donne l'air innocent. Au fait, ils en sont où, pour le PC de Laetitia ?

– J'attends leur appel.

– OK, fais monter notre grand séducteur. Et demande à Favelli s'il a quelque chose sur une dominatrice qui se fait appeler Miss O. Cuir et casque de moto.

– Enfer et damnation, il y a pris goût, il va venir bosser avec des pinces à tétons, déclama François en levant les bras au ciel.

Léo fit mine de lui lancer le morceau d'obus qui lui servait de presse-papiers et Daguerre sortit en ricanant.

Cinq minutes plus tard, il revenait, précédant un Ambrosio peu amène. Léo lui fit signe de s'asseoir.

Ambrosio obtempéra en grommelant.

– Vous savez que je n'ai pas que ça à faire, répondre à vos convocations farfelues ? attaqua-t-il bille en tête.

– Le 13 juillet, dit Léo.

– Pardon ?

– Le 13 juillet dernier, qu'avez-vous fait ?

– Si vous croyez que je m'en souviens… Vous vous rappelez, vous, ce que vous avez fait le 13 juillet ?

– Je passais les menottes à un type qui avait secoué son bébé à mort.

– Je suppose que ça vous fait plaisir de me balancer ça ?

– Vous voulez bien répondre à ma question ?

– Je n'en sais rien, de ce que j'ai fait le 13 !

– Généralement, on mémorise mieux les événements liés à des dates repères, comme Noël ou Pâques ou le 14 Juillet, dit Léo, affable.

– Oui, eh bien moi, je n'en sais rien.

– Pas de défilés ? Pas de vernissage ? Vous étiez peut-être en vacances ?

– Non, je suis parti en septembre. En juillet, il y a trop de juilletistes.

– Judicieuse observation.

À ce moment-là, on toqua à la porte et un jeune flic entra portant une enveloppe qu'il tendit à Léo. Celui-ci s'excusa et l'ouvrit. Elle contenait la reproduction couleur d'une photo.

Laetitia Galland en jupe plissée et chemisier blanc, agenouillée front contre terre, fesses dénudées. Et debout derrière elle, nu et l'air un peu hagard, Théodore Ambrosio, en pleine érection, un martinet à la main.

Léo contracta les mâchoires. Replaça délicatement la photo dans l'enveloppe bulle.

– Et donc le 13, vous étiez à Paris ? reprit-il.

– Sans doute.

– Vous avez dîné avec des amis ? Préparé vos petits drapeaux pour le défilé du lendemain ?

– Je vous dis que je ne me souviens pas.

– C'est ce soir-là que vous avez couché avec Laetitia Galland pour la première fois ?

Ambrosio sursauta, blêmit.

– Je…

– Si c'est encore pour me sortir un mensonge, il vaudrait mieux pour vous que vous la fermiez, lâcha Léo, tranchant. François, va prévenir le juge qu'on va sûrement avoir une garde à vue.

– Mais qu'est-ce que… ? Vous ne pouvez pas… protesta Ambrosio, affolé.

– Je peux et je le ferai si je l'estime nécessaire, dit Léo tandis que François se tenait près de la porte. Nous, les flics, nous sommes les champions de la répression arbitraire et autoritaire, vous le savez bien. À propos d'autorité… ça vous faisait bander de la fouetter ?

– Vous êtes fou ! glapit Ambrosio en se soulevant de son siège.

Léo se leva à son tour, se pencha en avant.

– Vous saviez qu'elle vous prenait en photo ? À poil, avec votre bide, votre pauvre engin et le martinet ?

Vous croyez que ça ferait bien, encadré, dans une de vos expos ?

– Vous mentez !

– Ah oui ?

Léo exhiba la photo, la tenant entre deux doigts, assez loin pour qu'Ambrosio ne puisse pas la lui arracher.

– La salope ! siffla celui-ci entre ses dents. La petite salope !

– Vous parlez d'une morte. D'une femme assassinée, lui fit remarquer Léo.

– Ce n'est pas ce que vous croyez, dit Ambrosio en s'essuyant le front. Je ne l'ai jamais frappée !

– François ! Approche, monsieur a une bonne blague à nous raconter.

– C'est elle, c'était une malade ! gémit Ambrosio en se laissant retomber sur son siège inconfortable.

Léo se rassit, et appuya son menton sur ses mains, en posture d'écoute attentive.

– OK, je vous ai menti, commença Ambrosio en contemplant ses mains posées sur ses genoux. Je la connaissais. Je l'avais repérée chez Coulanges, je la trouvais mignonne, plutôt classe, un petit côté podium…

– Comme les autres, dit François dans son dos.

– Si vous voulez. J'aime les filles taille mannequin, avec du style, c'est interdit ?

– Non, mais les assassiner, oui, dit Léo.

– Je ne l'ai pas tuée ! Je n'ai tué personne ! Bon sang, je ne me suis même jamais battu de ma vie ! Vous me voyez prendre un couteau et poignarder une femme ?

Silence.

– C'est elle qui m'a draguée, reprit-il nerveusement. Elle m'a proposé d'aller boire un verre et, de fil en aiguille, on s'est retrouvés chez elle. Et là, après les préliminaires, elle a filé à la salle de bains et elle est revenue déguisée en gamine, elle m'a collé ce truc dans la main et elle a voulu que je la frappe avec. Pour la punir d'être une vilaine petite fille.

Silence.

– Je lui ai dit que ça ne me plaisait pas. Le côté collégienne en chaleur, ça ne me branche pas. Elle s'est mise en colère, alors j'ai essayé, mais apparemment je ne faisais pas ce qu'il fallait, ça manquait de nerfs, et puis j'avais l'impression de réciter un texte ridicule.

Silence.

– Pour finir, on s'est quasiment engueulés, elle s'est relevée, je me suis rhabillé et je suis parti. C'est la seule et unique fois, merde !

Soupirs.

– Je ne vous en ai pas parlé parce que j'avais peur ! reprit Ambrosio plus calmement. Peur que vous me colliez son meurtre sur le dos.

– Qui a pris la photo ? demanda Léo.

– Pardon ?

– La photo. On vous y voit tous les deux ensemble. Donc c'est une troisième personne qui a appuyé sur le déclencheur. Qui ?

– Mais… je ne sais pas, je ne savais pas qu'elle nous photographiait, la garce !

– Il y avait donc un dispositif spécial permettant de prendre des photos à l'insu de ses partenaires, murmura Léo comme pour lui-même. François, vois ça avec les grosses têtes.

Daguerre sortit sans bruit.

Le portable de Léo sonna.

C'était Émilie de Béard.

– Je suis en rendez-vous, lui expliqua Léo.

– Ah, excusez-moi, c'était simplement pour vous signaler un outil abandonné près du cimetière d'animaux. Une sorte de levier en métal. Et une botte. Une botte de femme, taille 37.

Elle se sentait stupide, avait l'impression de bafouiller, d'être confuse.

– Je ne sais pas, enfin, si ça peut avoir de l'importance, c'est sûrement idiot, mais…

– Je vous rappelle, dit Léo en mettant fin à la communication.

Il ne fallait pas perdre le fil ténu qui s'était établi avec Ambrosio.

Émilie reposa le téléphone sur son socle, les joues en feu. Le Petit Cerdan avait dû la prendre pour une de ces pauvres petites filles riches à la Paris Hilton qui se croient le centre du monde. Toutes proportions gardées, bien sûr, l'héritage d'Arnaud étant une microscopique goutte d'eau comparé à l'océan de richesse des Hilton. Il n'allait certainement pas la rappeler.

Énervée et ayant besoin de s'occuper, elle entreprit de fouiller tous les tiroirs de leur chambre pour dénicher la fameuse clé qu'Arnaud avait dû ôter la veille.

Léo regardait Ambrosio boutonner précipitamment son manteau et gagner la sortie, les épaules rentrées, comme s'il craignait à chaque seconde qu'on le rappelle.

Il pouvait se tromper, mais il était prêt à parier que ce n'était pas lui le coupable. Trop couard. Trop préoccupé de son petit bien-être pour éprouver les incoercibles émotions passionnelles qui conduisent au meurtre.

Ceux qu'il appelait « les petits-bourgeois du Moi » ne s'adonnaient jamais au terrorisme de l'homicide.

Daguerre surgit, brandissant son carnet.

– Ils ont trouvé chez Galland une télécommande à infrarouge, une Canon WL-DC 100, lut-il. Ça pèse à peine dix grammes. Justin m'a expliqué que ça pouvait déclencher à distance l'obturateur d'un PowerShot série G ou d'un Canon Digital IXUS 300.

– Il y en avait un ?

– Non. Mais dans sa bécane, il y a des photos qui ont pu être prises par un IXUS 300.

Léo se tapota les dents avec son stylo.

– Ouais… je suppose que c'est un numérique petit format, ton IXUS ?

– Oui, 9 × 3 × 6,5.

– Donc, on peut imaginer qu'elle le posait près de l'ordinateur, le genre d'objets devenus tellement familiers qu'on n'y fait plus attention. Puis elle s'installait toujours au même endroit, pour être dans le cadre prédéterminé de la prise de vue et elle appuyait sur la télécommande pendant l'action.

– Et l'appareil, il est passé où ?

– Elle l'a emporté avec elle. Ou quelqu'un l'a pris. À quoi elles ressemblaient, les photos stockées ?

– La famille, des copains et des copines, des fiestas, un voyage à Berlin, bref, rien que du normal. Mais…

François s'interrompit, un doigt levé.

– Arrête ton cinéma ! lança Léo.

– Mais, cachés dans son fond d'écran, ils ont trouvé des clichés un peu plus personnalisés.

– Je vais t'étriper dans deux minutes.

– L'impatience de la jeunesse !

Léo se leva, menaçant.

– Bon, bon, je me rends. Elle utilisait, elle aussi, un logiciel de stéganographie. Pour crypter les images. Sous les petits poissons roses nageant sur l'écran, ils ont découvert des images SM la mettant en scène dans des postures soumises. Avec des mecs et des nanas.

– Des nanas ?

– Mmm. Dont ta Miss O. La femme au casque intégral.

Léo leva brusquement la tête.

– Elles se connaissaient. Martinez et Galland. Elles faisaient partie du même réseau. Et Miss O aussi. Elles fréquentaient les mêmes types.

– Alors, on est tout près. Bon sang, il doit quand même pas y avoir de millions d'accros à la fessée dans Paris ! s'écria François.

– Apparemment plus qu'on ne croit. Ça fait partie de beaucoup de rituels de domination. Des visages identifiables sur ces photos ?

– Deux ou trois mecs. Justin les a refilés à l'Identité. Et puis un cagoulé.

– Notre cagoulé ?

– Difficile à dire. Un, il ne se sert pas d'une canne mais d'une sorte de fouet en cuir. Deux, il y a pénétration, souligna-t-il.

– Avec les autres mecs aussi, il y a des rapports sexuels ?

– Ça dépend. Avec deux d'entre eux, il y a sodomie ; avec un troisième, fellation, et le quatrième, rien, juste la fessée classique. Tu nous entends parler ? ajouta François en tirant sur le col de son chandail beige. De vrais pros du sexe !

– La sinistre clinique du Dr Q, soupira Léo, démoralisé. Et les photos avec femmes ?

– Il y en a deux. Celle avec ta Miss O, qui manie vigoureusement une sorte de cravache. L'autre avec une blonde harnachée de vinyle, collier à clous et tout, qui lui enfonce son talon aiguille dans les reins. Favelli la reconnaîtra peut-être.

Léo se leva, il éprouvait le besoin familier de bouger, de s'aérer la tête.

– Il est tard, on va déjeuner ? proposa-t-il.

Daguerre fit non de la tête :

– J'ai promis à Nadia d'aller faire les courses avec elle. Entre midi et deux, c'est plus calme. On reçoit des amis ce soir. Tu sais, mon pote pharmacien et sa femme.

Léo acquiesça en enfilant sa veste, l'esprit ailleurs.

Il crevait de faim, se dit-il en se dirigeant rapidement vers un bar à sushis. Et se sentait fébrile. Comme un chien de chasse claquant des mâchoires en flairant la piste du gibier. Mais la piste pouvait se perdre dans les méandres opaques des occasions gâchées.

Il s'installa le long du comptoir en fer à cheval où les plats défilaient sur la glissière automatisée. Les sushis étaient bons et il empila bol sur bol avec voracité sans cesser de tourner et retourner en silence tous les éléments des deux dossiers. La vie n'était qu'un puzzle en 3D où chaque pièce avait sa place et ses connexions. On lui demandait juste de travailler sur un petit bout de l'immense fresque qui se jouait en temps réel. Ajuster Martinez à Galland. Trouver la pièce manquante aux bords ensanglantés.

Il repensa soudain au coup de fil d'Émilie de Béard. À son histoire d'outil dans les bois. Et si c'était avec ça qu'on avait tué Laetitia Galland ? Il fallait aller voir. Il demanda l'addition tout en sortant son portable.

Émilie se planta devant sa coiffeuse, les mains sur les hanches. Où Arnaud pouvait-il avoir rangé cette fichue clé ? Pas rangée : cachée. Il l'avait délibérément cachée. Comme si elle n'était qu'une petite fille capable de toutes les bêtises. Elle était sa femme ! Elle avait le droit de visiter cette baraque de fond en comble, c'était le cas de le dire. Comme s'il y avait quelque chose à cacher !

Quelque chose en rapport avec Charles ? Ce pervers avait pu utiliser ces combles, ça expliquerait qu'il ait interdit à tout le monde d'y accéder. Mais était-il plausible qu'Arnaud ait obéi sans rechigner ? Qu'il ne soit jamais allé voir de quoi il retournait, des années après le décès de son père ?

Oui, c'était possible. Qu'il ait refusé d'aller fourrer son nez dans la pièce secrète de Charles, de même qu'il avait certainement refusé d'admettre que son père cocufiait sa mère. Le genre de déni que les magazines vous expliquaient à longueur de page, rubrique « Pourquoi n'ai-je pas vu que cet homme avait déjà trois femmes, douze enfants et était un tueur récidiviste ? ». Parce que vous ne vouliez pas le voir.

Mais elle, elle voulait savoir. Et elle voulait cette clé.

Elle regarda autour d'elle. Elle avait bien sûr vérifié dans la desserte au cas où la clé aurait glissé dans le fond. Puis elle avait fouillé la console. Ensuite elle était passée à leur chambre. La commode d'Arnaud et la sienne. Le placard de la salle de bains. Et maintenant sa coiffeuse, un très beau meuble 1920, tout en miroiterie biseautée. Mais qui ne contenait pas la moindre clé.

L'idée lui vint soudain qu'Arnaud l'avait tout simplement emportée avec lui et elle se maudit de ne pas y avoir pensé. Mais oui, évidemment, il l'avait fourrée dans sa poche pour plus de sûreté.

Sa poche. Ce matin, le pantalon changé au dernier moment !

Elle fila fouiller le panier à linge dans la salle de bains, mais il était vide. Le VDD était passé par là. Pourvu qu'elle n'ait pas encore mis la lessive en route !

Émilie fonça à la buanderie : ouf, le sac de linge était posé dans la panière, près de la machine à laver. Elle se rappela soudain que Térésa ne faisait scrupuleusement tourner la machine que pendant les heures creuses.

Elle extirpa le pantalon d'Arnaud d'un tas de draps froissés. Rien dans la poche droite. Mais dans la poche gauche…

Une petite clé. Plate. La clé.

Elle était prête à se précipiter vers le petit placard quand son portable sonna. Elle décrocha.

– Excusez-moi pour tout à l'heure, mais j'étais en plein interrogatoire.

Le Petit Cerdan.

– Je comprends.

– Vous avez parlé d'un objet, un outil, je crois, que vous avez trouvé près du cimetière. Et d'une… botte aussi, c'est bien ça ?

– Oui, mais ce ne sont peut-être que de vieux trucs abandonnés, je ne veux pas vous déranger pour rien, dit-elle.

– On ne peut négliger aucune piste. Je peux être chez vous d'ici une heure, si vous voulez bien me montrer ça.

– Pas de problème, je vous attends.

Une heure. Elle irait visiter les combles plus tard. Elle mit la clé dans la poche de son jean et entreprit de se remaquiller.

Tout en conduisant sur le périphérique surchargé, Léo essayait de faire le point. Les photos SM liaient les deux meurtres de Martinez et Galland bien que leur *modus operandi* fût différent. Les deux femmes faisaient vraisemblablement partie d'un même réseau. Elles avaient toutes les deux dissimulé ces photos révélatrices dans leur ordinateur. Pourquoi ? S'adonner à la fessée et autres menus sévices entre adultes consentants n'était pas illégal. Cela tenait-il plutôt à la personnalité des protagonistes ? Des hommes influents ou connus qui ne voulaient absolument pas voir révéler leur goût pour les turpitudes sexuelles ? Du chantage ? Martinez et Galland se livraient-elles au chantage ?

Un poids lourd le klaxonna furieusement et il s'aperçut qu'il s'était rabattu trop vite. Il leva la main en signe d'excuse.

Où en était-il ? Ah oui, le chantage. Elles s'étaient

peut-être attaquées à un type qui n'avait pas voulu se laisser faire.

C'était l'option numéro 1.

L'option numéro 2 restait le psychopathe. Qui se laisse emporter par ce qui n'est au départ qu'une mise en scène et donne libre cours à sa soif de destruction.

L'option numéro 3 étant que, si elles avaient voulu faire chanter un psychopathe, cela avait pu déclencher l'onde de violence incontrôlable.

Ça, c'était pour la partie « mobile ». Maintenant il fallait se pencher sur la partie « coupable ». Évidemment, Ambrosio faisait un bon favori. Il connaissait les deux victimes. (Trois, même, si on incluait Sonia-Lisa, la disparue.) Il figurait sur une photo un martinet à la main. Il était assez riche et connu pour redouter le scandale.

Léo se rappela soudain que le galeriste avait eu une liaison avec Émilie de Béard. Or le premier meurtre avait eu lieu dans l'immeuble jouxtant le bureau de sa sœur et le deuxième aux confins de sa propriété.

Émilie de Béard. Ravissante. Les grands yeux innocents des coupables ? Mais au moment du meurtre de Martinez elle était en train de faire ses emplettes, il se souvenait de ses sacs et Ruiz avait vérifié – la routine – auprès des commerçants. Et le soir de l'assassinat de Galland elle et son mari étaient au restaurant avec Diego Montez, puis se servaient mutuellement d'alibi : ils avaient passé la nuit ensemble. De là à imaginer un couple diabolique…

Ce n'était pas parce qu'une jolie jeune femme se trouvait malgré elle mêlée à des meurtres qu'elle en était forcément l'auteur. Jusqu'à preuve du contraire, c'était bien Ambrosio qui avait couché avec Sonia-Lisa, Martinez et Galland, pas elle. Quant au mari : à l'heure du meurtre de Martinez, il avait un déjeuner d'affaires dans une brasserie avec sa belle-sœur, ce qu'Anne Desmarais avait confirmé. Non, ne pas perdre de temps sur les hypothèses romanesques, se recentrer sur les éléments solides.

Finalement, malgré son apparence anodine, Ambrosio pouvait bien être le lien entre les lieux et les victimes. Questionner discrètement Émilie de Béard pour savoir s'il avait jamais manifesté des tendances sadiques ou violentes. Facile à dire : questionner discrètement une femme sur sa vie sexuelle avec un ex. Tout en crapahutant dans des bois humides pour observer un marteau ou un truc dans ce genre avec lequel ledit ex avait peut-être fracassé tous les os du corps d'une de celles qui lui avaient succédé.

Il faillit rater la sortie, se rabattit en catastrophe, prit le virage trop rapidement, ses pneus crissant, et se rétablit au sortir de la courbe. Il avait frôlé l'accident.

Il coupa la radio qui l'assommait d'infos inutiles. Et s'aperçut que pour la première fois depuis longtemps le mot « accident » n'avait pas déclenché en lui cet irrépressible déferlement d'images évoquant les derniers moments de Julia tels qu'il les imaginait : la panique de la jeune femme, le coup de volant désespéré, l'arbre grandissant dans son champ de vision, le hurlement, le choc… Était-il enfin en train de guérir ?

Il secoua la tête et reprit le fil de ses déductions.

Chapitre 14

Émilie reposa son gloss et s'adressa un grand sourire. Mmouais, elle avait l'air à peu près présentable. Quand même, en y repensant, Diego, de même qu'Arnaud, aurait pu lui dire qu'il avait été en classe avec Sonia-Lisa, au lieu de faire des sous-entendus débiles sur Théo. Après tout, Diego avait connu Sonia-Lisa et Alexandra Martinez. Et le jour du meurtre il se trouvait même dans l'immeuble, avec un de ses affreux tableaux de femmes mortes. Et il avait aussi connu Marie-Aude. Oui, mais Marie-Aude n'avait pas été assassinée.

N'empêche, il faisait un coupable aussi plausible que Théo. À part qu'il n'avait aucune raison de tuer ces femmes. Ce n'étaient pas ses maîtresses et il ne se consumait certainement pas de désir pour elles. Donc Théo.

Un bref instant, la folle évocation d'un Charles bien vivant se faisant passer pour mort et continuant à saccager de jeunes vies lui passa par la tête, mais on n'était pas dans un film, les morts restaient morts, et les « incroyables retournements » étaient rares. Même dans sa dimension violente, la vie était somme toute banale.

Elle jeta pour la dixième fois un coup d'œil à la botte. Et si c'était cette maison qui portait malheur ? Depuis qu'Edmonde y avait perdu un enfant, les drames s'y étaient accumulés. Elle croisa les doigts pour conjurer le sort.

À ce moment-là, le VDD fit irruption, traînant la savate et précédant le Petit Cerdan roulant des épaules dans un blouson militaire. « Le capitaine Del Lucca, de la police », annonça-t-elle d'un ton sous-entendant qu'Émilie avait bien mérité qu'on vienne l'arrêter.

Le Petit Cerdan la salua en portant deux doigts à sa tempe. Émilie lui demanda s'il voulait boire quelque chose pendant que Térésa les dévisageait d'un œil torve, mais il refusa : emploi du temps serré, etc., etc.

Tout en parlant, il observait les lieux de son regard scrutateur et Émilie le vit examiner avec attention le tableau qui ornait le mur du hall d'entrée.

Un Bazille, une variante de *Scène d'été*, une acquisition de Grand-Papa de Béard qu'Arnaud aimait beaucoup. Elle-même appréciait cette scène pleine de fraîcheur et de couleurs, de jeunes gens se baignant et s'amusant à la campagne.

Elle se fit la réflexion que le Petit Cerdan détonnait au milieu des céramiques chinoises et des meubles marquetés. Il avait l'air d'un baroudeur égaré dans un salon, aussi la surprit-il en déclarant : « Il est aussi bon que celui du Fogg Art Museum, il doit valoir une fortune. »

Arnaud ne parlait pas souvent d'argent et elle ne sut qu'acquiescer, pressée soudain de sortir, gênée de leur aisance financière.

– Je reviens, crut-elle bon de dire à Térésa tout en enfilant son trench, et celle-ci hocha la tête sans les quitter des yeux.

Vas-y, régale-toi, vieille sorcière.

Dehors, il pleuviotait de nouveau.

Émilie déploya son grand parapluie Lancel tandis que Del Lucca rabattait sa capuche sur ses cheveux ras. Ils marchèrent un moment en silence, ne sachant trop quoi dire, chacun préoccupé par ses réflexions intérieures.

Les premières notes de *Cheek to Cheek*, la version d'Ella Fitzgerald et Louis Armstrong qu'Émilie avait téléchargée dans un moment d'intense sentimentalité, s'élevèrent sous la pluie. Elle regarda son écran : Marie-Pierre, et prit l'appel en murmurant « Excusez-moi » à l'adresse du Petit Cerdan.

– Je ne vous dérange pas ? s'enquit Marie-Pierre.

Émilie l'assura que non.

– C'est juste que j'ai parlé de votre visite à Philippe, bien sûr, et du coup nous avons évoqué le bon vieux temps. Et il m'a rappelé un événement bizarre, l'année où Arnaud a perdu ses parents. À propos d'une jeune fille qu'on avait poussée dans le vieux puits, dans le potager. Une petite amie d'Arnaud.

Quoi ?!

– Elle avait failli se rompre le cou. Je ne me souviens plus de son nom, une jeune fille aux cheveux blonds, coupés court comme un garçon, ravissante. Elle est devenue mannequin par la suite, je crois bien.

Sonia-Lisa !

– À l'époque, la famille avait soupçonné une mauvaise blague de ce drôle de garçon, très efféminé, vous le connaissez sans doute, Diego je ne sais plus quoi. Le meilleur ami d'Arnaud. Philippe s'en souvient très bien. On pensait que le garçon était jaloux.

Émilie ouvrit la bouche et la referma. La voix puissante de Marie-Pierre résonnait hors de l'appareil et le Petit Cerdan faisait semblant de ne pas écouter.

– Charles était consterné, reprit Marie-Pierre. Il a ordonné à Diego de ne plus remettre les pieds au domaine. Mais bien sûr, dès que lui et ma tante ont été enterrés, le garçon est revenu. À croire qu'Arnaud ne pouvait pas s'en passer… souligna-t-elle avec une insinuation malveillante dans la voix. Je vous raconte ça parce que… parce que je n'ai jamais été certaine que

Marie-Aude se soit donné la mort, acheva-t-elle tout à trac. C'est terrible, vous comprenez ?

– Oui, je comprends, mais je ne peux pas vraiment vous parler, là, je ne suis pas seule, marmonna Émilie. Je vous rappelle tout à l'heure.

– Non, demain, ce soir nous sommes de réception.

Elles raccrochèrent et Émilie enfouit le téléphone dans sa poche en se mordant les lèvres. Sonia-Lisa avait été la petite amie d'Arnaud ? Il allait en prendre pour son grade ce soir. Et Diego avait jeté Sonia-Lisa dans un puits ?!

À moins que… Charles, lassé de sa jeune maîtresse ? Bon sang, ces histoires allaient la rendre folle !

– Le garçon dont cette dame vous parlait, fit soudain Del Lucca, c'est bien Diego Montez, le peintre, non ?

– Heu… oui…

– Il y avait une de ses toiles dans le bureau de votre sœur. J'aime bien ce qu'il fait, dans la lignée de Munch, de Sickert. C'est fort. Je suis étonné qu'il ne soit pas exposé chez votre ami Ambrosio.

– Théodore n'aime que les valeurs prévisibles, répliqua Émilie. Diego a trop de facettes pour lui. Je ne savais pas que vous vous intéressiez tant à la peinture, ajouta-t-elle.

– J'essaie d'obtenir ma mutation à l'Office central de lutte contre le trafic des biens culturels, lui dit-il sans ambages. Et pour l'heure je m'intéresse surtout à toutes les personnes présentes dans l'immeuble à l'heure approximative de la mort d'Alexandra Martinez.

– Vous avez interrogé Diego ? s'étonna Émilie.

– Comme tous les autres. Un travail de fourmi, mais qui porte souvent ses fruits. C'est mon stagiaire, le petit Ruiz, qui s'y est collé.

Émilie digéra l'information en silence. Diego ne lui avait pas parlé de cet interrogatoire. De son côté, Del

Lucca, les sourcils froncés, contemplait le chemin boueux.

– Excusez-moi, mais on entendait tout ce que cette dame vous disait, fit-il.

– C'est la cousine germaine de mon mari, se crut tenue de préciser Émilie.

– Hmm. Cette jeune fille qu'on a poussée dans un puits et qui est devenue mannequin, vous savez qui c'est ? s'enquit Léo Del Lucca d'un air patelin.

Combien de probabilités pour que sa route croise une fois de plus celle d'une victime potentielle ?

– Je pense qu'il s'agit de Sonia-Lisa, murmura Émilie. Elle était en classe avec ma sœur et mon mari.

Un éclair fulgurant, le genre d'éclair qu'on fait briller dans le regard des personnages de dessins animés, passa dans les yeux sombres du Petit Cerdan, qui eut soudain l'air d'un puncheur entendant sonner la cloche de la reprise. Émilie se dit qu'il devait être très effrayant en colère.

– Et Ambrosio ? Il était au lycée avec eux, lui aussi ? lança-t-il.

– Non, Théo a fait ses études à Victor-Duruy. Je l'ai connu quand je bossais dans la pub.

– Vous êtes restés ensemble longtemps ?

– Trois ans. Plus ou moins épisodiquement. C'est un séducteur-né, la fidélité, ce n'est vraiment pas son truc, dit Émilie avec une moue désabusée.

– Ça se passait bien entre vous ?

– Que voulez-vous dire ? demanda-t-elle interloquée.

– Je ne sais pas, rien de spécial, tout était normal ?

– Heu, oui, tout à fait normal. Théo a un caractère assez égal. Le problème est plutôt qu'il manque de fantaisie et éprouve un amour immodéré pour sa propre personne. Mais vous devez me trouver ignoble de déblatérer ainsi sur un ex.

– Non, pas du tout. Vous faites preuve de franchise. Les conversations polies m'indiffèrent complètement, ajouta-t-il avec un bref sourire qui lui donna l'air d'un enfant.

Ils étaient arrivés dans la clairière. Émilie désigna le taillis.

– C'est là-bas que j'ai trouvé cette botte rouge, une botte de femme, elle est dans mon bureau. Et de l'autre côté de la haie, derrière les ronces, il y a cet outil…

– Comment peut-on y accéder ?

– Il faudrait monter dans un arbre pour voir si on peut faire le tour.

Il avisa un bouleau, sauta et se tracta sur la première grosse branche sans effort, puis entreprit de se hisser jusqu'à avoir une vue environnante.

L'outil gisait en contrebas, un pied-de-biche en fer noir, massif. Un outil de levage qui avait peut-être servi à la personne chargée de l'entretien des pierres tombales. Et peut-être à briser tous les os de Laetitia Galland. En se penchant un peu plus, cramponné à sa branche, il vit une percée dans la futaie – un ancien passage d'animaux, se dit-il –, cachée par des branches mortes.

Il se laissa retomber sur le sol, souplement.

– Je pense qu'on peut passer par là, dit-il en s'avançant vers le trou, Émilie sur ses talons. Attendez-moi.

Il écarta les branchages, se faufila à quatre pattes entre les ronces qui accrochèrent la manche de son épais blouson, déboula tout près du levier. Enfila ses gants en latex fin pour le saisir. Le pied-de-biche formait une sorte de L, avec une solide barre verticale et une toute petite patte horizontale et bifide. Tout piqueté de taches brunes. De la rouille. Ou bien…

Il revint sur ses pas à quatre pattes et à reculons, se redressa, montra le levier à Émilie.

– Je vais le faire envoyer au labo. On ne sait jamais. Au fait, qui est Marie-Aude ?

Prise au dépourvu, Émilie le regarda bêtement.

– La Marie-Aude dont la cousine de votre mari vous parlait au téléphone, précisa Léo. Celle dont elle n'a jamais été certaine qu'elle se soit vraiment donné la mort…

– C'était sa sœur, expliqua Émilie d'une voix plate. Elle s'est suicidée ici même en janvier 85. On l'a retrouvée pendue à ce saule.

Del Lucca haussa les sourcils.

– Décidément, ce cimetière est riche en émotions fortes, fit-il en se tournant vers l'arbre en question. Pourquoi s'est-elle pendue ?

Émilie entreprit de lui raconter l'histoire et il l'écouta attentivement, tout en faisant tournoyer le levier entre ses doigts gantés. Quand elle eut terminé, il siffla doucement.

– Vous pensez que la botte que vous avez trouvée pourrait lui appartenir ? C'est ça ?

– Je ne sais pas. C'est à vous de me le dire, répliqua Émilie.

– Bon, allons voir, on se gèle ici.

Ils rentrèrent d'un pas vif. Il ne pleuvait plus, mais l'air était saturé d'humidité, la boue collait aux semelles, ça sentait l'humus détrempé. La terre. Les vers. La mort.

Il repensa à Laetitia, courant pour sauver sa peau, malgré la douleur insupportable des fractures, et Émilie de Béard devait penser à la même chose car elle lui demanda brusquement :

– Vous croyez qu'elle a pu traverser les bois… la jeune femme trouvée au bord de la route ?

– Elle s'appelait Laetitia. Laetitia Galland. Elle posait pour de la lingerie dans des catalogues de vente par correspondance.

Émilie se couvrit la bouche, comme si le fait de connaître son identité et son métier conférait à la victime une dimension dramatique supplémentaire.

– La nuit de sa mort, dit-elle rapidement, nous avons emprunté la départementale qui contourne la forêt, de l'autre côté. Et de penser qu'elle était peut-être ici en train d'essayer de… Nous avons failli heurter une biche, ajouta-t-elle en enfouissant ses mains dans ses poches. Si seulement nous l'avions aperçue, elle !

Une fois à l'intérieur, ils ôtèrent leurs vestes trempées tandis que Mère Térésa faisait « tss tss » en contemplant les empreintes boueuses sur le parquet.

Léo suivit Émilie dans son bureau et fut enfin en présence de la fameuse botte. Il retira ses gants, en enfila des neufs et l'observa sous toutes ses coutures.

– Je peux me servir de votre ordinateur ? demanda-t-il soudain.

Émilie acquiesça, intriguée.

– Je veux juste faire une petite recherche en ligne, qui nous fera gagner du temps. Ne regardez pas, mon mot de passe est top secret.

Émilie se tourna ostensiblement vers le mur. Elle l'entendait pianoter à toute vitesse, il tapait mieux qu'elle. L'habitude d'enregistrer les dépositions des témoins, sans doute. Ses pensées s'égarèrent de nouveau sur les événements de 84. Pourquoi Diego aurait-il poussé Sonia-Lisa dans un puits ? Avait-il été amoureux d'Arnaud à ce point ? *Avait-il été* ou *était-il…*

La voix du Petit Cerdan la ramena au présent.

– Marie-Aude Delannoy mesurait 1,58 m, pesait 48 kg et chaussait du 37 ½, disait-il. Cette botte est une demi-pointure trop petite pour elle.

– Ça ne veut rien dire, dit Émilie. Il aurait fallu pouvoir lui essayer.

– Vérifier l'inventaire de ses vêtements le jour de sa mort sera plus simple que de la déterrer, fit Léo avec une grimace. Je m'en occupe en rentrant. Ainsi que de ça, ajouta-t-il en montrant le levier, et je vous tiens au courant.

Elle le raccompagna jusqu'à sa voiture. Térésa les observait de son poste de guet habituel, la fenêtre de la cuisine. Il ouvrit la portière et se tourna brusquement vers elle :

– Votre mari était amoureux de Marie-Aude à l'époque ?

– Mais je n'en sais rien, je ne crois pas ! lança vivement Émilie. C'était sa cousine germaine !

– Ce n'est pas incompatible. Ça expliquerait que la cousine de votre mari, Marie-Pierre heu…

– Dumesnil, son mari est Philippe Dumesnil, l'avocat.

– OK. Bref, si votre mari était amoureux de cette Marie-Aude, ça expliquerait que Marie-Pierre Dumesnil soupçonne Diego Montez d'avoir assassiné sa sœur.

– Vous dites n'importe quoi ! s'emporta Émilie qui avait pensé la même chose.

– Non, je répète simplement ce qu'elle vous a dit.

Il jeta un coup d'œil à sa montre.

– Il faut que je fonce si je veux avoir le temps de passer au labo avant la fermeture. À bientôt.

Il avait déjà démarré sur les chapeaux de roues et elle restait là, frissonnante, avec le pressentiment inexplicable qu'un malheur était imminent.

Elle croisa Térésa qui partait, imperméable boutonné jusqu'au cou, foulard en plastique noué sous le menton, et elles se saluèrent à peine.

Même à l'intérieur il faisait froid, un froid de brume, de crépuscule, de marbre humide.

Tout en roulant trop vite, Léo brancha son téléphone de voiture et demanda l'ingénieur de laboratoire Mokkadem. Par chance, Djamila était disponible et il lui expliqua ce qu'il lui apportait. Pouvait-elle lui garder un biologiste en réserve ? Elle lui dit qu'elle l'attendrait en personne, elle avait des dossiers en retard à régler.

Il raccrocha, satisfait. Djamila était une vraie pro et elle avait l'instinct. Il appela ensuite François, pour le tenir au courant des derniers développements, lui demander de ressortir le dossier Sonia Volkoff, et voir ce qu'il pouvait trouver sur Diego Montez et la famille de Béard.

– Je te rappelle que j'ai des invités ce soir, grogna Daguerre en prenant note.

– Depuis quand t'es pressé de faire la popote ?

– Depuis que je suis heureux en ménage, répliqua Daguerre.

Léo haussa les épaules et introduisit un CD dans le lecteur. *L'Âge d'or du son*, Orquesta Casino de la Playa, Septeto Nacional, des morceaux cubains s'échelonnant entre 1930 et 1943. De quoi vous donner envie de débarquer au bureau avec une chemise bariolée et des maracas.

Ou d'aller danser avec Émilie de Béard ? Stop, mon vieux. Femme mariée. Sérieuse. Un peu nunuche ?

À 18h36 pile, il se gara et fonça jusqu'au labo. Djamila, lunettes sur le nez, étudiait une analyse ADN. Ils se serrèrent la main. Ils s'entendaient bien. Elle était plus vive et moins normative que son prédécesseur. Peut-être parce qu'elle avait dû se battre pour obtenir ce poste.

Il lui tendit le levier, puis la botte. Elle examina l'outil, gratta une tache avec une pointe métallique. La déposa sur une lamelle. La délaya un peu.

– Pas besoin d'être magicienne pour te dire que ce n'est pas que de la rouille. Il y a aussi du sang.

– Frais ?

– Je vais demander à un de nos vampires.

Elle disparut derrière une porte marquée « Réservé au personnel ». Léo résista à la tentation d'aller fumer dans les toilettes. Djamila revint au bout d'un quart d'heure.

– C'est du sang de groupe O positif. 36 % de la population française. D'après les premiers tests, il a été versé il y a plusieurs mois, voire plusieurs années. Il faudra que je te confirme ça. Pour la botte, on va analyser les pollens et tout le reste. Je suppose que tu veux ça pour demain ?

– Pour hier.

– On est donc d'accord pour dans deux ou trois jours.

– Tu es dure en affaires, Djamila.

– C'est toi qui as une sale *testa dura d'Italien*, signore Léonid, répondit-elle en lui faisant mine de le frapper avec ses lunettes.

– C'est vrai que c'est ta famille qui demande que tu fasses des heures sup pour avoir un peu la paix ? fit Léo en filant vers l'ascenseur.

Il l'entendit rire pendant que les portes se refermaient.

Groupe O. À peine arrivé dans son propre bureau, il se jeta sur les fiches rassemblées par Daguerre qui enfilait sa parka et coiffait son casque de scooter.

– Bon sang, François ! lança-t-il après un rapide coup d'œil. Sonia Volkoff. Groupe O positif. Elle est là-bas. Enterrée dans la forêt.

François releva la visière de son casque.

– Le groupe O positif est très courant. Galland, par exemple.

– Djamila dit que c'est du vieux sang. Sonia-Lisa, je te dis.

– Ou un ouvrier qui s'est blessé par mégarde. T'emballe pas. On en reparle demain. Ciao !

Léo leva à peine la main, plongé dans le dossier.

« T'emballe pas ! » Bien sûr qu'il fallait s'emballer.

Passer la vitesse supérieure. Si le sang appartenait vraiment à Sonia Volkoff, il faudrait se pencher plus sérieusement sur le cas Diego Montez, se dit-il tout en parcourant une brève fiche des RG.

Diego Montez. Grands-parents ayant fui Cuba, puis l'Espagne franquiste et venus s'établir en France dans les années 60. Père libraire, mère costumière. Cursus scolaire sans histoires. Diplômé des Beaux-Arts. Homosexuel déclaré. Chroniqueur pour *Paris-Pipole*. Pas d'appartenance connue à un parti politique. Pas d'ennuis avec le Fisc. R.A.S.

La note concernant les de Béard était un peu plus fournie, notamment en raison du décès accidentel des parents, qui avait motivé une enquête de la gendarmerie concluant à un phénomène d'aquaplaning, et de celui de Marie-Aude Delannoy, nièce de Charles de Béard, suicidée le 5 janvier 1985. L'autopsie n'avait rien révélé de particulier, si ce n'est la consommation régulière de psychotropes. Le mari d'Émilie, Arnaud de Béard, s'était retrouvé à la tête de la fortune familiale à l'âge de dix-huit ans. Après de brillantes études à Normale Sup sciences, il avait intégré France-Telecom, puis fondé sa propre boîte de logiciels dans les années 90.

Trois décès dans son entourage en l'espace de six mois. L'accusation de Marie-Pierre Dumesnil contre Montez. La disparition ultérieure de Sonia-Lisa. Montez qui fréquentait l'univers de la mode à travers ce journal, *Paris-Pipole*. De Béard amoureux de Sonia-Lisa avant de rencontrer sa femme qui elle-même était l'ex d'Ambrosio. Ambrosio qui avait eu une liaison avec les trois victimes.

Les mêmes personnages semblaient se télescoper sans cesse, comme aux autos tamponneuses. Mais seuls Ambrosio et Montez n'avaient pas d'alibi.

Exaspéré, il referma les dossiers d'un coup sec et

enfilait son blouson quand le téléphone sonna. C'était Favelli.

– Miss O, lança-t-il sans même se présenter, c'est un peu l'Arlésienne du SM. Tout le monde en parle, mais on ne tombe jamais dessus. Nous, en tout cas. La légende veut que ce soit une petite bourge qui s'encanaille. On a essayé de la choper, une fois, par pure curiosité vu qu'elle n'enfreint en rien la loi. Notre informateur nous a signalé qu'elle venait de finir une prestation. On a rappliqué et on a vu une moto quitter le parking privé de la boîte. On l'a stoppée pour un contrôle d'identité. On est tombés sur un travesti qui travaille au Bois. Il soutient que c'est lui, Miss O. Mais je ne le crois pas. Il mesure près d'1,80 m.

– Elle était beaucoup plus petite que ça ! protesta Léo. Pas plus de 1,65 m.

– Ça confirme ce que je pense. Mais si ce type veut être Miss O, que veux-tu qu'on dise ? Qu'on le coffre pour usurpation d'identité de dominatrice ?

Émilie tournait en rond. La clé de la petite porte lui brûlait la paume de la main. Après le départ du Petit Cerdan, elle était allée prendre un long bain chaud, à la fois vaguement rassérénée à la pensée qu'il ne s'était pas moqué d'elle et de ses « découvertes » et très contrariée par les allusions de Marie-Pierre tant à une amourette entre Arnaud et Sonia-Lisa qu'à un acte de jalousie homicide de Diego.

Diego, un assassin ? Ça semblait délirant. Elle n'arrivait pas à s'imaginer ayant peur de lui.

Elle s'était un peu détendue dans l'eau moussante, entourée de bougies, comme le recommandaient les magazines, avant d'enfiler un petit pyjama en soie bleue, rapporté de Thaïlande, qu'elle utilisait comme vêtement d'intérieur. Mais une fois dans le salon, elle avait recommencé à cogiter en tous sens.

Et maintenant elle trépignait parce que l'idée d'aller visiter les combles pour se passer les nerfs lui était revenue en force.

Elle se décida brusquement et gagna l'aile abandonnée. Longea le piano-cercueil – elle ne pouvait plus y penser autrement depuis qu'elle avait lu le journal d'Edmonde –, le piano-cercueil terne et poussiéreux, s'approcha pour déchiffrer le titre de la partition qui était restée ouverte depuis plus de trente ans. Une cantate de Bach.

Elle commença à pianoter, se souvenant des quelques leçons prises avec Mlle Durand, le revêche professeur déniché par sa mère. Ça n'avait pas collé. Émilie aimait la musique mais ni Mlle Durand ni le piano. Elle rêvait en secret de jouer de la batterie. Au bout d'une année, Maman avait abandonné l'idée d'avoir une petite virtuose et avait accepté de l'inscrire au cours de danse moderne du centre culturel.

Tout en jouant sur le piano désaccordé, les notes s'égrenant sous ses doigts, elle sentait presque l'odeur de poudre de riz et de térébenthine que dégageait l'appartement de Mlle Durand, quand une main se posa sur son épaule.

Elle hurla.

– Je ne pensais pas te faire un tel effet, dit Arnaud en l'embrassant dans le cou.

Le souffle coupé, elle se dégagea.

– Tu m'as flanqué une de ces trouilles ! Je ne t'ai pas entendu arriver.

– Semelles de crêpe ! sourit-il en désignant ses élégants richelieus cousus main. Le secret des séducteurs. Et si on dînait à l'auberge, pour changer ? enchaîna-t-il en la soulevant dans ses bras comme une plume. Viking emporter princesse pour grand festin.

« L'auberge », comme ils l'appelaient, était un ancien moulin reconverti en hôtel-restaurant de charme, qui proposait une excellente cuisine traditionnelle dans un cadre rustique. Les cuivres étincelaient au mur, de grandes bûches flambaient dans l'âtre, des bouquets frais garnissaient chaque table, et la douce lumière des candélabres flattait les convives.

Émilie accepta, ravie d'échapper un peu à l'atmosphère oppressante de la maison.

Chapitre 15

Le vent soufflait en rafales. Émilie se réveilla en sursaut, gelée. La fenêtre s'était ouverte, laissant entrer l'air glacé de la nuit. Les rideaux se soulevaient, telles d'immenses ailes de corbeaux, se dit-elle. Il ne manquait plus que Dracula se matérialisant soudain au pied du lit, très très assoiffé.

Elle soupira, hésitant entre s'enfouir sous les couvertures et sortir du lit pour refermer la fenêtre, jeta un coup d'œil du côté d'Arnaud qui dormait sûrement à poings fermés et…

Sa place était vide.

Pas de lumière dans la salle de bains.

Il avait peut-être mal digéré son lapin aux morilles et était allé se faire une tisane à la cuisine.

Elle enfila le gros pull blanc en laine d'Irlande qui lui servait de robe de chambre l'hiver, et ses chaussons Snoopy.

La lumière. Dans l'aile abandonnée. Il y avait encore de la lumière ! Elle cligna des yeux plusieurs fois, mais la lumière persistait et, pire, se déplaçait !

Frissonnante, elle considéra de nouveau la place vide d'Arnaud. Mais que ferait-il à cette heure dans cette partie de la maison ? À moins qu'il n'ait entendu un bruit suspect ?

Elle sortit de la chambre, tendue, aux aguets. Descendit lentement l'escalier en se tenant à la rampe, essayant de ne pas faire craquer les marches patinées par le temps et les couches de cire de Téresa.

Elle distingua une lueur et appela doucement :

– Arnaud ?

Pas de réponse.

Elle posa le pied sur les carreaux de ciment colorés du vestibule, « des pièces rares », lui avait expliqué Arnaud, et continua à faire glisser ses chaussons jusqu'à la cuisine. La lumière venait de là. Un rai filtrait sous la porte close.

Elle tapota contre le battant.

– Arnaud, tu es là ?

Silence.

Elle respira un grand coup, poussa la porte… La cuisine était vide. Un verre traînait sur la table, à demi plein d'un liquide transparent. Il avait eu soif, s'était servi un verre d'eau. Elle prit le verre pour le vider dans l'évier. S'immobilisa. Ça sentait l'alcool. Elle renifla. Ce n'était pas de l'eau, c'était de la vodka.

Arnaud se relevait au milieu de la nuit pour boire ?! Il avait hérité des penchants de sa mère ! Elle reposa le verre sur la table, comme une pièce à conviction.

Non. Elle ne l'avait jamais vu vraiment ivre, il ne sentait pas l'alcool quand il rentrait le soir. S'il avait éprouvé le besoin de boire un verre cette nuit, c'était que quelque chose le tracassait. Suffisamment pour aller jeter un coup d'œil dans l'aile abandonnée. C'était lui qui rôdait là-bas.

Les lettres ? Était-il au courant pour les lettres et craignait-il qu'elle les ait découvertes ? Ou d'autres documents compromettant son père adoré ?

Peu importait. Elle l'avait épousé pour le meilleur et pour le pire. Pas pour se terrer comme un rat dans la cuisine en le laissant affronter seul ses problèmes.

C'est presque au pas de charge qu'elle remonta le

couloir menant au salon de musique tout en l'appelant à voix haute.

Elle crut entendre des pas précipités, une porte qui claquait, des objets renversés, puis Arnaud apparut, en caleçon et tee-shirt noir, tout ébouriffé, la canne à tête de chien-loup à la main.

– Émilie ? fit-il en freinant net.

– Qu'est-ce qu'il se passe ? demanda-t-elle.

– J'avais entendu du bruit là-haut, j'ai cru que c'était un cambrioleur, expliqua-t-il en montrant la canne. Mais il n'y avait personne. Juste une saleté de pigeon qui est rentré par une lucarne et qui a renversé toute une pile de vieux trucs.

Elle se jeta dans ses bras.

– J'ai eu peur en voyant de la lumière et le lit vide.

– Je ne voulais pas te réveiller.

Elle enfouit sa tête au creux de son épaule, respirant fort son odeur chaude et virile, et il lui sembla, comme dans un rêve, voir une ombre filer dans le salon de musique, et se glisser dans la nuit par la porte du jardin d'hiver.

– Là ! Là ! Il y a quelqu'un ! cria-t-elle en faisant un bond.

Arnaud pivota aussitôt et fonça, brandissant la canne. Elle le vit pirouetter dans le salon puis plonger vers la porte-fenêtre et s'y abattre lourdement dans un fracas de verre brisé.

Émilie se précipita, le cœur battant.

Arnaud, les bras croisés au-dessus de la tête pour se protéger de la pluie d'éclats de verre, se redressa lentement. Il avait de nombreuses coupures superficielles aux bras, mais rien de plus. Un miracle, se dit Émilie.

– Je n'ai vu personne, expliqua-t-il. J'ai juste trébuché contre cette saloperie de porte-revues. Tu es bonne pour jouer les infirmières dévouées.

– Compte sur moi, dit Émilie en lui prenant la main, feignant un ton enjoué. Tu es sûr que tu n'es pas blessé ? J'ai eu une de ces peurs !

– Non, ça va. Il faudra appeler un vitrier demain, ça va coûter une fortune à réparer.

– Ce qui compte, c'est que tu sois vivant, dit Émilie en le poussant devant elle comme un grand ours récalcitrant.

Avait-elle rêvé une fois de plus ou avait-elle vu deux feux de stop s'allumer brièvement tout au bout de l'allée ?

Léo s'était fait des spaghettis au thon, un de ses plats préférés, et les avait dévorés tout en regardant distraitement *Kill Bill 2*, obsédé par les deux enquêtes en cours.

Demain à la première heure, appeler la juge d'instruction, lui exposer les faits nouveaux et obtenir l'autorisation de fouiller les tombes du cimetière animalier. La suspicion d'y retrouver trace de Sonia Volkoff était forte.

Convoquer Diego Montez pour un interrogatoire un peu plus consistant que la simple routine.

Consulter le rapport intégral de l'autopsie de Marie-Aude Delannoy.

Téléphoner à sa sœur, Marie-Pierre.

Demander à Favelli si les amateurs de spanking se soumettaient indifféremment à des hommes ou à des femmes. De l'impact du sexe sur l'épanouissement dolosif des postérieurs.

Après *Kill Bill 2*, il avait enchaîné sur *Ghost Rider* où Nicolas Cage traque les damnés essayant de fuir les enfers, puis avait fini par se coucher avec un polar historique de Frank Tallis, *La Justice de l'inconscient*.

Dans son métier, il n'y était que trop souvent confronté, à la « justice de l'inconscient », ou du moins à l'idée que s'en faisait l'inconscient des criminels qu'il traquait. Une justice qui s'apparentait à la vendetta.

Et maintenant, à trois heures du matin, il se tortillait entre ses draps bouchonnés comme une carpe asphyxiée, se répétant qu'il fallait dormir, les dents serrées et les yeux grands ouverts.

À six heures et demie, Émilie entendit le réveil d'Arnaud et, malgré sa fatigue, voulut à tout prix se lever pour partager son petit déjeuner. Elle insista pour changer les pansements adhésifs sur ses coupures et il prit soin de boutonner les manches de sa chemise blanche pour les dissimuler.

– Je ne veux pas qu'on croie que je suis un homme battu, plaisanta-t-il en dégustant son expresso matinal.

Émilie, qui en était à sa deuxième tasse de thé vert, lui renvoya son sourire, avec un petit pincement à l'estomac.

Que s'était-il passé cette nuit ? Qui s'était servi de la vodka ?

– Tu rentreras tard ? demanda-t-elle.

Il soupira.

– On est jeudi. J'ai ce rendez-vous à Lyon, tu ne te souviens pas ? Je rentrerai par le dernier TGV. Ne m'attends pas, dîne tranquillement devant un DVD.

– Ça ne me dérange pas de t'attendre.

Il sourit en se levant.

– Tu es une épouse parfaite, dit-il en lui effleurant les cheveux. Mon épouse parfaite. Mais ce n'est pas la peine de m'attendre. Je prendrai un sandwich dans le train.

Il déposa un léger baiser sur ses lèvres, attrapa son imper, son attaché-case, et fila.

Elle était seule.

Pas pour longtemps. Le VDD arrivait à huit heures pile.

Lui demander le numéro d'un vitrier. Minimiser l'accident d'Arnaud pour éviter des cris affolés : « Comment ? *Mon* Monsieur Arnaud est passé à travers la porte vitrée ?! En pleine nuit ? Mais que faisiez-vous donc à cette heure-là ? », sous-entendu : vous avez bien dû lui taper sur les nerfs à ce cher ange pour qu'il se casse la figure comme ça.

Donc sobrement demander l'adresse d'un vitrier. Oh ! Et puis non, elle pouvait en trouver un toute seule sur le Web.

Elle gagna le jardin d'hiver pour mieux se rendre compte des dégâts. C'était pas mal. Deux mètres carrés de verre explosés. Des éclats partout. Balayer un peu, remettre de l'ordre.

À huit heures, elle avait ramassé presque tous les morceaux de verre, redressé le porte-revues, calé un fauteuil devant la vitre cassée.

Elle se rendit à son bureau en prenant soin d'éviter Mère Térésa qui suspendait son imper gestapiste à la patère de l'entrée.

Il n'y avait pas foule de vitriers dans la région et elle eut du mal à en trouver un qui veuille bien se déplacer le jour même. De plus, comme elle parlait bêtement à voix basse à cause du VDD, il lui fit tout répéter, visiblement excédé, jusqu'à ce qu'elle se retrouve en train de beugler pour lui indiquer le chemin.

– Ah ! fit le bonhomme qui n'avait pas l'air tout jeune, fallait le dire que c'était chez les de Béard. J'y ai déjà réparé la marquise une fois, y a deux ou trois ans.

Émilie lui dit que ça tombait bien et ils prirent rendez-vous pour onze heures.

Dans la cuisine, Térésa marmonnait en déplaçant des choses avec bruit. Percevait-elle qu'un intrus s'était glissé en pleine nuit dans son domaine réservé ? Un intrus ou bien un Arnaud porté sur la boisson ?

Émilie n'avait pas osé poser la question à son mari. Elle avait trop l'impression de le harceler ces derniers jours, avec ces interrogations sur son passé, ses parents, tous ces sujets douloureux qu'elle triturait comme une gamine insensible à la douleur d'autrui. Qu'est-ce qu'Arnaud en avait à faire, que son père ait eu une ou plusieurs maîtresses ? Était-il utile qu'il apprenne que sa mère avait vécu ravagée ? Ses parents étaient morts de manière affreuse, ça, c'était un fait intangible et dont il avait souffert. Le reste n'était qu'un secret de famille qui ne pouvait plus faire de mal à personne. Si elle avait l'intelligence de se taire.

Le téléphone sonna et elle répondit aussitôt, avec l'idée que ce pouvait être le Petit Cerdan. Mais c'était Gwenaëlle qui avait passé une échographie : ce serait une fille. Une petite Ludivine. À la fois ravie et pressée de mettre fin à la conversation, Émilie la félicita et proposa qu'ils dînent ensemble le plus rapidement possible. Tiens, pourquoi ne viendraient-ils pas ce soir improviser une pizza-party ? Arnaud était en déplacement, mais ça leur permettrait de se retrouver un peu.

Gwenaëlle lui dit qu'elle allait en parler à Pierre, elle ne se souvenait pas s'il y avait déjà quelque chose de prévu, mais oui, pourquoi pas ?

Émilie raccrocha avec le sentiment d'avoir parlé trop vite. Quelle serait la réaction d'Arnaud si en arrivant à minuit, crevé, il trouvait des invités à la maison ? D'un autre côté, si elle voulait les voir sans lui imposer leur présence, il fallait profiter de son absence. Et puis voir son frère lui ferait du bien. Elle avait besoin de se changer les idées. Au pire, elle leur ferait visiter le domaine et puis ils iraient manger un morceau au village.

Léo faisait face à une Sophie Gravier perplexe qui mordillait le capuchon de son stylo à encre.

– Faire ouvrir les tombes d'un cimetière animalier… répéta-t-elle. Le cimetière privé des de Béard,

– Ça fait plus de quinze ans qu'on a fêté le bicentenaire de la Révolution, fit Léo, acerbe.

– Dumesnil, l'avocat, est marié à la petite-fille d'Henri de Béard.

– Je sais. Henri de Béard est décédé en 1969. Son fils Charles en 1984. C'est Arnaud de Béard qui est l'actuel héritier du titre et du domaine.

– Oui, et ce Dumesnil est un redoutable emmerdeur, dit Sophie Gravier en soupirant.

– Les de Béard et les Dumesnil ne se fréquentent pas.

– Rien de tel qu'un litige avec l'administration pour ressusciter les bons vieux liens familiaux.

– On a trouvé un outil de levage couvert de sang. Groupe O, comme Sonia Volkoff. Et une botte, une botte à sa taille.

– Je sais, je sais, vous m'avez déjà expliqué tout ça deux fois. Vous m'embêtez, Del Lucca, vous m'embêtez toujours, j'ai hâte que vous fichiez le camp chez les Artistes, fit-elle en signant brusquement l'ordre d'exhumation.

– Et moi donc ! répliqua Léo en empochant le précieux sésame.

Il fila téléphoner à la mairie de la commune dont dépendait le domaine pour s'assurer le concours d'un fossoyeur, ce qui nécessita de longues tractations : le secrétaire de mairie arguait que l'employé communal n'avait pas vocation à intervenir sur un terrain privé, et il fallut que Léo lui rappelle d'un ton un peu coercitif que le maire détenait le pouvoir de police funéraire pour qu'on accepte de lui envoyer quelqu'un, mais pas avant le lendemain : l'un des « employés techniques du service funéraire » était en congé et l'autre assurait seul la maintenance et il y avait un enterrement prévu. Rendez-vous fut pris pour le lendemain matin.

François accepta de mauvaise grâce de l'accompagner. Et lui rappela qu'il devait prévenir les de Béard.

Ça, c'était la partie la plus délicate.

Il appela Émilie de Béard, mais c'était occupé.

– Il m'arrive une chose affreuse, disait Sylvia à Émilie.

Celle-ci sentit son estomac se nouer, imaginant en un éclair son amie passer de l'état de soignante à celui de patiente.

– Je suis amoureuse.

– Pardon ? fit Émilie.

– Je suis amoureuse, répéta Sylvia, lugubre. D'un de mes patients.

– Eh bien, heu…

– Il a un cancer. Et il est marié. Deux enfants.

– Je reconnais que là, tu fais fort… dit Émilie tandis que s'imposait soudain à elle l'image de l'homme brun aux cheveux longs. Il ressemble à quoi ?

– Grand, maigre, beau comme un vampire.

C'était lui, ça ne pouvait être que lui !

– Tu veux qu'on déjeune ensemble ? proposa-t-elle.

– Oui. Je veux me goinfrer de trucs gras jusqu'à éclater. Bon Dieu, pourquoi mon instinct de conservation ne m'interdit-il pas de tomber amoureuse d'un type malade ?! s'emporta Sylvia.

– T'as gardé tes cours de psycho ? Tu vas en avoir besoin.

– Idiote ! On se retrouve à treize heures chez Maître Kanter ?

Choucroute en vue, donc. Émilie raccrocha, à la fois ennuyée pour son amie et curieusement excitée par ce nouveau concours de circonstances. C'était comme si elle se déplaçait au cœur d'une constellation de signes dont le sens global ne tarderait pas à apparaître. De même que la Terre avait sa place et sa fonction dans le système solaire, de même elle, Émilie, allait bientôt découvrir dans quel système et dans quel but elle évoluait.

Arrête ton charabia ésotérique, voilà le vitrier.

L'homme, vêtu d'un bleu de travail sur lequel il avait passé un chandail et coiffé d'un bonnet de laine, arborait une épaisse moustache grise jaunie par le tabac. Il ressemblait à Jean Ferrat, se dit Émilie qui s'était avancée à sa rencontre tandis que Mère Térésa se propulsait à sa suite pour savoir ce que faisait cette camionnette dans sa cour.

– Je m'en occupe, lui dit Émilie gracieusement avant de la planter là.

Grognant entre ses dents serrées, le VDD rebroussa chemin vers sa tanière.

Émilie salua l'artisan qui se grattait la tête en contemplant le manoir.

– Miroiterie Bernard, se présenta-t-il en lui secouant vigoureusement la main. La dernière fois que je suis venu c'était y a bientôt trois ans ! Rapport à la marquise, ajouta-t-il en désignant l'imposant ouvrage qui couvrait le perron de l'aile abandonnée.

– C'est par là-bas aussi qu'il y a eu des dégâts, dit Émilie en le précédant. Dans le jardin d'hiver.

– Qu'est-ce qui s'est passé ?

– Mon mari s'est pris les pieds dans un porte-revues et s'est cassé la figure, et voilà le résultat !

Elle lui désignait la porte-fenêtre explosée.

– Il n'a pas raté son coup, dit M. Bernard en écarquillant les yeux. J'espère qu'il ne s'est pas blessé.

– Juste quelques égratignures.

– Il a eu de la chance. Le verre, c'est traître. J'ai eu un ouvrier qu'est mort en descellant une vitre. Un tout petit morceau de rien du tout, mais très pointu, qui a dégringolé et qui s'est fiché dans sa carotide.

– Vous pensez pouvoir réparer rapidement ? le coupa Émilie.

– Faut voir. Déjà l'autre fois ils avaient eu de la chance, enchaîna-t-il en prenant des mesures avec son mètre ruban. Quand cette brique était passée à travers la verrière… Heureusement qu'y avait personne dessous. Enfin, quand je dis brique… C'est M. de Béard qui pensait ça, rapport à l'orage qu'y avait eu cette nuit-là, que ça avait dû desceller une brique, mais le trou il était sacrément gros, moi je me suis toujours demandé si c'était pas plutôt une bestiole, un chat ou autre, qu'était tombée.

Émilie, qui ne l'écoutait que d'une oreille, s'immobilisa soudain. Trois ans auparavant, quelque chose était passé à travers la verrière. Quelque chose qui était donc tombé du toit. Des combles ?

M. Bernard continuait à jacasser – et on dit que les femmes sont bavardes ! – pendant qu'Émilie se sentait étrangement nouée tandis que le nom de Sonia-Lisa résonnait dans sa tête, comme frappé sur une grosse caisse.

La vision de Sonia-Lisa enfermée dans les combles interdits, dégringolant d'une lucarne, poursuivie par un Diego au visage transformé par la haine.

Stop, Émilie ! Quand Sonia-Lisa avait disparu, elle ne sortait pas avec Arnaud, donc un Diego fou de jalousie n'avait aucune raison de la tuer.

Mais qu'est-ce qu'elle pensait là ! Elle divaguait ! Imaginer Diego, ce bon vieux Diego des familles, assassinant Sonia-Lisa retenue prisonnière dans le donjon du château pendant que le dragon domestique soufflait du feu dans la cheminée ! Un vrai conte de fées…

Elle haussa les épaules et s'efforça de revenir à la logorrhée de M. Bernard qui en était à inventorier tous les beaux vitraux de la région, église par église.

Il regagna enfin sa camionnette sans cesser un instant de parler, promettant de revenir en début d'après-midi avec tout son matériel. En attendant, il avait ôté les éclats dangereux fichés dans le cadre et tendu de grands rubans d'adhésif orange en travers du chambranle.

Il secoua de nouveau la main d'Émilie avant de démarrer, la laissant saoulée de paroles au milieu de la cour.

Juste le temps de se changer avant de filer rejoindre Sylvia au Maître Kanter de République, pas très loin de chez Diego, tiens, qui habitait boulevard Richard-Lenoir.

Léo avait appelé Diego Montez : il avait besoin de lui poser quelques questions supplémentaires pour un complément d'enquête. Montez, qui était en train de finir une commande pour une banque d'affaires, lui avait proposé de passer à son loft-atelier.

Puis Léo avait contacté Servan : il voulait lui faire relire les rapports d'autopsie de Marie-Aude, Martinez et Galland au cas où quelque chose les reliant lui sauterait aux yeux.

– Là, j'ai du boulot et j'ai une consultation à Saint-Louis à quatorze heures, avait balancé Servan d'une voix atone par-dessus le ronronnement de la scie électrique.

– On peut déjeuner quelque part ? avait proposé Léo. Je dois passer voir un témoin potentiel pas très loin de Bastille. On coupe la poire en deux et on se retrouve à République ?

Servan avait acquiescé, morose, dans un écœurant bruit de chair tranchée.

Le déjeuner promettait d'être gai ! se dit Léo en se replongeant une fois de plus dans le volumineux dossier, tentant de trouver un fil conducteur entre les photos SM, les meurtres, la disparition de Sonia Volkoff et les coupables potentiels, sans oublier de passer par la case souvenirs d'enfance au château et sans atterrir dans une quelconque oubliette.

Il résolut de téléphoner à Marie-Pierre Dumesnil après l'exhumation des animaux. On n'en était plus à une journée près.

Il biffa ensuite Favelli de sa liste : celui-ci n'avait rien appris de nouveau et Akam s'était volatilisé.

Quant à François, il avait la gueule de bois et mâchonnait son batônnet avec fureur.

Heureusement, Ruiz se présenta au rapport avec le renseignement qu'il lui avait demandé. Intéressant.

Émilie avait cherché une place de parking pendant une éternité et elle se précipita dans la brasserie hors d'haleine. Sylvia l'attendait à une table d'angle, devant une pression. Émilie se laissa tomber sur la banquette.

– On commande d'abord, on parle ensuite ! décréta Sylvia en lui tendant la carte. Je meurs de faim et je suis à la bourre. Il vient en consultation à quatorze heures.

– OK, alors l'assiette de l'écailler, lança Émilie, et un verre de blanc.

Sylvia choisit une choucroute de poissons accompagnée d'une Leffe, puis les deux jeunes femmes se penchèrent l'une vers l'autre pour passer aux choses sérieuses.

Léo observait l'atelier de Montez, les toiles entassées contre le mur, les deux chevalets supportant l'un une marine en voie d'achèvement, l'autre une femme nue allongée sur un lit, la tête renversée, la gorge couverte apparemment de sang.

Diego, en caleçon de cycliste, les jambes tachées de peinture, s'essuyait les mains sur son tee-shirt rose fuchsia, lui proposait à boire.

Léo refusa poliment, en s'approchant du tableau de la femme nue.

– Elle a été égorgée ? demanda-t-il.

– Non, répondit Diego en soupirant. Elle est seule et malade. Phtisique. Elle vomit du sang.

– « L'image problématique », commenta Léo, sujette à plusieurs interprétations, comme le *Meurtre de Camden Town* de Sickert.

Diego le dévisagea, surpris.

– Un flic cultivé ! s'exclama-t-il. C'est bien ma chance !

Un jeune homme échevelé au torse nu imberbe, en caleçon Sloggi bleu marine, apparut sur le seuil de la kitchenette, un pamplemousse à la main en demandant d'un ton stupéfait :

– T'as pas de centrifugeuse ?

– Si, dans le placard, à droite, répondit Diego. Excuse-moi, je suis occupé avec ce monsieur de la police.

Écarquillant les yeux, le jeune homme battit précipitamment en retraite.

– Vous n'êtes pas venu uniquement pour parler peinture, je suppose, reprit Montez, les mains sur les hanches.

– Non, je suis venu pour parler meurtres, lui renvoya Léo. Vous connaissiez Sonia-Lisa, le top model ?

Diego hocha lentement la tête.

– Oui, mais quel rapport avec ce meurtre dans l'immeuble…

– Vous la connaissiez bien ?

– Comme ci comme ça. Ce n'était pas une amie intime.

– Et quand elle s'appelait Sonia Volkoff ?

Montez tiqua.

– Je ne vois toujours pas le rapport…

– Vous ne m'avez pas répondu.

– Oui, je la connaissais. Nous avons fait nos études au même lycée.

– Vous la connaissiez suffisamment bien pour la jeter dans un puits ?

– Mais qu'est-ce que vous racontez ?! s'emporta soudain Montez. De quoi parlez-vous ?

– De l'accident survenu à la jeune Sonia dans la belle propriété de votre ami de Béard.

– Qui vous a parlé de ça ?

Léo haussa les épaules sans répondre.

– OK, peu importe. Comme vous venez de le dire : c'était un accident. Sonia était ivre, elle est tombée toute seule.

– Ivre ? releva Léo. Vous aviez quel âge ?

– Dix-sept ans. Le bon âge pour se prendre des bitures monumentales. Sonia a commencé à boire tôt et n'a jamais arrêté. Vous pouvez m'expliquer pourquoi vous êtes venu me parler d'elle ? Il y a du nouveau sur sa disparition ?

– Toutes les femmes que vous peignez lui ressemblent, fit observer Léo en retournant une toile.

– Sonia avait le type de beauté féminine que j'admire.

– Comme votre amie Émilie de Béard.

– Si vous voulez. À quoi jouez-vous, capitaine ?

– Au chat et au peintre. J'attends que vous sortiez du trou noir de vos mensonges.

Diego Montez fit un pas en avant.

– Mensonges ? Le mot est violent.

– Le meurtre est une activité assez violente. Vous avez prétendu être resté près d'une heure chez le colonel Reynaud. Lui prétend que vous avez filé au bout d'un quart d'heure. Qui dois-je croire ?

– Vous avez bien dû remarquer qu'il était un peu confus par moments.

– Pas particulièrement.

Diego haussa les épaules.

– Franchement, je n'ai pas fait attention au temps que nous avons passé ensemble, ça m'a semblé très long, c'est tout.

– Perdre la notion du temps, ça c'est un signe de confusion, lança Léo.

– Je dois rire ? En tout cas, c'est la vérité. Le colonel Reynaud est terriblement ennuyeux et ce quart d'heure, si quart d'heure il y a eu, m'a semblé quatre fois plus long.

– Il vous a offert à boire ?

– Il y avait de la San Pellegrino sur la table. J'en ai bu un demi-verre. Mon Dieu, ajouta-t-il théâtralement, entre vos questions et ce pauvre colonel, on se croirait dans une partie de Cluedo. Et si c'était le colonel Moutarde, l'assassin ? Et que je lui serve indirectement d'alibi ?

Léo sortit son paquet de cigarettes.

– Je peux fumer ?

– À condition de m'en offrir une. J'ai arrêté depuis trois jours, c'est le moment de reprendre.

Léo alluma sa cigarette avec son Zippo, puis le tendit à Montez.

– Il devait y avoir une cinquantaine de personnes dans cet immeuble. Pourquoi vous intéresser à moi ?

– À cause de vos liens avec Sonia-Lisa.

– Mais ce n'est pas elle qui a été tuée ! s'exclama Diego Montez.

– Non, mais Alexandra avait été mannequin. Et Laetitia Galland également. Le milieu de la mode…

Diego haussa les épaules.

– Je pensais que les enquêtes criminelles reposaient sur des bases plus sérieuses, lâcha-t-il en exhalant un superbe rond de fumée.

– C'est assez difficile à expliquer. Un mélange de coïncidences et d'intuition qui fait que votre carte émerge soudain du paquet et que j'ai besoin de vous poser des questions pour pouvoir l'écarter du jeu.

– Un tarot morbide se jouant avec des figures humaines.

– Exactement. Vous avez connu Marie-Aude Delannoy ?

Diego accusa le coup.

– Qu'est-ce qu'Audy vient faire là-dedans ?

– Audy ?

– C'était son nom d'artiste. L'école de Kantor…

– Cette Audy-là ? dit Léo, surpris. J'ai déjà vu des photos de ses travaux, mais je n'avais pas fait le rapprochement !

– Content de vous avoir servi à quelque chose, marmonna Diego. Et pour répondre à votre question : oui, je l'ai connue, c'était la cousine d'Arnaud, Arnaud de Béard.

– Un autre de vos camarades de classe.

– Exact.

– Vous vous retrouviez tous au domaine des de Béard, Arnaud, Sonia, Marie-Aude, Émilie…

– Non, pas Émilie, elle était beaucoup trop jeune ! s'esclaffa Montez. C'était Anne qui faisait partie de la bande.

– Anne Desmarais ?

– Tout à fait. Dites-moi, vous faites une enquête sur quoi, précisément ?

– Le passé est toujours la matrice du présent, répondit doctement Léo.

– Le présent, c'est que je dois livrer ces toiles demain matin, répliqua Diego, avec un geste vers les marines. Donc si vous n'avez plus rien à me demander…

– Juste deux questions et je vous laisse.

– Allez-y, soupira Diego, résigné.

– La première : fréquentez-vous les clubs SM ? La deuxième : avez-vous été amoureux d'Arnaud ?

Montez écarquilla exagérément les yeux.

– Eh bien, on ne peut pas dire que vous faites dans la dentelle ! Pour le petit un : non, je ne fréquente pas les clubs SM et je ne pratique pas le SM, je suis bien trop douillet pour ça. Quant au petit deux : être flic ne vous donne pas le droit de venir piétiner mon petit jardin secret avec vos gros godillots.

Léo écrasa son mégot dans un cendrier en métal à l'effigie d'Andy Warhol.

– OK. Dites à votre petit copain qu'il peut sortir de sa cachette, je m'en vais.

– Au plaisir de ne pas vous revoir ! lança Diego en le précédant vers la porte qu'il ouvrit et tint grande ouverte.

– Ne vous faites pas plus méchant que vous n'êtes, rétorqua Léo, ça pourrait m'énerver. Au fait, qu'est-ce que vous faisiez vendredi dernier ?

Diego le dévisagea, interloqué.

– Quand ça ?

– La nuit de la mort de Laetitia Galland.

Diego fronça les sourcils :

– J'ai dîné avec Arnaud et Émilie, au Shogun, un resto japonais.

– Et après ?

– Je suis rentré chez moi, on avait eu un entraînement de kendo, j'étais crevé.

– Oh ! vous pratiquez le kendo ? dit Léo. On y utilise des sabres en bois, c'est ça ?

– En bambou, capitaine. Et je doute fort que l'on puisse tuer quelqu'un avec.

– On peut tuer quelqu'un avec un stylo-bille, répliqua Léo, et il s'engagea dans l'escalier en sifflotant tandis que Diego refermait la porte et s'y adossait un instant.

– Il est marié, d'accord, mais marié comment ? disait Émilie en grignotant sa dernière crevette.

– Tu veux dire heureux en ménage ou pas ? Je n'en sais rien, laissa tomber Sylvia en faisant des petits tas de choucroute avec sa fourchette. Il a deux petites filles, huit et dix ans.

– Hmm, fit Émilie.

– Je sais. Je ne comprends pas ce qui m'arrive. Il m'émeut.

Il me donne envie de le prendre dans mes bras.

– Tu m'as toujours dit qu'il fallait garder une distance professionnelle vis-à-vis de la souffrance. Ne pas se laisser envahir.

– C'est ma conne de psy qui dit ça, répliqua Sylvia. Moi, j'adorerais qu'il m'envahisse. Tu veux un dessert ?

– Non, juste un café.

– Je vais prendre la tarte au citron.

Elle se tourna pour faire signe au serveur et pivota soudain vers Émilie à la vitesse d'un crotale.

– Là ! chuchota-t-elle en roulant des yeux, il est là !

– Qui ?

– Mais lui !

– Mais où ?

– Mais là ! La table près de la vitre. Il est en train de s'asseoir. Regarde discrètement ou je te tue.

Émilie plissa les paupières, faisant mine d'admirer la déco, et repéra le grand brun maigre : c'était bien lui. Assis à une table dressée pour deux personnes, l'air triste et absent.

– Je l'ai déjà vu dans ta salle d'attente, confia-t-elle à Sylvia. Il est flic, c'est ça ?

– Médecin légiste. Une pointure. Régis Servan. Tu as vu ces mains ? J'adore ces mains, on dirait celles de Liszt.

– Heu… je n'ai pas trop fait attention, dit Émilie, atterrée.

Elle reconnaissait bien les symptômes du mal qui frappait Sylvia. C'étaient les mêmes que ceux qu'elle avait ressentis quand elle avait revu Arnaud.

Mais Arnaud n'était pas malade, ni marié à cette époque.

Sylvia, rigide comme un chat à l'affût, observait sa cible dans le miroir derrière Émilie.

– Il a commandé une carafe d'eau, murmura-t-elle, extatique.

– Tu pourrais le saluer en allant aux toilettes, suggéra Émilie.

– Tu es folle ? Oh ! attends, il y a un type qui le rejoint. Un jeune mec musclé en blouson.

– Il est peut-être homo ? plaisanta pauvrement Émilie.

– Très drôle, tu devrais t'inscrire au Petit Théâtre de Jamel Debbouze. Regarde, discrètement !

Émilie tourna la tête.

Le Petit Cerdan !

Elle plongea vers la banquette en faisant mine de farfouiller dans son sac.

– Ça ne va pas ? demanda Sylvia.

– L'autre type, je le connais, expliqua Émilie en se redressant avec précaution, se cachant la moitié du visage avec sa serviette. C'est un flic. Le capitaine qui enquête sur ces meurtres, tu sais…

– Ils doivent s'être retrouvés ici pour faire le point ! lança Sylvia. Bon, voilà le plan ! ajouta-t-elle en pointant Émilie de l'index : tu vas le saluer, avec moi dans ton sillage, et ils nous invitent à prendre un café.

– Hors de question, protesta celle-ci, c'est débile, s'ils se sont retrouvés pour parler boulot, ils ne vont pas nous proposer de s'asseoir pour papoter avec eux.

– Bonjour, vous allez bien depuis hier ?

Elles sursautèrent toutes deux. Del Lucca s'était approché sans qu'elles le voient et leur souriait.

Émilie fit les présentations. Il serra la main de Sylvia.

– Je déjeune avec un collègue, expliqua-t-il en se tournant vers Servan qui s'était lui-même retourné pour voir ce que faisait Léo et venait d'apercevoir Sylvia, laquelle avait pris une teinte cramoisie.

– On se connaît, balbutia-t-elle en faisant un petit geste de la main à Servan qui le lui rendit, l'air empoté.

– Ah ? Bon, eh bien, je vous laisse, bon appétit, lança le Petit Cerdan en regagnant sa table.

Il se rassit en face de Servan, échangea quelques mots à voix basse, et les deux hommes se retournèrent vers les deux femmes au même instant. Sourires gênés, nez plongeant vers les assiettes.

– Tu as vu cette coïncidence ? souffla Sylvia. Qu'il vienne déjeuner ici juste en même temps que moi ?! C'est un signe.

– Il vient peut-être tous les jours…

– Je suis sûre que non. Je sens que quelque chose se passe entre nous, crois-moi.

– Dans ce cas-là, vous allez au-devant de sacrés problèmes, dit Émilie, pragmatique. Un : c'est ton patient ; deux : il est marié et père de famille.

– Bravo, je ne m'en étais pas aperçue ! répliqua Sylvia tout en prenant une pose avantageuse, au cas où. C'est de soutien que j'ai besoin, pas de conseils.

– Comment veux-tu que je te soutienne dans une position insoutenable ? chuchota Émilie tout en regardant le Petit Cerdan engloutir de larges portions de Flammeküeche.

– Il faut que j'y aille ! déclara Sylvia en soupirant, je dois passer au secrétariat avant le début des consultations. Quelle tête j'ai ?

– Parfaite.

– Ne dis pas n'importe quoi, je suis affreuse.

– Tu es ravissante et tu le sais.

– Il faut que je me brosse les dents, que je me recoiffe. Allons-y.

Elles se dirigèrent vers la sortie, saluant une nouvelle fois les deux hommes au passage, puis, après un échange de bises sonores, Sylvia se hâta vers l'hôpital tandis qu'Émilie, la tête farcie de questions sans réponses, regagnait sa voiture.

Chapitre 16

Le soleil était revenu, un pâle soleil d'automne, embrumé et froid. Léo allait et venait dans son bureau, comme un condamné.

Servan avait étudié avec attention les rapports d'autopsie, mais Léo le sentait distrait, tendu. Inquiet sans doute, comme n'importe qui apprenant que son corps hébergeait une colonie de cellules indésirables. Il palpa machinalement son propre abdomen, plat et musclé, en croisant les doigts. « Pas de cancers dans la famille », disait Carlo en bombant le torse. Il était mort d'un infarctus foudroyant.

Servan n'avait rien relevé de spécial, à part la présence de meurtrissures sur les cuisses de Marie-Aude. Le légiste de l'époque n'en avait rien conclu de particulier, les attribuant à une chute. En tout cas, rien qui permette d'affirmer que la jeune femme avait pu être « suicidée ». Et rien non plus qui la relie à Alexandra Martinez ou à Laetitia Galland.

Marie-Aude aurait eu quarante-quatre ans cette année, se dit-il, tout en se demandant si Audy aurait pu être en relation avec Sonia-Lisa à cette époque-là, dans le cadre de ses performances. Mais Sonia-Lisa avait disparu en 2005, pas en 1985.

Il saisit une feuille de papier et traça nerveusement un diagramme, tout en repensant aux propos ironiques de Diego Montez sur la ressemblance de l'enquête avec une partie de Cluedo.

Victimes

Marie-Aude	*Sonia*	*Alexandra*	*Laetitia*
Lieux en relation			
Domaine	Domaine	Immeuble	Domaine
Coiffeur ?	Coiffeur ?	Coiffeur ?	Coiffeur ?
Milieu			
Art	Mode	Mode	Mode
Fréquentations			
De Béard	De Béard	Ambrosio	Ambrosio
Montez	Montez	Montez ?	Montez ?
Décès			
Pendaison	Disparition	Poignard	Coups
Inclinations			
		SM	SM
Addictions			
Drogue	Alcool		

Coupables potentiels

Ambrosio	*Montez*	*Akam*	*Cagoule*
Coiffeur	Immeuble	SM	SM
Alexandra			
Laetitia			
Mobiles			
Chantage	Jalousie	Dette	Chantage
Folie			Folie

Occasions

	Ambrosio	*Montez*	*Akam*	*Cagoule*
Laetitia :	Oui	?	?	?
Sonia :	?	?	?	?
Alexandra :	?	Oui	?	?
Marie-Aude :	?	?	?	?

Léo se frotta les yeux, reposa son stylo. À relire son schéma, plusieurs questions s'imposaient :

- Si Diego Montez tuait des femmes par jalousie, à cause d'Arnaud de Béard, cela sous-entendait qu'Alexandra et Laetitia avaient été les maîtresses d'Arnaud : à vérifier.
- Les alibis de Montez et Ambrosio pour les dates des meurtres : à revérifier.
- Pour le suicide de Marie-Aude : trop ancien.

Il appela François qui apparut, mâchonnant et bâillant.

– T'as l'air frais comme une momie, lui lança Léo tout en relisant encore une fois ses notes.

– Pas digéré le hareng de midi.

– Recrache-moi les alibis de Montez et d'Ambrosio, ça te soulagera peut-être…

Daguerre haussa les épaules.

– Dommage que le KGB n'embauche plus, Léonid.

Léo lui fit un doigt d'honneur puis, sous le coup d'une illumination, appela Djamila.

– Tu m'attrapes au vol, j'ai une réunion…

– La botte rouge, tu sais, la coupa-t-il, tu as les analyses ?

Il l'entendit tapoter sur un ordinateur.

– Attends une seconde… oui, voilà. Tu veux quoi exactement ?

– Savoir s'il y avait sous la semelle des traces de sable ou d'algues ou d'un truc maritime.

– « Un truc maritime », se moqua-t-elle, et on dit que les femmes n'ont pas l'esprit scientifique ! Sur ce, oui, effectivement, il y avait un infime résidu de slop. Ce sont des déchets de pétrole, de fuel si tu préfères, mais pas de fuel domestique. On en trouve dans les citernes des pétroliers. Cette botte a dû marcher sur une petite galette de slop issue d'un dégazage sauvage.

– Je t'adore ! hurla Léo en raccrochant.

La dernière fois qu'on avait vu Sonia-Lisa, c'était à Trouville. Au bord de la mer.

Sonia-Lisa était revenue au domaine des de Béard. Et elle y était encore.

Dans une des tombes du cimetière des animaux.

Il ne pouvait pas attendre l'exhumation du lendemain matin. Il fallait qu'il sache !

Une demi-heure plus tard, il garait la Peugeot 206 devant un magasin d'outillage.

M. Bernard avait tenu parole. Aidé par son apprenti, un jeune garçon taciturne mangé d'acné, il s'affairait dans le jardin d'hiver en sifflotant. Il tint absolument à exposer à Émilie tous les détails de ses réparations et elle l'écouta poliment en pinçant les lèvres pour ne pas bâiller.

Térésa vint la sauver en lui demandant ce qu'elle devait préparer pour le soir et Émilie s'esquiva à sa suite.

Non, ce n'était pas la peine de dresser la table, Monsieur Arnaud dînerait dans le train. Oui, le pauvre, réduit à manger ces infâmes sandwichs ferroviaires, mais il s'en sortirait, n'en doutons pas.

Térésa, haussant les épaules et maugréant, prit congé en même temps que M. Bernard et son acolyte. Le vitrier lui proposa de la raccompagner, ce qu'elle refusa énergiquement.

Émilie regarda s'éloigner la camionnette, puis Térésa enveloppée dans son imper en plastique. Enfin seule, se dit-elle en gagnant son bureau.

Un peu plus tard, elle avait étalé devant elle toutes ses notes, les photos de la botte, du levier, de la soirée de juin, les lettres d'Edmonde et la clé de la petite porte. On aurait dit du matériel pour scrapbooking. Et voici le joli porte-souvenirs du domaine : adultère, suicide, meurtre, mystère et cimetière, sans compter la botte de sept lieues et la clé de Barbe-Bleue.

À propos de conte de fées… Le Petit Cerdan mangeait comme un ogre. Et se déplaçait comme le Chat Botté. Et elle, Émilie, qui évoquait-elle ? La pleurnicheuse princesse au petit pois ? La vilaine sœur crachant des crapauds ? La courageuse petite sirène prête à mourir pour son amour ?

Ça, c'était idiot et hors de propos. Il n'était pas question d'elle dans tout ça, c'étaient les autres qui souffraient.

Et elle, elle voulait jouer les infirmières une fois de plus.

Oh, et puis stop ! Elle entassa tout dans un dossier en carton et fila vers l'aile abandonnée, attirée malgré elle par l'atmosphère désolée, la sensation douce-amère du temps passé, perdu, émietté.

La nuit était tombée, rapidement, à la manière gloutonne des crépuscules d'automne avalant le jour en quelques minutes.

Sous la lumière crue de l'ampoule suspendue à un crochet, la porte-fenêtre neuve étincelait par rapport aux vitres poussiéreuses. Dire au VDD de venir passer un coup de chiffon. Il serait ravissant, ce jardin d'hiver, une fois remis en état. Et ce serait agréable de s'installer sur le canapé en rotin, pour lire en sirotant du thé et en écoutant la pluie sur la verrière. Réussir à convaincre Arnaud. Ils n'allaient pas subir la malédiction du piano-cercueil pendant des générations !

En haut, elle eut l'étrange impression que les pièces abandonnées l'attendaient. Soupiraient furtivement d'aise à la vue d'une amie venue les tirer de leur implacable solitude.

Et en même temps cette obscure sensation de danger, comme si les pièces délabrées affectaient volontairement une allure banale, dissimulant leur moi secret.

Les lieux n'ont pas d'âme, Émilie. Sauf dans les films d'horreur. Rien ne se cache sous la poussière et les objets mis au rebut. Le matelas ne crie pas, la chaise ne sanglote pas et la petite porte ne hurle pas.

La petite porte.

Petite porte, ton heure est venue de me livrer tous tes secrets ! Par la grâce de la Clé Magique, obéis-moi et ouvre-toi !

Les lumières vacillèrent et Émilie se retourna brusquement pour vérifier qu'elle avait bien calé la porte du placard avec le fer à repasser.

Le tonnerre gronda au loin. L'orage devait rôder, d'où les baisses de tension.

Elle enfonça la clé dans la serrure. Nouveau coup de tonnerre. Une bande-son adéquate ! Elle tourna la clé jusqu'à entendre un léger déclic. Un éclair illumina soudain le couloir et elle compta jusqu'à trois avant d'entendre le grondement familier. L'orage était encore loin.

À 18h12, Émilie poussa la petite porte.

À 18h12, Léo, coiffé d'une lampe frontale, dégoulinant de sueur malgré le froid, enfonçait le coin de son levier en acier galvanisé sous la pierre tombale de Yoyo d'Amour, un teckel. Il avait déjà exploré la tombe d'Aglaë, une chatte persane. Il avait fait glisser la lourde pierre avec appréhension, rabattu son masque de peintre avant de jeter un coup d'œil, prêt à sauter en arrière en cas d'émanations de gaz. Il n'y avait pas de cercueil. Juste un minuscule squelette et du tissu moisi, qui n'exhalait plus qu'une odeur de terre humide. La chatte, enveloppée dans ce qui avait dû être des draps, avait simplement été déposée dans une fosse peu profonde.

Il tendit tous ses muscles pour soulever de quelques millimètres le couvercle de pierre qui abritait Yoyo, prit appui sur ses talons et le fit pivoter en poussant un « han » de bûcheron, comme pour l'uppercut final. Une brume insidieuse rampait entre les tombes. Le tonnerre grondait, se rapprochant. Il y avait eu un éclair. Il allait se prendre une saucée. Il se pencha, avec la sensation d'être l'imbécile de service qui se baladait seul la nuit tombée dans un cimetière plein de zombies affamés.

Mais la tombe n'abritait qu'une dépouille de chien. Un petit chien, desséché, des touffes de pelage beige encore accrochées à la peau momifiée, la gueule distendue par un rictus béant. La pauvre bête avait l'air de hurler.

À quatre pattes, Léo remit le couvercle en place, sentant le contact glacé de la boue à travers son jean. Encore quelques efforts et tu auras droit à une bonne douche chaude, se dit-il. Mais il se fichait de la douche, du froid, de la pluie ou de la boue. Il était tout entier à sa quête. Tendu comme un arc, à la fois tireur et flèche.

Il s'étira, mains sur les reins, puis se tourna vers la troisième tombe. Hector Roi des Chats. Sonia Volkoff gisait-elle sous le marbre froid, ses restes emmêlés à ceux d'un animal ? Ou ne poursuivait-il qu'un fantasme, le fantasme du flic solitaire menant sa propre enquête, du flic de roman lancé sur son erre, un électron libre, loin des tracas administratifs et des règlements, loin de la réalité bureaucratique ?

En fait, accroupi dans ce cimetière d'animaux, il s'offrait un beau rêve. Celui d'être le héros de son film intérieur.

Il enfonça le levier sous la stèle et souleva, les dorsaux et les biceps tendus comme des cordes. Les heures d'entraînement, sac de frappe, pompes, haltères, révélaient soudain toute leur utilité.

Émilie poussa la petite porte et s'immobilisa sur le seuil. Tout était noir. Elle tâtonna en vain le long du mur, à droite, puis à gauche, cherchant un interrupteur. Bon, il fallait retourner chercher la lampe torche. Où l'avait-elle posée ? Elle chercha de pièce en pièce avant de la dénicher sur une pile de bouquins jaunis.

La pierre tombale glissait, centimètre par centimètre. Léo laissa doucement retomber le levier et souffla, essayant de voir par l'interstice qu'il avait dégagé, mais le faisceau étroit de la lampe frontale ne révélait qu'un tas de feuilles mortes.

Des feuilles ? On n'avait certainement pas enterré Hector dans une fosse pleine de feuilles. Les feuilles ne pouvaient s'y être glissées que si quelqu'un avait rouvert la tombe, sans précaution, guidé par l'urgence d'une inhumation clandestine.

Galvanisé, il cracha dans ses paumes et empoigna le levier.

Émilie se tenait au bord de l'obscurité, scrutant les ténèbres du faisceau étriqué de la lampe torche. En balayant l'espace, elle distingua des murs en brique, un toit pentu, des poutres courant d'un mur à l'autre au-dessus d'un plancher de bois brut.

Le plancher ne sert que d'isolant, il ne supportera pas ton poids, se dit-elle en se rappelant les remarques d'Arnaud. Pour avancer là-dedans, il faut marcher sur les traverses. Mais pourquoi avancer là-dedans ? Quel intérêt ? Des combles vides et poussiéreux, sûrement farcis d'araignées géantes. Elle allait refermer la porte, avec un certain regret, quand le rai de lumière accrocha quelque chose.

Un petit bout de papier blanc. Qui ressemblait à un ticket comme en éditent les caisses enregistreuses. Comme ce ticket d'Auchan qu'elle avait ramassé l'autre fois. Son ticket d'Auchan. Mais elle n'était jamais entrée dans ces combles et donc cette fois-ci il ne pouvait pas s'agir du sien.

Peut-être qu'un ouvrier a perdu ce bout de papier il y a trente ans, quelle importance ? Tourne-toi et pars. Tu ne sens pas comme ça pue, ici ?

Elle s'immobilisa. Oui, il y avait une odeur. Légère, mais étrange. Vaguement métallique. On ne pouvait pas la qualifier de puante, alors pourquoi se sentait-elle dégoûtée ? Elle ferma les yeux, se demandant à quoi l'odeur la faisait penser. Au boucher. Au boucher de leur enfance, qui faisait le coin de la rue et qui portait un tablier couvert de traînées sanglantes. La boutique sentait la viande morte, froide, le sang.

Elle frissonna. Une odeur de boucher dans des combles fermés à clé. Et si elle avait débusqué le terrain de jeu secret de Charles ? Un endroit où s'adonner à des plaisirs plus que malsains ? Edmonde avait mentionné qu'il se faisait attacher par sa jeune maîtresse. Pouvait-il y avoir eu pire ? Elle se représenta vaguement des séances de torture SM, avec des bougies, des menottes, des pinces, tout le folklore popularisé par les films.

Et ce ticket, si c'était un ticket, aurait appartenu à Charles ? « Cagoule en cuir : 12,50 F, Fouet : 6,99 F, Menottes : 23,80 F »

Ce n'étaient que des suppositions idiotes, mais autant en avoir le cœur net. Elle fit un pas en avant.

Léo avait dégagé la tombe sur près de quarante centimètres. C'était suffisant. Il plongea la tête par le trou, pour voir le fond.

Un crâne le dévisageait de ses orbites vides. Étroit, pourvu de petites dents aiguës. De petites côtes à demi effritées par le temps, de la poussière d'os.

Et des pattes.

De longues pattes pourvues de longs pieds.

Le tout beaucoup trop long pour un chat, même de belle taille.

Un chat pourvu de jambes et de pieds humains.

Sa poitrine se dilata sous l'effet de la victoire et avec une énergie renouvelée il poussa la pierre tombale sur le côté.

Il distinguait nettement les restes humains emmêlés à ceux du chat. Une main aux phalanges luisantes semblait caresser le petit squelette du félin. Des restes de tissu s'entortillaient autour des os nus du bassin. Il ne voyait pas le crâne, peut-être enfoui dans la terre, mais il n'y avait pas de doute. Sonia-Lisa Volkoff gisait dans la terre sombre.

Il l'avait trouvée !

Il se pencha encore, haletant, nota les liens qui maintenaient les poignets. Du fil de fer. On l'avait attachée avec du fil de fer. Bon Dieu, il fallait prévenir François, Sophie Gravier, tout le monde… Il pêcha son portable dans sa poche de poitrine et composa le numéro de Daguerre, sans quitter les pauvres restes des yeux.

Ce qui l'empêcha d'entendre qu'on s'approchait de lui.

Émilie avançait sur la solive, large d'une vingtaine de centimètres, examinant le plancher en dessous. Il n'avait pas l'air si fragile. Elle y posa un pied, appuya un peu, sentit la latte ployer. OK : rester sur les poutres.

Un fouillis de pattes détala dans un coin et elle fit la grimace. Elle avait peur des insectes et particulièrement des araignées. Elle avait même du mal à les écraser.

Même après l'avoir vue plus de quinze fois, elle ne pouvait pas regarder la scène où une énorme mygale noire et velue se promène sur le torse de James Bond sans pincer Arnaud en piaillant.

La curieuse odeur s'intensifiait, comme si on avait entreposé de la viande dans le grenier. De la viande un peu faisandée. Elle plissa le nez. Un rat mort ?

Elle n'appréciait pas non plus les rats. Ni morts ni vifs. Une raison supplémentaire pour tourner les talons. Mais une fille d'Ève pouvait-elle renoncer à mordre au fruit de la connaissance ? Que serait devenue l'humanité sans l'étincelle féminine de la curiosité ? se dit-elle, bravache, se rapprochant du mur du fond en balançant sa torche,

Qui capta soudain une flaque rouge. Luisante et rouge. Un carré de plancher peint en rouge sombre. Elle leva les yeux et vit que les murs eux aussi étaient couverts de ce rouge, soigneusement étalé, une épaisse laque rouge foncé et brillante. Balayant l'obscurité du faisceau de sa torche, elle repéra un seau. Intriguée, elle s'en approcha.

Le seau était quasi vide et dégageait une étrange odeur. Elle trempa le doigt dans la mixture rouge, le renifla. Ça sentait…

Le sang.

Avec un sursaut elle essuya vivement son doigt souillé sur son sweat.

Le sang ?

Mais cela voulait dire… que le sol… les murs… avaient été peints avec du sang ?!

Impossible, voyons, elle délirait !

Elle avança d'un pas, en frissonnant, et le faisceau de la torche tremblota. Pourquoi aurait-on recouvert les murs de sang ? L'idée saugrenue de sacrifices vaudou lui traversa l'esprit. Elle imagina brièvement Térésa égorgeant des poulets et les vidant dans le seau. Mais

Téréssa ne venait jamais par ici. Téréssa était bien trop vieille pour chasser des poulets dans des combles dangereux.

La nuit dernière, Arnaud avait entendu du bruit. Un intrus. Un intrus venu barbouiller les murs avec un seau plein de sang ?

Quelqu'un qui connaissait bien les lieux. Qui savait comment y accéder.

Diego.

Diego qui avait voulu tuer Sonia-Lisa. Diego qui peignait ces affreuses femmes mortes. Diego qui l'avait surprise l'autre jour en venant la rejoindre à l'étage. C'était lui qui avait dû être surpris, en fait. Il pensait peut-être rejoindre tranquillement le placard et sa pièce secrète.

Mais où Diego se serait-il procuré tout ce sang ? Elle frissonna.

La jeune fille. Laetitia. Torturée. C'était d'ici qu'elle s'était enfuie, c'était elle qui avait traversé la route sous leurs phares, pas une biche ! Elle repensa brusquement à M. Bernard et au trou dans la verrière. Sonia-Lisa, parvenant à s'évader et se jetant dans le vide ! Cet endroit n'était qu'une salle de tortures.

Arrête, tu débloques ! Diego, ton copain Diego, le pote d'Arnaud ! Oui, oui, Diego. Il était fou, comme le type dans *Le Silence des agneaux*. Un psychopathe.

Elle avança encore, soudain mue par un violent besoin de savoir, de voir. Comme quand on appuie sur une dent gâtée. Elle voulait sentir la douleur. Être sûre. La douleur chasserait le doute, la stupeur. La douleur la ferait bouger, agir.

Elle avança encore, toujours sur la poutre centrale. Prit conscience que le plancher paraissait complètement pourri, avec de larges interstices entre les lattes. Un faux pas et c'était une chute de sept mètres. Elle s'immobilisa.

Le carré rouge scintillait sous le rayon lumineux et une boule sombre s'y reflétait. Clair de lune dans ciel de sang. Elle dirigea la torche vers le mur du fond. Et hurla.

Un visage de femme la regardait. Un masque de peau ratatiné aux yeux vitreux. De longues mèches jaunies s'échappaient du crâne, collées au mur, comme des vrilles de paille.

Émilie déglutit, essayant de calmer les battements affolés de son cœur. La femme était morte. Ses yeux glauques ne verraient plus rien.

Elle cligna des yeux. Une tête de femme morte. Pas de corps. Une tête de femme morte contre un mur. Clouée au mur ? Une tête de femme morte contre un mur, ça faisait comptine. Un grenier badigeonné de sang. Du sang. Une tête.

Sonia-Lisa ! Oh ! mon Dieu, Sonia-Lisa ! Elle était passée à travers la verrière, il l'avait rattrapée, ramenée ici, achevée. Décapitée. À moins qu'elle ne se soit tuée en tombant, c'était un accident et…

Un accident, c'est ça. Et du coup, il avait décidé de garder sa tête en souvenir.

Les flics. Tout de suite. Elle plongea la main dans sa poche pour prendre son téléphone. Qui n'y était pas. Elle l'avait laissé dans le bureau, elle le voyait nettement sur l'imprimante.

La bouche sèche, elle amorça un demi-tour.

Chapitre 17

Ce fut la cigarette qui sauva Léo. Debout au bord de la tombe, il avait posé la torche et réfléchissait. La lame fendit la nuit, droit vers sa nuque, à la seconde précise où il décida d'en griller une. Il pivota sur lui-même en fouillant ses poches et l'acier tranchant frôla sa joue comme un trait de feu.

Ses réflexes prenant le pas sur la surprise, il sauta en arrière en dégainant son arme de service. Une silhouette noire se ruait sur lui, il tira.

Le bruit de la détonation résonna dans la nuit, se mêlant au tonnerre. Léo trébucha sur l'angle de la pierre tombale qui lui écorcha le tibia et s'étala dans la boue tandis que son agresseur s'enfuyait. Il se releva d'un bond, mais son attaquant avait disparu dans les fourrés.

Furieux, il arpenta lentement la clairière, à l'affût, arme au poing. Les coups de tonnerre de plus en plus rapprochés empêchaient d'entendre quoi que ce soit. Un immense éclair blanc cisailla le ciel, puis, d'un coup, la pluie se mit à tomber à seaux. Il ne manquait plus que ça, se dit-il en rengainant son arme et en remettant précipitamment le lourd couvercle sur la tombe. Que la pluie noie tous les indices.

Il se redressa, déjà trempé, la pluie rebondissait sur les tombes avec un crépitement de mitrailleuse. Il rabattit la capuche de son blouson et vit sa main gauche rouge de sang. Il se toucha la joue, là où ça brûlait un peu. Le salaud l'avait bien entaillé ! Avec la torche par terre, il n'avait rien vu, qu'une forme sombre crevant soudain la nuit, et lorsqu'il avait tiré la brève lueur de la détonation n'avait éclairé que le bas d'un pantalon noir.

Il attrapa son téléphone et composa de nouveau le numéro de François. Ça ne passait pas. Se rapprocher du manoir. Émilie de Béard était en danger. Il avait été idiot. Elle risquait de mourir à cause de lui. Comme Julia.

Il se mit à courir sous la pluie battante, à longues et puissantes foulées, sans cesser d'appuyer sur la touche « rappel », sans oublier que le tueur pouvait jaillir de l'ombre et fondre sur lui à tout instant. À vrai dire, il le souhaitait presque. Le neutraliser. Le démolir. L'annihiler. Poser le pied en travers de sa gorge. Ne perds pas ton temps en pensées futiles. Cours.

Le vent qui s'était levé sous l'orage faisait frémir la forêt tout entière et il faillit se faire éborgner par une branche basse. Il déboula au pied du mur d'enceinte, le longea à toute allure jusqu'à la grille massive. Ouverte. Ils n'étaient pas peureux. Il remonta l'allée gravillonnée ventre à terre, dérapant dans les flaques. Il y avait deux voitures garées sur le perron. La Smart d'Émilie et la Mercedes d'Arnaud.

En s'approchant, il distingua le ronronnement d'un moteur. Il eut le temps de se dire que quelqu'un démarrait, qu'il fallait le stopper, mais déjà une grosse moto surgissait entre les haies, bondissait sur lui et l'envoyait valser dans les hortensias d'Hugo comme une poupée de chiffons. Sa tête heurta le rebord d'une jardinière et tout devint noir sous le ciel blême.

Émilie s'était retournée, pressée de courir téléphoner, mais elle se figea, terrifiée.

Il y avait quelqu'un.

Une grande silhouette noire qui se détachait dans le halo de la lampe.

Arnaud ! C'était Arnaud ! Il avançait rapidement vers elle et elle faillit en pleurer de soulagement en se jetant dans ses bras. Il lui embrassa les cheveux et l'écarta doucement pour la regarder.

– Il faut prévenir les flics ! dit-elle en hoquetant. Là, là-bas… il y a…

– Je t'avais dit de ne pas ouvrir cette porte, soupira Arnaud, je t'avais dit que c'était dangereux.

– Mais… de quoi est-ce que tu parles ? Il y a une tête de femme là au fond ! cria-t-elle. La tête de Sonia-Lisa !

– Tu ne m'as pas écouté. Tu m'as désobéi. Tu n'aurais pas dû, poursuivit Arnaud de sa voix calme et lasse.

Émilie tendit une main incrédule vers sa joue bleuie de barbe.

– Arnaud… ce n'est pas important, ce qui compte, c'est cette tête coupée !

– Ce qui compte, c'est que tu l'aies vue, lui renvoya-t-il.

Émilie frissonna, soudain glacée. Arnaud lui avait interdit de monter dans les combles. Arnaud avait confisqué la clé. Parce qu'il savait ce qu'elle y trouverait. Parce que c'était lui qui l'avait mise là. C'était lui qui avait cloué la tête de Sonia-Lisa contre le mur ! lui hurla une voix intérieure, et elle eut presque envie de vomir sous le coup de la révélation.

– Toi ! s'écria-t-elle en reculant sur la poutre. Toi ! Tu étais amoureux d'elle ?

– Il y a longtemps… lui renvoya-t-il sans bouger, massif, les bras ballants. Dès qu'elle est arrivée au lycée… Un truc de gamin. Et puis, je suis tombé amoureux de Marie-Aude, Sonia est partie, elle a connu d'autres types, ce con d'Ambrosio… Et il y a quatre ans, nous nous sommes revus, et ça a recommencé. Malheureusement.

– Juste avant que tu me rencontres, constata-t-elle.

– Oui. Mais ça n'aurait pas duré, je ne l'aimais pas vraiment. Je le sais depuis que je te connais.

– Mais, mais pourquoi… ?

Elle désigna vaguement la chose derrière elle sans pouvoir prononcer les mots.

– Parce que c'est toujours comme ça. Tu ne peux pas comprendre. Je n'ai pas le choix !

Il fit un pas vers elle et leva ses bras puissants. Il allait l'attraper, l'étrangler, non, pas son Arnaud, pas l'homme de sa vie.

Le tueur, le meurtrier de sa vie !

Non ! Elle cria, tenta de le repousser, il lui saisit les poignets.

– Tout est perdu maintenant, dit-il, tout est perdu.

Il l'attira contre lui et elle se dit qu'elle allait mourir entre ses bras, là, maintenant, quand il la lâcha, pencha la tête comme s'il écoutait quelque chose.

– Reste là, dit-il, ne bouge pas !

Il courut jusqu'à la porte et la referma derrière lui.

Émilie s'élança à sa suite, fuir, fuir n'importe où, droit devant, se cacher…

Il avait refermé à clé. Elle était enfermée ici. Avec la tête d'une morte. Il allait revenir l'achever. Affolée, elle chercha des yeux un endroit où se cacher. Recula tout au fond, vers l'ignoble trophée. Elle lui balancerait le seau à la tête, elle le ferait dégringoler, se rompre les os.

Elle parlait de tuer Arnaud ? Son Arnaud ? Désemparée, perdue, elle s'accroupit sur la poutre étroite et laissa échapper quelques larmes qu'elle essuya rageusement.

Pas le moment de pleurer. « *No woman, no cry.* » La voix de Bob Marley résonnait incongrûment dans sa tête. « *No woman, no cry.* » Non, femme, ne pleure pas. Bats-toi.

Elle se rapprocha du seau, le saisit par l'anse. Un solide seau en fer d'une contenance de dix litres environ. De quoi assommer quelqu'un. Le problème, entre autres, c'était qu'elle était bien trop petite pour toucher Arnaud à la tête. Il bloquerait le coup sans effort.

« Toucher Arnaud à la tête. » La phrase lui semblait délirante. La tête clouée au mur lui semblait délirante. Mais elle était réelle. Tout était réel.

Térésa le savait-elle ? Savait-elle ce qui se passait ici ? Émilie la voyait très bien essuyant les traces de sang par terre avec sa serpillière avant d'aller la rincer dans l'évier en chantonnant. Fermement cramponnée à l'idée que tout allait bien, que tout devait aller bien.

Comme toi, Émilie.

La clé. Le cliquetis de la clé dans la serrure. Elle recula, le seau à la main.

La porte s'ouvrit, quelqu'un entra, trébuchant, la porte se referma. Un tour de clé.

Quelqu'un s'avançait vers elle. Un guerrier japonais en grande tenue de *kendoka*. Courbé en deux, le masque ajusté, le sabre brandi. Un cauchemar noir et glissant.

Émilie braqua sa torche vers le visage du kendoka, espérant l'aveugler, et l'autre s'immobilisa.

– Arnaud, dit-elle, arrête ça. S'il te plaît.

L'autre se figea, baissa le sabre qui semblait taché, le rangea à sa ceinture. Ôta son masque, libérant ses cheveux bruns.

– Émilie ? fit le *kendoka*.

– Anne ?

Émilie regardait Anne, bouche bée. Elle reposa le seau.

– Mais qu'est-ce que tu fais là ?

– Je suis venue te chercher.

– Mais… Arnaud…

– Je sais, c'était stupide. Je pensais pouvoir me glisser jusqu'ici sans qu'il me voie, j'ai pris le masque et le sabre pour me protéger, mais… il est arrivé par-derrière…

– Comment on va sortir d'ici ? demanda Émilie qui venait de comprendre qu'Arnaud avait refermé la porte après avoir poussé Anne à l'intérieur. Il faut qu'on sorte avant qu'il revienne !

– Ça me semble difficile, fit Anne. Tout est si difficile, continua-t-elle d'une voix morne en s'appuyant à une solive.

Elle semblait souffrir.

– Tu étais au courant ? Réponds-moi ! lui intima Émilie.

Anne soupira.

– Arnaud a toujours aimé les jeunes femmes blondes, lâcha-t-elle. Blondes et minces, comme son ivrogne de mère.

– Tu savais qu'Edmonde buvait ?

– Tout le monde le savait. Elle était pitoyable. Elle se saoulait, faisait des scandales.

– J'ai trouvé son journal, dit Émilie en s'asseyant sur la poutre. Elle dit que son mari la trompait.

– Ça t'étonne ? Contrairement à elle, ce pauvre Charles était porté sur le sexe. Ça se voyait dans son regard.

– Il t'a fait des avances ?

Anne sembla réfléchir, les yeux mi-clos.

– Charles faisait du charme à tout le monde, finit-elle par répondre.

Revenant au présent, Émilie se retourna vers la tête momifiée.

– Arnaud m'a avoué que c'était Sonia-Lisa. Rien que de penser qu'il l'a… et le corps, où est le corps ?!

– Enterré dans une des tombes du cimetière des animaux.

– Pourquoi avoir gardé la tête ? balbutia Émilie, écœurée.

– Comme trophée. Les chasseurs font ça.

– Arnaud n'est pas un psychopathe ! cria Émilie. Puis soudain, sur le qui-vive : Écoute ! Tu n'as pas entendu quelque chose ? En dessous ?

Anne tendit l'oreille.

– Non, rien. Ce doit être le bois qui travaille.

– Il va revenir, il ne peut pas nous laisser repartir, reprit Émilie. Tu sais te servir de ce truc ? dit-elle en désignant le sabre.

– Un peu, dit Anne en saisissant la poignée et en faisant tourner l'arme dans le faisceau de la torche qui commençait à faiblir.

Émilie examinait les lieux. Et si elles soulevaient deux lattes du grossier plancher ? Elles pourraient se faufiler dans l'ouverture, s'y laisser glisser. Et se briser la nuque ou les reins à l'atterrissage.

À moins que… En nouant leurs vêtements elles auraient une sorte de corde, comme les prisonniers s'évadant à l'aide de leurs draps. Il suffirait de fixer une des extrémités à une poutre. Oui, c'était jouable et mieux valait deux jambes cassées que la perspective de voir leurs têtes décorer le mur.

Fébrile, elle se coucha à plat ventre pour examiner le vide par une fissure, se figea. C'était allumé en bas.

– Anne ! regarde, souffla-t-elle. C'est allumé, il y a quelqu'un !

Anne s'allongea à son tour lentement, avec difficulté.

– Alors, qu'est-ce que tu vois ? demanda Émilie qui se tordait le cou.

– Rien que le sol poussiéreux et les plantes fanées, dit Anne en se redressant.

– J'aurais pourtant juré… Bon, j'ai une idée.

Émilie lui exposa son plan et Anne fit une moue dubitative.

– Il y a près de sept mètres de hauteur.

– Tu préfères mourir ici ?

– Moi, non !

– Ça vaut la peine d'essayer ! insista Émilie.

À cet instant un coup sourd ébranla la porte. Elles se pétrifièrent.

Un nouveau choc, plus fort.

– Ouvre ! hurla une voix derrière le lourd panneau.

Arnaud ?

– Ouvre cette porte !

Émilie eut à peine le temps de murmurer « Mais qu'est-ce que… » avant que la porte cède soudain sous les coups de boutoir d'Arnaud, propulsé dans le grenier, une hache à la main. Emporté par son élan, il trébucha sur le sol inégal et se rattrapa *in extremis* à une poutre du plafond que sa tête touchait presque.

Émilie se pétrifia. Anne, sabre au clair, faisait face à Arnaud qui levait sa hache. C'était dément ! Elle avait envie de se frotter les yeux et de se réveiller sous une bonne engueulade de Térésa.

– Fous le camp ! lança Arnaud, et Émilie mit quelques secondes à comprendre qu'il s'adressait à elle.

Elle s'aperçut qu'il avait du sang sur le visage.

– Fous le camp ! Vite ! répéta-t-il sans baisser sa hache.

Émilie fit un pas en avant, mais elle ne pouvait passer que si Anne sautait sur une autre traverse.

– Recule, lui ordonna celle-ci ! Recule !

Indécise, Émilie resta plantée où elle était. Que faire ?

Arnaud bondit, levant son arme. Anne redressa le sabre. Émilie cria.

Léo ouvrit les yeux et ne vit rien. Paniqué, il tenta de se redresser, retomba sur le ventre, sa bouche heurta de la terre mouillée. On l'avait enterré vivant ! Il remua les bras, agrippa des feuilles humides. Des plantes. Il était couché à plat ventre dans un massif de plantes.

Il essaya de nouveau de se redresser, la douleur explosa dans sa cheville gauche et il s'écroula.

Cheville cassée, diagnostiqua-t-il en roulant sur le côté, ce qui déclencha une deuxième onde de douleur au niveau du thorax.

Et côtes enfoncées. Ou brisées. La moto, la moto qui lui avait foncé dessus. Il avait été stupide ! Haletant, il fouilla ses poches à la recherche de son portable. Non, il l'avait à la main au moment du choc. Il avait dû valdinguer dans le coin. Il ratissa autour de lui en allongeant les bras au maximum, puis il entreprit de s'asseoir, lentement, en respirant a minima.

Une fois assis, ruisselant de pluie et de sueur, il scruta les environs. Repéra le téléphone. À trois mètres de là. Sa coque argentée brillant sur le gravier. Serrant les dents, Léo entreprit de ramper dans la terre détrempée. Appeler les renforts. Avant qu'Émilie de Béard soit exécutée.

Il avait l'impression qu'on lui enfonçait des épées dans les flancs et à chaque heurt sa cheville semblait se briser une nouvelle fois. Il s'arrêta pour reprendre son souffle. Recommença sa lente reptation. Dans les films, les types couraient avec des jambes brisées, des balles dans le corps. Dans la vie, ils s'effondraient en appelant leur mère. Opte pour un compromis. Avance comme une tortue avec la ténacité de la fourmi.

Plus que quelques centimètres. Il l'avait ! Il referma la main sur le portable avec la satisfaction du coureur de marathon qui franchit la ligne d'arrivée.

Et s'aperçut que l'appareil était éteint. Il essaya de le rallumer, sans succès. La pluie battante et le choc avaient eu raison de la technologie. Furieux, il le jeta contre le tronc d'un chêne tout proche. Puéril, Léonid. Calme-toi. Réfléchis. Il y a le téléphone dans la maison. Ramasse une des branches cassées par le vent, aide-t'en pour marcher jusque là-bas. Allez, bouge !

Il en chercha une assez longue et solide, et, se tenant au tronc, réussit à se redresser avant de prendre appui sur sa béquille improvisée et de remonter lentement la dizaine de mètres qui le séparait du porche, couvert de boue et claquant des dents.

La solide porte d'entrée en chêne sculpté était verrouillée.

Serrant les dents sous l'effet de la douleur et de la colère, chassant la pluie qui lui dégoulinait dans les yeux, Léo avisa la rotonde du jardin d'hiver et son élégante porte-fenêtre. Il boitilla jusque-là. Le grondement du tonnerre empêchait d'entendre quoi que ce soit. L'orage rôdait toujours en lisière de la forêt, tel un maraudeur à l'affût. Il ramassa un caillou, le plus gros qu'il trouva et le balança de toutes ses forces dans la porte vitrée flambant neuve. L'effort le laissa haletant.

Le trou n'était pas assez gros.

Il s'approcha, et, debout sur une jambe, s'appuyant d'une main à la paroi, frappa la vitre avec la branche qui lui servait de canne, faisant dégringoler les éclats de verre par terre.

Il reprit son souffle, attendant que la douleur dans ses côtes s'estompe un peu, essuya avec sa manche le sang de sa blessure à la joue et passa la main dans l'ouverture pour faire jouer le verrou.

Une fois à l'intérieur, il s'aperçut qu'il grelottait. La boue lui collait comme un linceul glacé et un vertige l'obligea à rester plusieurs secondes immobile sous la grande verrière, la tête baissée. Après avoir récupéré, il avança vers le salon de musique qui était éclairé. Une ampoule nue se balançait au-dessus d'un piano couvert de poussière. Il hésita, ne sachant trop quelle direction prendre.

Du bruit au-dessus de sa tête.

Plissant les paupières, il distingua le plafond, un parquet gauchi par le temps et dont les lattes craquaient. Il y avait des gens là-haut !

L'escalier. Monter.

– Police ! hurla-t-il en dégainant son arme, police !

Un fracas assourdissant lui répondit, suivi d'un nuage de poussière, et quelque chose le frappa violemment à la tête. Deuxième knock-out.

Arnaud bondit vers Anne, indifférent au sabre, le tranchant de sa hache étincelant. Émilie hurla, Anne pivota au dernier moment, se fendant sur la droite, cisaillant l'espace devant elle, cisaillant la taille d'Arnaud qui ouvrit la bouche de surprise et, entraîné par son élan, bascula sur le plancher pourri, du sang jaillissant de son ventre ouvert. La hache rebondit sur les lattes tandis qu'Arnaud, dans un cri muet, passait soudain à travers le plancher.

Puis il n'y eut plus que le silence.

De la poussière en suspension.

Le grincement du bois.

L'écho lugubre d'une note de musique.

Anne, courbée en deux, le sabre dégouttant de sang.

Émilie, les mains plaquées sur la bouche, les yeux exorbités.

Arnaud était blessé, Arnaud était tombé, il était certainement mort, fracassé en contrebas. Pour la sauver, sa sœur Anne avait tué son mari !

Elle se tourna vers elle, vit ses yeux pleins de larmes.

– Tu n'avais pas le choix, souffla-t-elle, alors que tout son corps hurlait « Arnaud ! ».

– C'est ta faute ! lui renvoya Anne. Tout est de ta faute !

– Mais…

– Tais-toi ! C'est à cause de toi que j'ai dû l'abattre ! Parce qu'il voulait te garder à tout prix ! Parce qu'il t'aimait !

– Il voulait nous tuer…

– Il voulait t'épargner !

– M'épargner ? Mais qu'est-ce que tu racontes ?

Anne lui sourit. Un sourire étrange. Un sourire comme un sanglot.

– Il voulait t'épargner le sort des autres. Il voulait changer. Il avait changé. Il ne voulait plus que personne meure.

– Il faut descendre ! dit Émilie. Vite !

Anne ne bougea pas. Au contraire même, elle leva de nouveau le sabre.

– Reste là. Arnaud doit mourir. C'est son tour. Tu savais pour le bébé ?

– Le bébé ? répéta Émilie en songeant qu'Anne était en état de choc et qu'Arnaud… on pouvait peut-être le sauver, en appelant le Samu, tout de suite…

– Donnadieu, son petit frère. C'est Arnaud qui l'a tué.

Émilie se sentit glacée.

– Edmonde lui avait ordonné de surveiller le bébé pendant qu'elle jouait de son foutu piano. Arnaud n'aimait pas bébé Donnadieu. Arnaud ne supportait pas que Maman fasse des câlins à bébé Donnadieu. Pendant que Maman jouait, pendant que Maman l'oubliait, il a emporté bébé Donnadieu dans son couffin ici à l'étage, il l'a attaché à la chaise de punition dans le placard, la chaise où Papa Charles l'attachait pour le punir lui, il lui a collé un sac en plastique sur la tête et il a attendu. Quand il n'y a plus eu de bruit sous le sac, il l'a enlevé, a repris bébé Donnadieu et son couffin et les a replacés près de Maman, qui, toute à son art, ne s'était aperçue de rien.

– Comment le sais-tu ?

– Arnaud me l'a avoué un soir. Il savait qu'il pouvait tout me dire… que je le comprendrais toujours. Que je l'aimerais toujours. Pas comme ces pauvres connes dont il s'entichait ! Et il se désolait qu'elles meurent !

Émilie avait une conscience aiguë du temps qui passait, de la vie d'Arnaud qui s'écoulait, il fallait absolument descendre voir Arnaud, et en même temps elle savait qu'Anne ne la laisserait pas passer. Qu'Anne n'hésiterait pas à lui trancher la gorge plutôt que de la laisser passer.

– Anne ! dit-elle.

– Oui ?

– Anne. Tu es ma sœur.

Anne la dévisagea comme un entomologiste observe une mouche.

– C'est moi qui aurais dû être la femme d'Arnaud, dit-elle. Pas toi. Toi, tu ne le connais pas, tu ne le comprends pas, tu ne sais pas prendre soin de lui.

– En le protégeant ? En protégeant un tueur de femmes ? C'est ce que tu as fait ?

– Mais Arnaud n'a jamais tué aucune de ces crétines ! laissa tomber Anne comme si Émilie était débile.

Émilie crut avoir mal entendu. Anne la regardait, les yeux au ciel, l'air excédé.

– Ce que tu peux être cruche, quand tu le veux ! Tu crois qu'Arnaud aurait été capable d'en tuer une seule ? Tout ce qu'il voulait, c'était leur corps, leur obéissance ! Arnaud est un dominateur, comme moi. C'est bien le problème.

– Mais de quoi parles-tu ? articula soigneusement Émilie.

– De tout ça ! Du fait qu'Arnaud ne m'a jamais aimée ! Il ne voulait que des blondasses fadasses, comme sa mère, comme toi ! Des femmes douces et soumises. Des esclaves. Il m'a toujours considérée comme un bon copain. Et moi, je me consumais pour lui. Je couchais avec son imbécile de père, mais je rêvais de lui.

– Toi ? C'était toi ?! Avec Charles ?

– Tu ne me trouves pas assez bien pour ce vieux bouc ? C'est lui qui m'a fait découvrir les joies du SM. Il voulait que je le batte. C'était amusant. J'y ai pris goût.

Émilie avait l'impression de tomber dans un puits, un puits profond, un puits peut-être sans fond. Ce qui comptait, c'était juste cette sensation de chute. De perdre pied. De sombrer.

Un puits. Sonia-Lisa. Oh ! mon Dieu…

– Anne, dit-elle la bouche sèche, Anne, si ce n'est pas Arnaud qui a tué ces femmes… est-ce Diego ?

Anne ouvrit des yeux ronds.

– Diego ? Diego n'est au courant de rien. Sauf de ce qu'il a pu deviner par lui-même.

Elle fit une pause pour considérer le visage hébété de sa cadette avant de s'exclamer, agacée :

– Mais enfin, Émilie ! Je pensais que tu avais compris que c'était moi !

Le puits avait bien un fond en fin de compte et Émilie y atterrit rudement, si rudement qu'elle se sentit K.-O., le temps que le sens réel de la phrase chemine dans son cerveau.

C'était Anne. C'était Anne le tueur que recherchait la police. Anne, folle de jalousie, Anne qui tuait les maîtresses d'Arnaud.

Et qui allait maintenant la tuer, elle, Émilie. Celle qu'Arnaud avait épousée. La préférée. Anne allait la tuer avec le sabre d'Arnaud. Arnaud qui était en train d'agoniser là-bas en dessous. Arnaud qui avait étouffé son petit frère et expié son acte tout le reste de sa vie en laissant Anne commettre ses crimes.

Arnaud et Anne, liés par le sang versé.

Le puits avait bien un fond, qui donnait sur un autre monde. Un monde où son immense mari n'était plus qu'un petit garçon égoïste et effrayé. Où sa grande sœur n'était plus qu'une petite fille jalouse et perverse. Un monde d'enfance, de fantasmes de toute-puissance. Un monde de haine et de frustrations.

Émilie ferma les yeux. Elle ne se battrait pas. Son mariage n'était pas un conte de fées, mais une farce sanglante.

– Comme je ne pouvais pas l'avoir lui, je lui trouvais ses maîtresses, disait Anne. Pour partager son intimité. Mais Alexandra et Laetitia avaient monté un réseau de chantage. Elles voulaient balancer leurs sales photos sur le Net. Il fallait que je le protège, que je nous protège.

Elle agita un trousseau de clés, celles de la maison, en ricanant :

– Heureusement, j'avais les clés de son bonheur !

Émilie comprenait enfin les lumières dans la nuit, les portes qui claquaient, les cavalcades, l'alcool dans la cuisine, le placard se refermant sur elle, jusqu'aux billes dans l'escalier. Des allées et venues sanglantes, des tentatives de lui faire mal.

Le ticket d'Auchan avait dû tomber de la poche de Laetitia Galland avant qu'elle réussisse à s'échapper à moitié morte, se dit-elle avec un goût amer dans la bouche.

Elle se revit soudain dans le bureau d'Anne, le jour du meurtre d'Alexandra. Anne sortant du cabinet de toilette. Anne qui venait de rentrer par le passage entre les deux immeubles. Qui venait de se laver du sang dont elle avait sans doute été éclaboussée.

Anne, sa sœur Anne, dont le visage n'était plus qu'un masque blême et rigide, Anne qui levait le sabre, visant la carotide. Émilie serait-elle encore jolie, défigurée par la mort, la bouche distendue, les yeux exorbités ?

– Adieu, Émilie ! murmura Anne.

La lame siffla.

Explosion. Quelqu'un criait.

Est-ce que c'est moi ? se demanda Émilie en refusant toujours d'ouvrir les yeux. Elle porta instinctivement la main à sa gorge. Pas de liquide chaud. Pas de sang. Sa tête était toujours sur son cou. Elle cligna des paupières.

Anne était tombée sur la poutre, le sabre gisait sur le parquet défoncé. Pierre, livide, la regardait, un pistolet à la main.

– J'ai visé les jambes, balbutia-t-il. Elle allait te tuer… notre sœur…

Il était au bord des larmes. Il montra le revolver qui tremblait au bout de sa main.

– C'est celui du flic. Il m'a dit de monter, vite. On avait apporté la pizza… Arnaud… il… je crois bien qu'il est mort. Mais c'est quoi, ce bordel, Émilie ?!

Émilie fut prise d'une violente nausée et se mit à vomir, puis elle s'évanouit.

Quand elle revint à elle, il y avait des gens qui parlaient fort, des gyrophares, des bruits de pas. Le Petit Cerdan assis sur le tabouret de piano, la tête et la poitrine bandées, la jambe immobilisée, en train de fumer. Une flaque de sang par terre. Elle était dans le salon de musique. Au-dessus de sa tête, le trou dans le plafond par où était passé Arnaud.

Arnaud. Des brancardiers emportaient un grand sac plastifié.

– Attendez !

Comme sa voix paraissait faible. Un miaulement effrayé. Mais ils s'arrêtèrent. Regardèrent le Petit Cerdan qui hocha la tête et défirent la fermeture Éclair.

Émilie plongea pour la dernière fois son regard dans

les yeux gris et vides de son bel amour. Le sang dont il était barbouillé lui dessinait un sourire.

– Va en paix, lui dit-elle en l'embrassant sur les lèvres.

Des lèvres froides. Sèches.

Elle s'écarta, vacillante. Pierre la retint par le coude. Gwenaëlle parlait avec une femme flic. Le coéquipier du Petit Cerdan entra, il sentait la pluie, l'énervement.

– On a failli vous perdre, laissa-t-il tomber. Vous et lui.

Il désignait le Petit Cerdan, immobile derrière les volutes de fumée.

– C'est un miracle que vous soyez arrivé, monsieur, dit-il à Pierre. Un putain de miracle.

– Émilie nous avait invités… une coïncidence… balbutia celui-ci.

Les cartons des pizzas étaient posés par terre, intacts. Les flics discutaient, prenaient des photos.

Dehors, dans une des ambulances, Émilie distingua la chevelure noire d'Anne, couchée sur un brancard, sous perfusion.

– Elle a été blessée à la jambe, dit François Daguerre. Rien de trop grave. Elle a tout avoué. Je suis désolé. Et toutes mes condoléances pour votre mari.

Ainsi Anne n'avait pas trahi Arnaud. Elle voulait se l'approprier jusque dans ses aveux. L'emmener dans sa cellule de chair, celle où elle se réfugierait au cœur même de la prison de pierre.

Léo regardait l'ambulance qui allait emmener Miss O. Elle avait avoué spontanément les meurtres de Sonia-Lisa, de Marie-Aude, d'Alexandra Martinez et de Laetitia Galland. Elle avait cité deux autres noms qu'ils ne connaissaient pas. Elle parlait sans discontinuer, comme saisie d'une logorrhée incontrôlable. Une digue brisée submergée de flots boueux charriant des cadavres.

On ne peut maîtriser ni l'amour ni le désir. On ne peut qu'en subir les effets dévastateurs.

Mais quand la plupart d'entre nous se contentaient de pleurer, certains, comme Anne, ne trouvaient la paix qu'en voyant pleurer autrui. Des larmes de sang.

Il se souleva maladroitement de sa chaise, s'appuyant sur la béquille fournie par un ambulancier. Il avait refusé de partir à l'hôpital tant que tout ne serait pas réglé sur place. Un des urgentistes lui avait fait une piqûre. Il se sentait un peu mieux. Il allait devoir passer un scanner à cause de ses blessures à la tête. Il ne s'inquiétait pas : il avait la tête dure, comme disait son père.

Mais elle, elle était blessée. Dans son âme.

Il boitilla jusqu'à Émilie. Elle leva les yeux vers lui.

Ils se regardèrent en silence.

Et se sentirent soudain un peu moins seuls.

DU MÊME AUTEUR

Les Quatre Fils du Dr March
Seuil Policiers, 1992
et « Points Thriller », n° P617

La Rose de fer
Seuil Policiers, 1993
et « Points Policier », n° P104

Ténèbres sur Jacksonville
Seuil Policiers, 1994
et « Points Policier », n° P267

La Mort des bois
Grand Prix de littérature policière
Seuil Policiers, 1996
et « Points Thriller », n° P532

Requiem Caraïbe
Seuil Policiers, 1997
et « Points Policier », n° P571

Transfixions
Seuil Policiers, 1998
et « Points Policier », n° P647

La Morsure des Ténèbres
Seuil Policiers, 1999
et « Points Policier », n° P727

Ranko Tango
(en collaboration avec Gisèle Cavali)
Seuil, « Fiction jeunesse », 1999
et « Points Virgule », n° 69

Passagère sans retour
(en collaboration avec Gisèle Cavali)
Albin Michel, « Le Furet enquête », 1999

Le Couturier de la mort
« Points Policier », nº P733, 2000

La Mort des neiges
Seuil Policiers, 2000
et « Points Thriller », nº P875

Éloge de la phobie
Éditions du Masque-Hachette Livre, 2000
« Points Policier », nº P976

Descentes d'organes
« Points Policier », nº P862, 2001

Le Baiser de la reine
(en collaboration avec Gisèle Cavali)
Hachette-Jeunesse, 2001

Cauchemar dans la crypte
(en collaboration avec Gisèle Cavali)
Magnard, 2001

Rapports brefs et étranges avec l'ombre d'un ange
Flammarion, 2002
et « J'ai lu Policier », nº 6842

Funérarium
Seuil Policiers, 2002
et « Points Thriller », nº P1110

Témoins sur vidéo
(en collaboration avec Gisèle Cavali)
Magnard-Jeunesse, 2002

L'assassin habite en face
(en collaboration avec Gisèle Cavali)
Magnard-Jeunesse, 2002

Mes étés d'écrivains : grands entretiens
avec les écrivains du siècle
Belfond, 2003

Panique aux urgences
(en collaboration avec Gisèle Cavali)
Rageot, 2004

La Mort sous contrat
(en collaboration avec Gisèle Cavali)
Magnard-Jeunesse, 2004

Le Chant des sables
Seuil, « Thrillers », 2005
et « Points Thriller », n° P1972

Le Maléfice d'Isora
(en collaboration avec Gisèle Cavali)
Magnard-Jeunesse, 2005

Nuits noires
nouvelles
Fayard, 2005

Seules dans la nuit
(en collaboration avec Gisèle Cavali)
Rageot, 2006

Une âme de trop
Seuil Policiers, 2006
et « Points Thrillers », n° P1828

Scènes de crime
Thierry Magnier, 2007

Le Règne de la barbarie
Les Cavaliers des lumières vol. 1
(en collaboration avec Gisèle Cavali)
Plon-jeunesse, 2008

Le Miroir des ombres
Les aventures de Louis Denfert vol. 1
10/18, « Grands détectives », 2008

La Danse des illusions
Les aventures de Louis Denfert vol. 2
10/18, « Grands détectives », 2008

La Voie des chimères
Les Cavaliers des lumières vol. 2
(en collaboration avec Gisèle Cavali)
Plon-jeunesse, 2008

Vague de panique
(en collaboration avec Gisèle Cavali)
Gallimard-jeunesse, 2009

RÉALISATION : IGS-CP À L'ISLE-D'ESPAGNAC
IMPRESSION : CPI BRODARD ET TAUPIN À LA FLÈCHE
DÉPÔT LÉGAL : JANVIER 2009. N° 98696 (50102)
Imprimé en France